ԱՐՏԱՎԱԶԴ ԵՂԻԱԶԱՐՅԱՆ

ՎԻՇԱՊԱՔԱՐԻ ԳԱՂՏՆԻՔԸ

Երկրորդ հրատարակություն

Անտարես

Շապիկը և նկարազարդումները՝
Հարություն Թումաղյանի

Եղիազարյան Արտավազդ
Վիշապաքարի գաղտնիքը: Արկածային վեպ: Երկրորդ հրատարակություն/Արտավազդ Եղիազարյան.– Եր.: Անտարես, 2022.– 228 էջ:

Վահագնի 13-րդ տարեդարձը սկսվեց աղետալի. բախում դպրոցում, հիմար իրավիճակ, Աստղիկը՝ իր երազանքների աղջիկը, նույնիսկ չի նայում իր կողմը, իսկ ծնողներն անընդհատ զբաղված են... Փոխարենը հենց այդ օրը Վահագնը պետք է պատահաբար օգներ կյանքի վերադառնալ մի վաղնջական, ոչ այնքան առասպելական էակի, որից նախ կսարսափեր, իսկ հետո կընկերանար: Բայց վիշապները, ինչպես կպարզվի հետագայում, այնքան էլ բարիդրացիական չեն տրամադրված մարդկանց նկատմամբ...

ISBN 978–9939–76–863–2

Անտարես

Սրեգին ու Լուսինին

1.
Տարեդարձ է այսօր

Երեկոյան ժամը ինն էր: Իսկ դա նշանակում էր, որ ընդամենը երեք ժամ էր մնացել Վահագնի 13-րդ տարեդարձին: Բայց եթե մյուս տարիներին ծննդյան օրվան նախորդող երեկոն տարվա ամենաոգևորիչ ու հետաքրքրություն առաջացնող հատվածն էր, ապա այս անգամ Վահագնն ընդհանրապես սիրտ չուներ վաղվա մասին մտածելու: Նեղված էր ու զայրացած: Այնպիսի տպավորություն էր, կարծես ամբողջ աշխարհն իր դեմ է: Համենայնդեպս, աշխարհի մի զգալի մասը:

– Լսի, լավ, բանի տեղ մի դիր,– հորդորեց Արեգը՝ Վահագնի ամենամոտ ու հավատարիմ ընկերը:

Երկուսով իջնում էին Կասկադի աստիճաններով: Մթնել էր, մի քիչ էլ ցրտել. այս տարի ամառ-աշուն անցումը անսպասելի կտրուկ անցավ: Արեգը կուչ եկավ տաք ժակետի մեջ ու շարունակեց ոգևորել ընկերոջը:

– Դասերը նոր են սկսվել, ամեն օր դպրոց ենք գնալու, ամեն օր կհանդիպեք: Դեռ առիթներ կլինեն:

Վահագնը չարձագանքեց: Բայց հիմա շատ ավելի լավ կլիներ հակառակը՝ այլևս չտեսնել Աստղիկին: Ավելի ճիշտ՝ որ Աստղիկը իրեն չտեսներ: Որովհետև ամեն անգամ տեսնելիս, վստահ էր Վահագնը, Աստղիկը հիշելու էր այսօրվա իր խայտառակությունը:

Վահագնը դեռ անցյալ ուսումնականին էր զգացել, որ սիրահարվում է: Առաջին անգամ: Այն էլ՝ դասարանի ամենահմայիչ աղջիկներից մեկին՝ Աստղիկին: Բայց, ավաղ, Վահագնն ու Աստղիկը թեև նույն դասարանից էին, բայց շփման բոլորովին տարբեր շրջանակներ ունեին: Ավելի ճիշտ՝ Վահագնն ընդհանրապես որևէ շրջանակից չէր: Կային լավ սովորող «գերոներ»՝ հիմնականում նպատակասլաց աղջիկներ, որոնք ընդհանրապես ոչ ոքի հետ չեն շփվում, կային «էլիտարոտ դեմքեր», ինչպես տանը պատմում էր Վահագնը՝ միջինից ունևոր ընտանիքներից, որոնք սովորելուն առանձնապես մեծ տեղ չէին տալիս ու շփվում էին իրար մեջ, և վերջապես՝ «թզբեհավորներ», որոնց գոյության իմաստը հնարավորինս շատ մարդկանց նվաստացնելն ու ճնշելն էր: Եվ մնացածը: Այդ մնացածի մեջ էին Վահագնն ու Արեգը և էլի մի քանի թշվառական: Այդ բոլոր խմբերը համագործակցում կամ շփվում էին միայն ամենածայրահեղ դեպքերում, օրինակ՝ ֆիզկուլտուրայի դասին և Նոր տարվա հավաքույթներին: Վահագնին էլ ֆուտբոլը չէր հետաքրքրում, իսկ Նոր տարվա հավաքույթներին նրան մշտապես մոռանում էին հրավիրել: Աստղիկը «էլիտարոտներից» էր: Բայց միևնույն ժամանակ տարբերվում էր իր դասակարգայիններից. երբեք ոչ մեկին վերևից չէր նայում, միշտ բարեհամբույր էր, և ընդհանրապես՝ «ինքը վերջն ա» (այդպես էր Վահագնը բացատրում իր զգացմունքները Արեգին):

Ամբողջ ամառ Վահագնը Աստղիկին մոտենալու տարբերակներ էր մշակում: Մտածում էր՝ ընդհանրապես արժե՞, թե՞ ոչ: Գուցե պետք էր մոռանա՞լ, որովհետև ինքը Աստղիկի ինչի՞ն էր պետք լինելու: Մի քանի շաբաթ աշխատեց նաև այդ ուղղությամբ, բայց օգոստոսի կեսերին հասկացավ, որ չի կարող հաղթահարել նոր զգացմունքը: Ուրեմն՝ սեպտեմբերի մեկին դպրոց, հանդիպում, և որևէ քայլ: Այ թե ինչ քայլ...

– Իսկ ի՞նչ ասեցին: Հը՞,– Արեգը չէր դադարում հիշեցնել օրվա միջադեպի մասին:– Ես մինչև եկա, արդեն հռհռալով գնում էին:

Երկար դասամիջոցն էր: Վահագնը մտքերով տարված քայլում էր դեպի աստիճանավանդակը՝ ուզում էր գոնե մի տասը րոպե անցկացնել բակում՝ մաքուր օդին: Տարված էր, իհարկե, Աստղիկի մասին մտքերով: Հանկարծ տեսավ, որ իր մտքերի տիրուհին ընկերուհիների՝ Արմինեի և Սյուզիի հետ քայլում է քիչ առջևում: Կանգնում են աստիճանավանդակի մոտ, ընկերուհիները գնում են զուգարանի ուղղությամբ, իսկ Աստղիկը շարունակում է ճանապարհը: Պետք է շտապել, հասնել նրան, դուրս գալ ու առաջարկել մի քիչ զբոսնե՞լ: Թվում էր՝ հանճարեղ գաղափար է: Միրահարված Վահագնը ինքնամոռաց վազեց առաջ, բայց ընդամենը մի քանի քայլ անցած՝ բախվեց անիծյալ Գնորի ուսին: Իրականում բախումն ուժեղ չէր՝ մի թեթև, ոչ ոք չզոհվեց, բայց Գնորին դա էլ բավական էր կռիվ սարքելու համար: Վահագնն էլ, բախումից խուսափել փորձելով, էլ ավելի վատացրեց վիճակը. կորցրեց հավասարակշռությունն ու հետույքի վրա զրմփաց գետին: Չկոճկած պայուսակից թափվեցին գրքերը:

– Հո՛պ, հ՛,– ամբողջ միջանցքով լսվեց 9-րդ դասարանցի ականավոր թզբեհավորի մռնչոցը,– չերևա՞ց, որ դեմդ մարդ կա, հ՛:

Գետնին նստած՝ Վահագնը նկատեց Գնորի շուրջը հավաքված մյուս սևազգեստներին: Վերջիններս քմծիծաղով ուսումնասիրում էին տապալված Վահագնին և մերթ ընդ մերթ հայացքներ գցում Գնորի կողմը՝ ավելի կտրուկ գործողությունների սպասելով:

– Կներես, չտեսա...

Քթի տակ ներողություն խնդրելով՝ Վահագնն արագ հավաքեց գրքերը: Ինչ-որ մեկը նկատեց պայուսակից դուրս պրծած հինավուրց հոլը՝ տարիների ուղեկիցն ու նյարդերի գլխավոր հանգստացուցիչը, որ նվեր էր ստացել հայրիկից. սովորական մետաղյա ծայրի փոխարեն այս հոլը եզրափակվում էր փայլուն օբսիդիանե ծայրով: Բայց հիմա ոչ ոք չհիացավ դրանով: Հակառակը՝ հռհռոցի նոր ալիք սկսվեց («Վահոյի խաղալիքը հլը՞»,– հրճվում էր մեկն ամբոխից): Վահագնը փորձեց ոտքի կանգնել: Դեռ հույս ուներ վազել ու հասնել Աստղիկին: Բայց անսպասելիորեն զգաց Գևորի երկու ձեռքերի՝ բաց ափերով ծանր հպումը կրծքավանդակին: Երկու վայրկյան անց Վահագնն արդեն միջադեպի շուրջ հավաքված մեկ տասնյակ աշակերտների զվարճացող շրջանի կենտրոնում էր: Նկատեց իրենց դասարանի Նարեկին – դեռ երեկ մտածում էր նրան հրավիրել իր ծնունդին – սմարթֆոնը պարզած՝ հլուծված տեսագրում էր այդ ամենը:

– Կներեսը ո՞րս էր, այ հա՞վ,– Գևորը վերջապես արդարացրեց սպասումները:

Վահագնը ուշադրություն չդարձրեց, նա շտապում էր… Հանկարծ հետաքրքրասեր աշակերտության ոտքերի արանքում նկատեց հեռվում՝ աստիճանավանդակի մոտ կանգնած և ապշած այս ամենին հետևող Աստղիկին: Վահագնը ավելի շփոթվեց: Փախցրեց հայացքը, փորձեց ոտքի կանգնել և արագ հեռանալ, բայց կանգնելուն պես նորից ընկավ: Այս անգամ՝ սեփական նախաձեռնությամբ: Նրան նույնիսկ չհրեցին, նա միանգամայն ինքնուրույն ու սեփական ուժերով սայթաքեց սալիկապատ հատակի սղլիկ մակերեսին: Դպրոցի պատերը սկսեցին պտտվել, Վահագնը պարզեց ձեռքերը, որպեսզի վերագտնի հավասարակշռությունը, բայց հանկարծ ահավոր ցավ զգաց աչքի հարևանությամբ. ընկնելիս դեմքով դիպել էր նստարանին: Նոր հռհռոցներ: Գևորը քմծիծաղելով ձեռքերը վեր տնկեց՝ իբր ինքը մեղք չունի: Վահագնը ցավից փակեց աչքերը: Երբ բացեց, տեսավ միայն ուսմասվար պարոն Կատվալյանին և միջանցքի մյուս կողմից դեպքի վայր շտապող Արեգին:

– Լավ էր՝ Կատվալյանը շուտ եկավ, չէ՞,– շարունակում էր Արեգը:– Լրիվ գիժ են դրանք...

Վահագնը տրորեց աչքի տակի կապտուկը: Հիշեց, որ Աստղիկը դեռ այնտեղ կանգնած էր, երբ ինքը Արեգի հետ գնաց զուգարան՝ լվացվելու և ուշքի գալու: Գուցե պետք էր այդուհանդերձ մոտենա՞լ...

– Վա՛հ, մի անհամեստ հարց. գիտեի՞ր, որ էդ Գևորը մի երկու ամիս կլինի՝ Աստղիկին ա սիրում:

– Հը՞,– զարմացավ Վահագնը: Մենակ դա էր պակասում:

– Հա, էսօր մյուս դասամիջոցին երեխեքն էին խոսում:Ասում էին, որ համ էլ դրա պատճառով էր կատաղած:

– Իմ վրա՞:

– Դե հա, բոլորն էլ գիտեն, որ սիրահարված ես, խանգարում ես ուրեմն:

Վահագնը հուսահատության հոգոց հանեց և նստեց Կասկադի երկրորդ հարկի LOVE արձանի դիմաց: «Ճիշտ կլինի՝ վաղը դպրոցում չերևամ»,– որոշեց նա:

***

Արեգը վաղուց գնացել էր, և Վահագնը աննպատակ թափառում էր փողոցներով: Նախ՝ մի քանի անգամ բարձրացավ-իջավ Կասկադով: Մի երկու անգամ անհավես հոլը պտտեցրեց, նայեց հանդարտ պտտվող փայտին, բայց նույնիսկ ափին չառավ: Չէր օգնում: Հետո վերջապես պատասխանեց մոր հաղորդագրությանը՝ «Հա, մամ, լավ եմ... Արեգի հետ ման ենք գալիս, շուտով տուն կգնամ...»: Հետո քայլեց Մոսկովյանով, հասավ Փոստի շենքին: Նստեց բորդյուրին ու փորձեց մտքերը ի մի բերել: Չէր ստացվում: Նորից հանեց հոլը, մի քանի անգամ պտտեց, մի անգամ նույնիսկ կրկնեց այն անհավանական թվացող հնարքը, երբ ափը պարզում ես առաջ ու մյուս ձեռքով հոլը կտրուկ բերում պտտեցնում ես հոլը բացված ափի մեջ՝ ցանկալի է դիմացդ կանգնած ապշած մեկի աչքի առաջ: Հոլը իրեն շատ սիրող, բայց շատ հաճախ իրենից հեռու գտնվող ծնողների նվերն էր: Մտածեց՝ լավ կլիներ հայրիկի հետ խոսել: Բայց հայրիկը վերջին ամիսներին այնքան զբաղված էր, որ ընդհանրապես շփվելու րոպե չէր մնում:

Մի քանի տարի առաջ սկսած ուսումնասիրությունները հնագետ Նիկողայոս Մադոնցին՝ Վահագնի հորը, վերջապես իրենց արդյունքներն էին բերում: Երկու շաբաթ առաջ պեղումնավայր գործուղվելու նախորդ օրը Նիկողայոսը ոգևորված պատմել էր Վահագնին, որ իր բացահայտումը ցնցելու է ամբողջ աշխարհը. «Դե, եթե ոչ աշխարհը, գոնե Հայոց աշխարհը որ՝ հաստատ»: Եվ դա վաղուց իրենց ընտանիքում համար մեկ կարևորության թեման էր. չէ՞ որ մայրիկն էլ հնագետ էր. ծնողները ծանոթացել էին տարիներ առաջ՝ պեղումներից մեկի ժամանակ: Վահագնը հետաքրքրասեր տղա էր, բայց քանի որ մի փոքր խանդում էր ծնողներին գործի նկատմամբ վերաբերմունքի համար, ցուցադրաբար չէր հետաքրքրվում այդ աղմկահարույց գործով: Միայն գիտեր, որ, ինչպես միշտ,

վիշապների հետ կապված ինչ-որ բան է։ Վիշապաքարերի աննախադեպ մեծ հավաքատեղի՞... Նման մի բան։

Միացրեց տեսազանգը և զանգեց հայրիկին։ Երրորդ փորձից Նիկողայոսը վերջապես պատասխանեց, բայց ազդանշանը թույլ էր, գումարած՝ քամու պատճառով անընդհատ խշշոցներ էին։

– Պա՜պ... պա՞պ։

– Հա՜, Վահագն, ասա... Լավ չի լսվում... Լա՞վ ես։

45-ամյա Նիկողայոս Մադոնցի մորուքավոր պատկերն անընդհատ վերածվում էր մանր քառակուսիների, և Վահագնը դժվարությամբ հետին պլանում նշմարեց քամուց տատանվող վրանն ու խարույկը, ինչպես նաև ձողերի վրա ամրացված մի քանի էլեկտրական լապտերները։ Մի պահ երևաց մայրիկը՝ ձեռքով արեց և օդային համբույր ուղարկեց։

– Հա, հա, նորմալ,– Վահագնը չգիտեր՝ որտեղից սկսի ու ոնց ամեն ինչ պատմի։ Առանց հեռախոսին նայելու (մի տեսակ ամաչում էր այս թեմաներից) մի կերպ խոսեց.– պապ, մի բան կա, ուզում էի քեզ հետ խոսել...

– Վահագն, չես պատկերացնում՝ էստեղ ինչե՛ր ենք գտել։ Ուղղակի անհավանակա՜ն... Դասերդ ո՞նց են։

Հեռախոսի լղոզված պատկերից Վահագնը հասկացավ, որ հայրիկը դեպի վրանն է քայլում։ Քիչ այն կողմ՝ լույսերի տակ, նշմարվեց պեղումների հրապարակը։ Հողի տակից ինչ-որ քարակերտ հուշարձանի եզր էր երևում։

– Նորմալ, բայց էսօր մի դեպք եղավ, չգիտեմ՝ ինչ անեմ։ Մեր դասարանի Աստղիկին հիշում ե՞ս, էն որ...

– Բան չեմ լսո՜ւմ...

– Ասում եմ՝ մեր դասարանի Աստղիկը, կապույտ աչքերով, էն որ պապան այ-թի ֆիրմա ունի, հիշում ե՞ս։

– Ի՞նչ... Չի լսվում... Մյուս շաբաթ մի օրով Երևան ենք գալու, քեզ էլ հետներս կվերցնենք, կտեսնես՝ ուղղակի շշմելու բան....

11

Նիկողայոսը հեռախոսը շրջեց ու ինքը կորավ կադրից՝ փոխարենը Վահագնին ցուցադրելով պեղվող հուշարձանը: Վահագնը նշմարեց վիշապաքարերին հատուկ փորագրություններ. երևում էին քարե հրեշի երախն ու աչքը, բայց ազդանշանն այնքան թույլ էր, որ պատկերն անընդհատ կտրվում ու քարանում էր:

– Պա՛պ, դե լսի, էլի,– զայրացավ Վահագնը.– կարևոր բան ունեմ քննարկելու:

– Ի՞նչ.... Վահագն, չեմ լսում... Լավ, վաղը կզանգեմ կխոսենք... Կամ մյուս շաբաթ. վերադառնանք, կպատմեմ:

Էկրանին հայտնվեց «Ձեր զրույցն ընդհատվեց, փորձեք մի փոքր ուշ» գրությունը: Ու վերջ: Վահագնը շարունակեց քայլել՝ հիմա նաև հոր անտարբերությունից զայրացած: Հասավ Պապլավոկի այգուն: Այստեղ, ուր հիմա անճաշակ՝ վճարովի կարուսելներով խաղահրապարակն էր, ժամանակին զբոսնում էր հոր հետ: Վերջում միշտ նստում էին օձաձև նստարաններին (որ հետո բարբարոսաբար վերացվեցին՝ հանուն փողաբեր կարուսելների). Վահագնը 200 դրամանոց պաղպաղակ էր ուտում, իսկ Նիկողայոսը ոգևորված պատմում էր լճակի ափի վիշապաքարի մասին: Պատմում էր, որ հին ժամանակներում մարդիկ հավատում էին այդ հրեշների գոյությանը, քանդակներ կերտում, վախենում, դավանում: Նիկողայոսն այդ առասպելական էակների մասին ավելի շատ բան գիտեր, քան իրական կենդանիների: Մեկ-մեկ Վահագնին թվում էր, թե նույնիսկ ավելի, քան մարդկանց մասին:

Զայրույթն ամբողջ աշխարհի նկատմամբ մի փոքր էլ սրվեց, երբ Վահագնը անփութորեն կանգնեց գետնին շպրտած դատարկ շշին, հավասարակշռությունը կորցրեց ու ընկավ (քանի՞ անգամ կարելի է գյաբռլամիշ լինել մեկ օրվա ընթացքում), այնպես, որ աջ ձեռքը մնաց մեջքի տակ, մի բան էլ՝ ինչ-որ մանր, բայց տհաճ ու սուր քարի դիպավ: Մի խոսքով՝ անկումը հա՛մ նվաստացուցիչ էր, հա՛մ էլ ցավոտ. ձեռքը և՛

ոլորվել էր, և՛ քերծվել: Նստեց գետնին, մատները բացեց-փակեց՝ ոչինչ չէր կոտրվել, միայն ափի քերծվածքից մի քանի կաթիլ արյուն էր հոսել ու այդպես մնացել: Ֆշշացրեց, վիրավոր ձեռքը բարձրացրեց ու, վիշապաքարին հենվելով, ոտքի ելավ: Մի քանի վայրկյան այդպես մնաց՝ արնոտ ձեռքով կոթողին հենված, հետո շունչ քաշեց ու հետ կանգնեց:

Հինգ հազար տարի առաջ կերտված քարե հրեշը, կարծես աննկատ ժպտալով, մեկ աչքով նայում էր իր կյանքի ամենավատ օրն ապրող Վահագնին: Այն հին զբոսանքների ժամանակ Նիկողայոսը միշտ ուռճացված ոգևորությամբ պատմում էր, որ վիշապները երկնքից են իջել, ուրեմն դեպի երկինք էլ պետք է ձգտեն, դրա համար էլ վիշապաքարերը հնում միշտ ուղղահայաց են կանգնեցվել, նայել են վեր և «խեղճ հրեշին» (այնքան անկեղծ քնքշանք ու ափսոսանք կար այդ արտահայտության մեջ) այսպես հորիզոնական պառկեցնելը պարզապես անհարգալից վերաբերմունք է նախնիների հանդեպ:

«Մեկը լիներ՝ ինձ հարգեր»,– դառնությամբ մտածեց գրեթե 13 տարեկան Վահագնը:

Ծլնգոց. Վահագնը նայեց հեռախոսին և հասկացավ, որ, ահա, ինքը պաշտոնապես մտավ 14-ի մեջ: Միանգամից գլխում բոլոր տհաճ մտքերն իրար վրա լցվեցին. անփոխադարձ սիրահարված է, իր հերոսուհին այսօր ականատես եղավ, թե ինչպես են իրեն նվաստացնում ու ծաղրուծանակի ենթարկում, և այդ անողը այն կենդանին է, որը նույնպես ծրագրեր ունի Վահագնի սիրելիի հետ կապված… Հայրիկը նորից ժամանակ չունի իր հետ խոսելու, իսկ վաղը պետք է գնալ դպրոց, հետո դասընկերներից շնորհավորանքներ ընդունել, որոնք այսօր ծիծաղում էին իր վրա… Վահագնի ուղեղը մթագնեց, կատաղությունը հասավ կիզակետին: Նա որոշեց, որ այս ամենի մեղավորը վաղնջական քարե վիշապն է: Ոտքը բարձրացրեց և, «զզվում եմ քեզնի՜ց» գոռալով, ամբողջ ուժով խփեց պատմամշակութային արժեքին: Խելքի եկավ այն պահին, երբ զգաց, որ վիշապաքարը սկսեց ճոճվել պատվանդանի վրա:

– Վայ, վայ, չէ՜...

Վահագնը փորձեց ձեռքերով պահել կերտվածքը, բայց վերջինս արդեն կորցրել էր հավասարակշռությունը: Լսվեց խուլ դմփոց. վիշապաքարը մոտ կես մետր բարձրությունից ընկավ կողքի: Վահագնն ապշած հետ ցատկեց: Հետո նայեց շուրջը. գոնե մարդ տեսած չլինի: Մի պահ պատկերացրեց, թե ինչ վայնասուն կբարձրանա հաջորդ օրը: Իսկ երբ պարզվի, որ այս վանդալիզմի հեղինակը հայտնի հնագետ, վիշապագետ Նիկողայոս Մադոնցի որդին է... Մտածեց՝ փախչի, բայց հետո որոշեց գոնե պարզել, թե քանդակը հո չի՞ վնասվել: Գուցե ոչ մի լուրջ բան չի՞ եղել: Կամաց մոտեցավ, զգուշորեն կռացավ. Կարծես թե ամեն ինչ նորմալ էր, վնասվածքի ոչ մի հետք: Պետք է միայն նորից դնել պատվանդանին և վերջ: Հանգիստ շունչ քաշեց: Երբ հանկարծ... Վիշապաքարը սկսեց պատվել ճաքերով: Վահագնը քարացել էր ու չէր կարողանում իրեն ստիպել գոնե մի բան ձեռնարկի:

Վայրկյանների ընթացքում վիշապաքարը պատվեց ճաքերի ցանցով: Ակնհայտ էր, որ հենց նոր, սեփական 13-րդ տարեդարձին, Վահագնը սեփական ոտքով ոչնչացրեց անգին մի պատմամշակութային կոթող: Սա արդեն արհավիրք էր: Հնարավոր է, նա այդպես էլ մինչև լույս տեղում քարացած մնար, գուցե նույնիսկ ինքը դառնար քարե կերտվածք

ԴՐԱՄԱՏԻԿԱԿԱՆ
ԹԱՏՐՈՆ

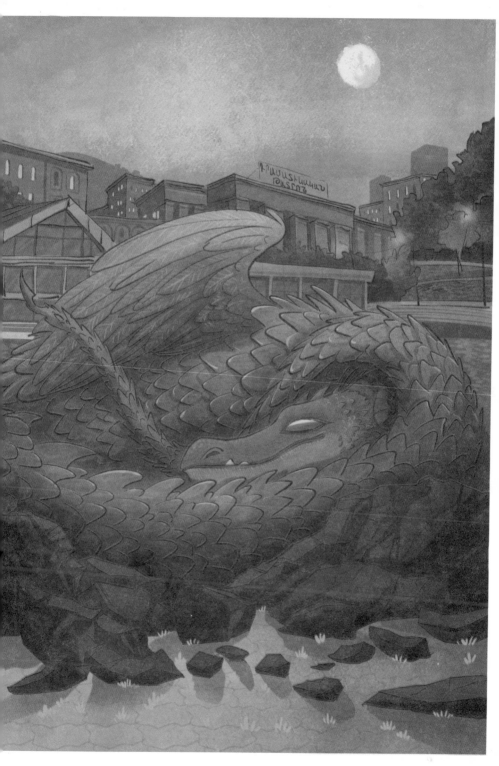

(վահագնաքա՞ր, թե՞ քարավահագն), եթե տեղի չունենար անկանխատեսելին: Ճաքած վիշապաքարը սկսեց շարժվել: Ավելի ստույգ՝ վիշապաքարի *մեջ* ինչ-որ բան սկսեց շարժվել:

Վահագնը միայն աչքերը կկոցեց. երևի արդեն խելագարվում է: Թե՞... Չէ, չէր խելագարվում: Քարի շերտի տակից, կարծես ձվից, դուրս էր գալիս ինչ-որ անհասկանալի էակ: «Վայ թե արդեն իսկականից պիտի փախնեմ»,– մտքում միայն կարողացավ ասել Վահագնը, բայց տեղից շարժվել չհաջողվեց: Իսկ էակը՝ կարմրավուն թեփուկներով պատված ինչ-որ... ինչ-որ բա՞նը, դանդաղ դուրս էր գալիս քարե պատյանից: Նախ երևաց մեջքը՝ կարծես հսկա մողեսի մեջք լիներ, բրգաձև ելուստների շարանով, հետո երեք թե չորս տակ ծալված երկար պոչը, չորս թաթերը, գլուխը

Քարե բեկորների մնացորդները վրայից թափ տալով (մի քանիսը լճակը չլմփացին) Վահագնի դեմ դիմաց՝ նախկին վիշապաքարի տեղում հետևի թաթերը շան պես ծալեց, իսկ դիմացի երկու թաթերը ձգեց ու նստեց վիշապը: Ուշադրություն չդարձնելով Վահագնին՝ հրեշը ճռճեց կեսմետրանոց վզին տեղակայված գլուխը, որի ամենաուշագրավ մասը խոյանման պարուրաձև եղջյուրներն էին և պարանոցի օձիքանման՝ սուր ելուստավոր հատվածը: Ակնթարթ անց թիկունքին ճռռալով բացվեցին թևերը: Այդ պահին էակի թեփուկները սկսեցին փայլփլել, կարծես դրանց միջով լույս անցներ: Հրեշը կկոցեց աչքերը, հետո կտրուկ իջեցրեց թևերը, կարծես ուժ չունենար դրանք շարժելու: Մի քանի մետր երկարությամբ բարակ պոչը, որն ավարտվում էր նիզակի սայր հիշեցնող եռանկյունաձև ելուստով, այս ու այն կողմ էր ճոճվում: Տպավորություն էր, թե դրա տերը ճմլկոտում է, որ մկանները բացվեն երկար դադարից հետո:

Վահագնը նույնիսկ հստակ լսեց, թե ոնց ճտտաց նախկին հուշարձանի պարանոցը: Հետո դիմացի թաթերից մեկը բարձրացրեց, հետ տարավ ու մի քանի վայրկյան տրորեց պարանոցը: Հետո հորանջեց. Վահագնը ուշադրություն դարձրեց գրեթե ուղղանկյուն մռութին ու ծնոտի տակի բարակ ելուստներին, որ մորուք էին հիշեցնում: Ատամները տափակ էին, բայց վերևի ու ներքևի անկյուններում երևում էին երկար սուր ժանիքները, որոնց միջով հրեշի կոկորդից ծխի քուլա էր հոսում: Վահագնին նույնիսկ թվաց, թե հրեշը հազաց... «Դե, ի՞նչ ես սպասում՝ կե՛ր, արթնանամ»,– մտածեց Վահագնը՝ հիմա արդեն վստահ լինելով, որ սա ընդամենը երազ է, բայց այնքան իրական, որ կարող էր մեկ առ մեկ տարբերել վիշապի մարմինը պատող թեփուկները, որոնք նորից սկսեցին փայլել:

– Հը՞, ի՞նչ ես աչքերդ չռել: Կենացդ մեջ վիշապ չե՞ս տեսել,– խռպոտ ձայնով, մաքուր հայերենով (նաև հայերենին հատուկ մուննաթի տարրերով) արտաբերեց վիշապը:

Վահագնը զգաց, որ ճոճվում է: Աչքերի առաջ ամեն ինչ մթնեց: Օրգանիզմը վերջապես հանձնվեց, և նա պարզապես ուշագնաց եղավ: Խուլ դմփոց. սիրահարված դպրոցականը մեջքի վրա փռվեց քարե սալիկներին (մտքում հասցրեց արձանագրել՝ անձնական ռեկորդ. անկում համար չորս):

2.
Չրուչներ բուխարու մոտ

Խավարը սկսեց ցրվել: Սենյակի մյուս կողմից բուխարու կրակի հաճելի ճտճտոց էր լսվում: Թեև մի քիչ շոգ էր, բայց բուխարին իսկական տնական ջերմությամբ էր լցրել օդը, և Վահագնը իրեն դրանից լավ էր զգում: Շրջվեց մյուս կողքի վրա, որպեսզի մի քիչ էլ քնի... Հո՛պ... Վահագնենց տանը բուխարի չկա՛:

Վահագնը սարսափահար նստեց տեղում: Առաջին անգամը չէր, որ նա արթնանում էր՝ կարծելով, թե, ինչպես միշտ, իրենց տանն է, իսկ կողքի սենյակում հայրիկն ու մայրիկը անդադար ուսումնասիրում են վիշապաքարերը, բայց ակնթարթ հետո պարզվում էր, որ սա իր մահճակալը չէ, և ինքը, օրինակ, տատիկի տանն է, գյուղում է կամ Արեգենց տանը: Դրա մեջ ոչ մի ահավոր բան չկար, բայց հենց այս անգամ մի տեսակ ավելի վատ զգացողություն ուներ:

Նախ՝ Վահագնը նայեց ոտքերին և տեսավ շալվարը, մինչդեռ նա շորերով քնելու սովորություն չուներ: Երկրորդ՝ նա նույնիսկ մահճակալի վրա չէր, այլ հին, փոշոտ և հոտած (տղայի ուղեղը հրաժարվեց վերլուծել և ենթադրություններ անել հոտի ծագման մասին) մի բազմոցի, որի մակերեսը մի քանի տեղ ծակել էին դուրս պրծած ժանգոտ զսպանակները: Նման մի բազմոց նա անցյալ տարի տեսել էր Թումանյանի տուն-թանգարանում. փաստորեն, սա էլ մի հարյուր տարվա կլինի: Գլխավերևի ջահն էլ... ո՞նց են ասում՝ ռոկոկո՞, ժոժոբա՞... մի խոսքով՝ սա էլ էր շատ հին, շատ փոշոտ, մասամբ կոտրված ու ակնհայտորեն վաղուց չաշխատող: Հատակը հնամաշ տախտակներով էր պատված: Ու վերջ, ուրիշ ոչինչ սենյակում չկար, եթե չհաշվենք պատերի ճղճղված պաստառների վրա արված պարզունակ գրաֆիտիները, որոնք մեծամասամբ հայհոյական բառեր էին: Հայացքը սենյակի մյուս կողմն ընկավ, որտեղից գալիս էին ծուխն ու ճտճտոցը. ճաքճքած, սարդոստայններով պատված պատի տակ բուխարին էր՝ սենյակում լույսի միակ աղբյուրը: Այն բուխարին, որից հաստատ չկար Վահագնենց տանը...

Աչքերը բացելու պահից անցել էր երեք վայրկյան, իսկ Վահագնը դեռ չէր հասկանում, թե որտեղ է գտնվում և ինչպես է այստեղ հայտնվել: Զգուշորեն բազմոցից իջավ ու քայլեց դեպի բուխարին: Սենյակն էլ էր լքված ու դատարկ, թեպետ շատ համեստ կյանքի նշաններ, այդուհանդերձ, կային. բուխարու վրա շարված էին անկապակած աղբամաններից գտած, իրար հետ որևէ ոճային կապ չունեցող քրքրված խաղալիքներ, կողքին լցված էին տարատեսակ փայտի կտորներ, կոտրված աթոռների ոտքեր, ստվարաթուղթ և այլ վառելիք: Մյուս անկյունում էլ մի արկղի մեջ հավաքված էին մի քանի օրվա հնություն ունեցող հաց, թթվասեր, պանիր՝ այն, ինչ արդեն խանութում չեն վաճառի, բայց դեռ կարելի է ուտել, եթե շատ քաղցած ես:

Առաջին իսկ քայլից փայտե հատակն այնպես ճռռաց, ասես հակաահրդեհային ազդանշան լիներ: Ճռռոցին զուգահեռ՝ սուր ցավ զգաց ծոծրակում: Ձեռքը տարավ և շոշափեց հավեսով մի ելունդ: Չլինի՞ ինչ-որ չարագործ մահակով խփել է գլխին ու թաքուն այստեղ բերել: Մտածելով հասավ բուխարուն: Մի փոքր այն կողմ նկատեց իր՝ անփութորեն հատակին շպրտած դպրոցական պայուսակը:

– Այ քեզ բա՜ն,– բարձրաձայն ասաց Վահագնը՝ ձեռքը դեռևս ծոծրակին, ու հանկարծ սկսեց աղոտ հիշել նախորդ երեկոն՝ միայնակ թափառումները քաղաքում, Պապլավոկի այգին, տեսազանգը հայրիկի հետ, որն, ինչպես միշտ, զբաղված էր իր վիշապաքարերով... Պապլավոկի վիշապաքա՜րը... Աչքի առաջ եկավ տապալվող հինավուրց քանդակը...

– Բա հետո՞ ինչ եղավ,– նորից ինքն իրեն հարցրեց Վահագնը:

Պատասխանել չհասցրեց, քանի որ փայտե ծռմռված դռան հետևից քայլեր լսվեցին, հետո հարված՝ հավանաբար քացի, որի արդյունքում դուռը դրխկալով բացվեց ու ծեփվեց պատին: Վահագնը մոռացավ բոլոր մտքերը և մնաց բուխարու առաջ քարացած: Կրակը կիսով չափ լուսավորում էր դռան մեջ կանգնած էակին, որը կարծես ուղիղ դուրս եկած լիներ սարսափ ֆիլմերից, որ Վահագնն ու Արեգը սիրում էին ծնողներից թաքուն նայել շաբաթ օրերին:

– Ցա՜, դո՞ւ ով ես, ի՞նչ գործ ունես իմ տարածքում,– լսվեց խռպոտ ձայնը, և սարսափելի էակը քայլեց առաջ:

Հիմա նա արդեն ավելի լավ էր լուսավորվում. գրեթե երկու մետր հասակ, տարիներով չլվացված, գզգզված մազեր, կիսախանձած, կեղտոտ մորուք, սպիածածկ դեմք, մարած աչքեր, իրար վրայից հագած մի քանի քրքրված բաճկոն, բազմաթիվ տերեր փոխած տաբատ ու ծակ կոշիկներ: Իսկ ամենասարսափելին զոդագործի հսկա ակնոցն էր: Նրա ձեռքում Վահագնը քիչ առաջ աղբից հանված, մի ականջից զրկված հերթական խաղալիք փղիկին նկատեց:

– Քո հետ եմ, այ բո՜մժ,– մռնչաց անհասկանալի տարիքի տղամարդը՝ մոտենալով սարսափած Վահագնին,– ուրեմն ես քաներկու տարի պահակ աշխատեմ, իմ մասին չմտածեմ, ուրիշներին լավություն անելու համար վատամարդ դուրս գամ...

Վահագնը, որ հետ-հետ էր գնում զայրացած անտունի ամեն քայլի հետ, նկատեց, թե ինչպես վերջինս բողոքելիս պատի տակից փայտի մի ծանր կտոր վերցրեց:

– ...բոլորից խաբվեմ, քաշվեմ, ընգնեմ փողոց, հեչ մի անգամ գողություն չանեմ, խելոք-խելոք շշեր հավաքելով ապրեմ, հազիվ, լրիվ պատահական մի հատ հին, անպետք տուն գտնեմ, որոշեմ մեջը մի երկու գիշեր քնեմ, ու ստեղ էլ ինձ հանգիստ չտա՞ն:

Վահագնը մեջքով զգաց պատը. է՛լ հետ գնալու տեղ չկար: Քսաներկու տարվա փորձով նախկին պահակն այնպիսի դիրք էր ընդունել, կարծես պատասխան էր սպասում իր հարցին: Վահագնն էլ որոշեց մի բան պատասխանել:

– Կներեք, չէ, ես հո չեմ եկել էստեղ ապրելու... ուղղակի...

Տղամարդը սկսեց վայրենու պես գոռալ և արդեն փայտը բարձրացրեց, որ հարվածի ապուշ կտրած Վահագնին, երբ նրանց միջև կանգնեց չգիտես որտեղից հայտնված վիշապը:

– Եղբա՛յր պատվական, մի՛ սփռեր զբարկությունն քո ի վերա երեխայի, զի մանուկ է նա և զբանս աշխարհի սակավ ընկալե,– քար լռության մեջ՝ խարույկի ճտճտոցի ֆոնին, լսվեց վիշապի խռպոտ, բայց կարծես թե անվրդով ձայնը:

Մի վայրկյան հրեշը սպասումով նայում էր անտուն տղամարդուն, որի ձեռքը, մահակով հանդերձ, քարացել էր օդում:

– Վա՛յ, մոռացել էի, որ լեզուն այլևս նույնը չէ, հանցանքիս համար թողություն տվեք... Ը-հըմ,– Վահագնն ու անտունը ապշած նկատեցին, թե ինչպես վիշապը թաթով քաղաքավարությամբ ծածկեց բերանը, կոկորդը մաքրեց ու պատրաստվեց նորից խոսելու.– ուրեմն, ուստա ջան, երեխու վրա մի ջղայնացի, փոքր ա, դեռ շատ բան չի հասկանում, գիտես, չէ՞, էս նոր սերունդը հեչ ինքնուրույն մտածել, ֆայմել չունի:

Հաջորդ պահին խեղճ անտունը ճչալով աստիճաններով ցած էր սլանում: Վիշապն իրենից գոհ շրջվեց դեպի

Վահագնը: Բայց այն, ինչ վիշապի կարծիքով գոհունակ ժպիտ էր, Վահագնին սպառնալիք թվաց. հրեշի ատամնաշարը ոչ մի լավ բան չէր խոստանում: Տղան ուսումնասիրեց տեղանքը. փախչել չէր հաջողվի, վիշապը փակել էր ելքը: Պետք էր պաշտպանվել: Վայրկյան անց վիշապի ուղղությամբ սկսեցին զանազան իրեր թռչել՝ ինչ որ Վահագնը գտնում էր մութ պատի տակ գցած. տախտակի կտորներ, գիրք, կահույքի խոզանակ:

– Հե՜յ, հե՜յ, պատանյա՛կ, էս ի՞նչ ես անում...

Երբ պարկետի հերթական կտորը օդում սավառնելով բախվեց վիշապի քունքին, հազարամյա հրեշի նյարդերը տեղի տվեցին: Նախ լսվեց սարսափազդու մռնչոց, և նրա օձիքը պայծառացավ կարծես ներքին էլեկտրական մարտկոցից, հետո վիշապը մի ճարպիկ ցատկով ու թաթի մի շարժումով Վահագնին տապալեց հատակին ու չանչերով սեղմեց, որ չկարողանա շարժվել:

– Այ տղա, ուզում ես համայն աշխարհը հայոց ոտքի հանե՞լ, հանգստացի՛ր,– խիստ կարգադրեց նա:

Ի պատասխան՝ լսվեց Վահագնի հուսահատ բացականչությունը.

– Օգնեցե՛ք, օգնեցե՛ք...

Վիշապը կրքերը հանդարտեցնելու միայն մեկ տարբերակ գտավ. խոր շունչ քաշեց, բացեց երախը և բոց ժայթքեց: Կես վայրկյան անց Վահագնի գլխից երեք սանտիմետր հեռավորության վրա հատակին գոյացած սև կլոր հետքից ծուխ էր բարձրանում:

Վահագնը զգաց խանձված դարավոր պարկետի հոտը: Գլխում երկու միտք ձևավորվեց. սա արդեն կարծես երազ չէ. դա՝ մեկ: Եվ երկրորդ՝ պայքարելն իմաստ չունի, և 13-րդ տարեդարձը իր համար վերջինը կլինի: Ու ոչինչ, միևնույն է, նրան այլևս ոչինչ չէր ուրախացնում այս կյանքում: Փոխարենը նույնիսկ մի քիչ հաճելի թվաց հրաշունչ վիշապի ձեռքով ոչնչանալու գաղափարը. հազիվ մի հետաքրքիր բան կլինի իր կյանքի վերջում:

– Դե լավ, խորոված արա ու կեր, ինչ ասեմ: Բարի ախորժակ,– հուսահատ մռայլությամբ ասաց նա:

Վիշապը զարմացած հետ կանգնեց՝ ազատելով Վահագնին:

– Հը՛, ի՞նչ ես ձգձգում:

Վիշապը թաթով ծածկեց երեսը, ճոճեց գլուխն ու քթի տակ փնթփնթաց.

– Մայաղէզ լիցի՛մ: Փաստորեն, ահագին խոսելու բան ունենք: Շորերդ թափ տուր, նստիր. քո անիմաստ, ճղճիմ կյանքին առայժմ ոչինչ չի սպառնում: Անունդ կասե՞ս, չհասցրինք ծանոթանալ:

Վահագնը անվստահ նայեց հրաշունչ էակին: Փորձի փախչե՞լ, քանի հնարավորություն կա: Բայց մի րոպե. ո՞վ ասաց, որ եթե վիշապ է, ուրեմն անպայման վատն է: Որոշ ժամանակ հոբելյարի ուղեղում պայքարում էին վախն ու հետաքրքրասիրությունը: Ի վերջո, այդ երկուսն իրար լրացրին. Վահագնը դեռ մինչև վերջ չէր վստահում կենդանուն, բայց արդեն ուզում էր հասկանալ, թե ինչ է կատարվում առհասարակ: Առավել ևս, որ վիշապը կարծես ազատ խոսում էր հայերեն: Բացի դրանից՝ ավելի հետաքրքիր անելիք նա, միևնույն է, չուներ:

– Վահագն,– հատակից վեր կենալով ու թալիսմանը նորից շապիկի տակ պահելով՝ ասաց տղան:

– Օհո՜, ես մի ծանոթ ունեի նույն անունով, սա արդեն վատ չէ:

Ոգևորված վիշապը բուխարու կողքից մի քանի փայտ վերցրեց, գցեց կրակի մեջ, հարմարվեց դիմացի պատի տակ ու սպասեց, մինչև Վահագնը բազմոցին տեղավորվի:

***

Արդեն լուսանում էր, երբ վիշապն ավարտեց իր ճառը: Վահագնը սոված էր, հոգնած, գլխացավ ուներ և դեռ բավական վախեցած էր, ու շատ բան չհասկացավ: Հոգու ոչ շատ խորքերում էլ դեռ վստահ էր, որ այս ամենը երազ է կամ գուցե հոգեկան խանգարում: Համենայնդեպս, երազում կամ հոգեկան խանգարման, կամ տարօրինակ իրականության մեջ այս հրեշը մարդկային լեզվով, այն էլ՝ հասկանալի հայերենով բացատրել էր, որ երբ Վահագնը ուշագնաց էր եղել Պապլավոկում վիշապաքարի փշրվելուց հետո, ինքը գրկել էր նրան և շտապել ապաստարան: Այդպես առաջին պատահած դատարկ շենքը՝ Մոսկովյան փողոցի՝ վաղուց լքված առանձնատուն էր մտել:

Վահագնը որոշեց ճշտել՝ ուսքո՞վ, թե՞ թռչելով, ակնարկելով վիշապի թիակներից խոյացող երկու լայն թևերը: Ավաղ, մի քանի հազար տարվա անշարժությունն ու թմբիրը չէին կարող չանդրադառնալ զրուցակցի ֆիզիկական տվյալների վրա. թռչելը շատ բարդ կլիներ, այնպես որ ամեն ինչ կատարվել էր ոտքի վրա: Բարեբախտաբար, վիշապին հաջողվել էր կիրառել քողարկման իր ունակությունները (նա Վահագնին ցույց տվեց, թե ինչ արագ կարող է ընդունել շրջակա միջավայրի գույնը՝ քամելեոնի պես, թեև մի քանի րոպեից ոչ ավելի՝ ինչպես մարդ ջրի տակ չի կարող երկար պահել շունչը):

Հետո գնացել էր տան մեջ անպետք փայտեր փնտրելու, երբ եկել էր այս տարածքն իրենը համարող անտունը: Նա ասել էր, որ Վահագնին վնասելու որևէ մտադրություն չունի. «Ես մարդկանց ընկերն եմ»,- վստահեցրել էր նա: Եվ հիմա 13 տարեկան դպրոցականն ու առասպելներից դուրս եկած եղջյուրավոր վիշապը նստած էին կիսաքանդ, հնառճ կահույքի մնացորդներով կահավորված հյուրասենյակում՝ ճտճտացող բուխարու կողքին:

Զարմանալիորեն, այդ պահին բուխարուն նայելիս Վահագնը մտածում էր, որ շատ փոքրուց երազում էր մտնել Մոսկովյանի այս խորհրդավոր շենքը: Երբ փոքր էր, զարմանում էր, թե ինչու է այսքան գեղեցիկ եռահարկ տունն իր գողտրիկ բակով այսքան միայնակ: Մի անգամ հայրիկը պատմել էր, որ շենքը կոչվում է «Գիտնականի տուն», և որ այնտեղ ժամանակին լաբորատորիա է եղել, որտեղ զանազան գաղտնի փորձեր են արել, հետո ուղղակի տեղափոխվել են ավելի հարմար տեղ: Վահագնի՝ արկածային գրքերի ազդեցության տակ գտնվող գլխում ձևավորվել էր մի ամբողջ տեսություն, թե ինչպես էր փորձերից մեկը սխալ ընթացել, մարդկանց կյանքեր խլել, տան գաղտնի, ստորգետնյա հարկերը զմռսել, իսկ տեսանելի հարկերը դարձրել անպիտան ու վտանգավոր: Արեգն էլ այս տեսությունը հարստացրել էր ուրվականներով ու արնախում դևերով: Մի քանի անգամ նրանք երկուսով համարյա սողոսկել էին դարպասից ներս, բայց միշտ վերջին պահին մի բան խանգարել էր (հիմնականում՝ վախը պարզապես հաղթել էր հետաքրքրասիրությանը, իսկ մի անգամ կողքի շենքի պահակն էր զայրացել): Եվ հիմա հենց այս շենքում էր՝ երրորդ հարկում: Ուրվականներ չէին երևացել: Փոխարենը գրանցվել էր հայախոս հրաշունչ վիշապի առկայություն:

– Դե, փոքրիկ բարեկամ, լսում եմ քո հարցերը, եթե այդպիսիք դեռ մնացել են իմ այս պատումից հետո,– ասաց վիշապը և մի փայտ էլ գցեց բուխարու մեջ:

Վահագնը ուշադրություն դարձրեց սենյակի հեռավոր պատի տակ ուրախ այս ու այն կողմ ճոճվող պոչին: Կարելի էր ենթադրել, որ վիշապը շատ, շատ ուրախ է քարե հուշարձանի կարգավիճակից ազատվելու համար:

– Ուզում ես ասել, որ սա երազ չի՞, ու դու ցուլի եղջյուրներով հինգ հազար տարեկան վիշա՞պ ես...

– Խոյի՛, ոչ թե ցուլի. 21-րդ դարում ցլերին խոյերից չե՞ն տարբերում, մայաղէզ լիցի՛մ...

– Լա՛վ, դա իսկապես ամեն ինչ փոխեց, կներես՝ *խոյի* եղջյուրներով վիշապ, որը Հին Հայքում...

– Մեր ժամանակ դեռ Հին չէր, ուղղակի Հայք էր...

– *Ոչ հին* Հայքում բազմաթիվ ուրիշ վիշապների հետ օգնել էր պաշտպանել մեր հողերը, ու հետո... Հետո ձեր միջից մի հատ չարը…

– Աժդահակը,– հստակեցրեց վիշապը: Նա լսում էր Վահագնի խոսքը համբերատար ուսուցչի պես՝ պարբերաբար գլխով անելով՝ ի նշան այն բանի, որ առայժմ ամեն ինչ ճիշտ է:

– Աժդահակը,– կրկնեց Վահագնը,– կարծում էր, թե մարդիկ արժանի չեն վիշապներից օգնություն ստանալու, որ վիշապները պիտի տիրեն Հայքին և ամբողջ աշխարհին: Էդպես համախմբելով վիշապներին՝ հարձակվել էր: Բայց հետո Վահագն Վիշապաքաղը...

– Ի՜նչ հերոս էր Վահիկը,– հուշերի գիրկն ընկնելով՝ ասաց վիշապը,– հերը՝ հո՜ւր, մորուսը՝ բո՜ց...

Վահագնի համբերությունը տեղի տվեց, նա դադարեց դաս պատասխանելը և արտահայտեց իրեն տանջող կասկածը.

– Հիմա դու ամենայն լրջությամբ ուզում ես ինձ համոզել, որ Վահագն Վիշապաքաղը իրական դե՞մք է, այլ ոչ թե հորինված, առասպելական կերպա՞ր: Մենք դպրոցում անցել ենք…

– Դե, գիտե՞ս ինչ, գուցե ես է՞լ եմ *հորինված, առասպելական կերպար*,– վիշապը կապկեց Վահագնին,– բայց չէ, չէ՞:

Վահագնը թաքուն հայացք նետեց հատակին, որտեղ դեռ երևում էր վիշապի արձակած բոցի հետքը, ապա բուն վիշապին, և հոգոց հանեց. փաստորեն, նա այդքան էլ հորինվածք չէր:

– Երբեմն առասպելներում ավելի շատ ճշմարտություն կա, քան ձեզ՝ անցյալը մոռացած մարդկանց կթվա,– ասաց վիշապը ու սկսեց հոտոտել սնունդով արկղը, բայց իսկույն մռութը զզվանքով մի կողմ փախցրեց:

– Լավ, ենթադրենք՝ Վահագն Վիշապաքաղը կռվեց վիշապների հետ, հաղթեց, իսկ հետո... Հետոյի մասը լավ չհասկացա, մի անգամ էլ կբացատրե՞ս:

Վիշապը ոլորեց աչքերը, ֆշշացրեց, բայց բացատրեց.

– Վահագնը՝ հուր հերով ու բոց մորուսով, վիշապների հարցը լուծեց՝ մեզ քար դարձրեց: Էն որ դուք հիմա ասում եք վիշապաքար: Այ դա մենք ենք՝ նախկին վիշապներս:

– Մի րոպե՛, ուրեմն դու պիտի հիմա խոսեիր գրաբարո՛վ, կամ դրանից էլ ավելի հին հայերենով, բա էդ ո՞նց...

– Ես քարացած եմ եղել, բայց ոչ սատկած,– մի քիչ վիրավորված նկատեց վիշապը,– գիտակից չեմ եղել, բայց հազարամյակների ընթացքում շուրջս հոսող տեղեկությունը կլանել եմ: Իսկ քանի որ ահագին երկար անցկացրել եմ ձեր էս նոր քաղաքի կենտրոնում, լավ էլ ընկալել եմ ձեր լեզուն: Էն չի, իհարկե, իսկական Հայքի վեհությունը չկա մեջը, մեկ-մեկ էլ էնպես եք աղավաղում սիրուն բառերը... Օրինակ՝ Էրեբունին ի՞նչ վատ անուն էր, որ սարքել եք Երևան: Ա՛յ քեզ բան...

– Լավ, ենթադրենք: Հիմա հետ գանք քո պատմությանը: Փաստորեն, դու ոչ թե էն չար վիշապի կողմից ես եղել, այլ Վահագնի... Էդ ո՞նց:

– Դե...– Վիշապը տեղում շուռումուռ եկավ ու հայացքը փախցրեց. Վահագնին թվաց, որ ցավոտ թեմա է, քանի որ սրանից առաջ էլ, պատմելիս, վիշապն այս հատվածը հպանցիկ ու մշուշոտ ներկայացրեց,– բնականաբար, ոչ բոլոր վիշապներն էին չարացած մարդոց վրա: Ես, օրինակ, միշտ վստահ էի, որ երկրի ականակիտ ապագայի համար մարդիկ ու վիշապները՝ երկու ամենազորեղ գազաններն աշխարհի, պիտո է լինեն համերաշխ ու միասնական: Ու ես էն վիշապներից էի, որ դեմ էին Աժդահակի բռնած ուղուն...

– Բայց քեզ է՞լ քարացրին:

– Այո, ինձ էլ: Քանզի ես էլ եմ վիշապ, ու մարդիկ այլևս չէին վստահում վիշապներին:

Մի պահ անհարմար լռություն տիրեց: Վահագնը զգաց, որ հավելյալ հարցուփորձը կարող է փչացնել առանց այդ էլ վտանգավոր էակի տրամադրությունը: Բայց մինչ նա մտածում էր, թե ինչպես շարունակի զրույցը, խոսեց վիշապը.

– Լսի՛ր, տղա՛, դու դպրանոց չես գնո՞ւմ:

Վահագնը նայեց լուսամուտից դուրս. օրն արդեն լիարժեք մեկնարկել էր, մարդիկ շտապում էին աշխատանքի ու դասի: Այո, դպրոցի մասին նա իսկապես մոռացել էր...

– Հա, պիտի վազեմ... տեղից ցատկելով ասաց նա,– դու ոչ մի տեղ չե՞ս գնալու, էստեղ կլինե՞ս:

– Չէ, խորհելու բաներ ունեմ, կմնամ էստեղ:

Վահագնը հատակից վերցրեց պայուսակն ու գնաց դեպի դուռը: Բայց նախքան դուրս գալը պտտվեց և մի անգամ էլ նայեց սենյակով մտախոհ այս ու այն կողմ քայլող հրեշին: Վիշապը կանգ առավ, կարծես բան հիշեց.

– Ականջ արա, ակնառու հարց. ես չնայած առասպելոտ, բայց շունչ արարած եմ, ու ինձ անհրաժեշտ է սնունդ: Բայց կարծեմ էստեղ ջեյրաններ ու այծյամներ չկա՞ն որսալու: Իսկ շների ու կատուների մաքրությանը վստահ չեմ: Ոչ էլ էս ապարանքի պաշարներն են վստահելի,– զզվանքով նայեց անտունի հավաքած արկղին,– կուզեմ ասել՝ նպարի հարցը թողնում եմ քեզ:

– Հա, չէ, շներին ձեռք մի տուր, որովհետև... իրոք հեչ համով չեն: Շաուրմա կուտենք էսօր:

Վիշապն այդ բառը երբեք չէր լսել: Նրա զարմացած ու մի քիչ կասկածոտ հայացքին ի պատասխան՝ տղան բացատրեց.

– Կտեսնես: 21-րդ դարի Հայքի մեծագույն բարիքներից է: Մենակ տուն մտնեմ՝ փոխվեմ:

Վահագնը մի պահ էլ կանգ առավ ու անվստահ հարցրեց.

– Իսկ էդ բառը, որ մի քանի անգամ օգտագործեցիր, մույա… մայո…

– Մայաղէ՞զ:

– Հա: Հայհոյո՞ւմ էիր, հին հայկական քֆուր է՞ր, հա՞:

Վիշապը քմծիծաղ տվեց.

– Մասամբ՝ այո: Մեր ժամանակ վիշապների համար ամենամեծ վիրավորանքը մանր, լպրծուն սողուններին նմանեցնելն էր: Որևէ բանից դժգոհելիս ասում էինք՝ մայաղէզ լիցիմ, որպես և դուք էստեղ ասում եք՝ փիղ ըլնեմ:– Վիշապը հանկարծ հոնքերը կիտեց.– իսկ մայաղէզը դարձրել եք մողես, նորից առել աղավաղել եք ականջահաճո, եռաչափ բառը…

Վահագնը չէր ուզում այլևս լսել վիշապի փնովանքները ժամանակակից հայերենի մասին ու, պատասխանով բավարարված, դուրս վազեց:

3.
Հազարամյակի բացահայտումը

Ընտանիքով պետք է գնային հայրիկի գործընկերոջ տուն հյուր: Պետրոսը չէր ուզում, ուզում էր օրն անցկացնել իրենց բակում՝ ձորի բլրանին, մենակ, մյուսներից հնարավորինս հեռու: Բայց հավաքույթն ընտանեկան էր, նվնվոցներն արդյունք չտվեցին: Գնացին:

Առաջին մասը տիպիկ տաղտկալի, մեծական ճաշկերույթ էր՝ ուտելիքով, գինով ու կենացներով: Վարդերեսյանների տղան էլ, որ Պետրոսի տարիքին կլիներ, առանձնապես չէր տենչում ընկերական հարաբերություններ հաստատել հյուրի հետ: Այդուհանդերձ, երբ մեծերն առաջարկեցին երկուսով իջնել բակ, մի քիչ աշխուժացավ: Պետրոսը չուզելով միացավ շենքի տակ գնդակ տշող տղաներին: Հյուրին կանգնեցրին դարպասին՝ պատի վրա մի քանի օր առաջ սպիտակ ներկով ծուռմուռտիկ պատկերված ուղղանկյան տակ, որի մեջտեղում մեծ, հպարտ տառերով գրված էր «Արարատ 73», իսկ վերևի անկյունների «իննոցները» նշված էին քառորդ շրջաններով: Պետրոսը մի քանի րոպեի ընթացքում երկու գնդակ բաց թողեց, արժանացավ թաղեցիների քամահրական խնդմնդոցներին ու մեկ հայհոյանքի, որին չհամարձակվեց պատասխանել, հետո ինքն իր վրա զայրացավ, որոշեց ցույց տալ, թե ինչի է ընդունակ: Այդպես, մի քանի դժվարին գնդակ որսաց, արժանացավ թեկուզ զուսպ, բայց արդեն հաստատ ավելի բարձր գնահատականի և այնքան ոգևորվեց, որ գնդակը խաղի մեջ մտցնելիս այնպես տշեց, որ այն թռավ-գլորվեց գնաց անհայտ ուղղությամբ:

Հիասթափված ֆուտբոլիստներն առանց վարանելու նորաթուխ դարպասապահին ուղարկեցին գնդակի հետևից: Վարդերեսյանների տղան էլ դավաճանաբար չեկավ ուղեկցելու: Մինչ մյուսները տեղավորվեցին զրուցարանում ու սկսեցին թաքուն ծխել, նա սկսեց որոնողական աշխատանքները: Բակը շրջապատված էր խիտ ծառերով. այսպիսի մեծ այգի քաղաքում Պետրոսը տեսել էր մեկ էլ իրենց տան մոտի կամրջի մյուս կողմում: Մի ամբողջ անտառ էր:

Զրուցարանից լսվում էին տղայական հռհռոցներ: Երևի նոր անեկդոտներ էին պատմում: Կամ էլ իր հետևից էին ծիծաղում. դա էլ նորություն չէր. Պետրոսը չէր սիրում մարդկանց, մարդիկ չէին սիրում Պետրոսին: Բայց, մեկ է, տհաճ էր: Նեղվեց, բարկացավ, անիծեց իր ուժգին հարվածը, որի պատճառով այդքան շուտ կորցրեց հազիվ ձեռք բերված պատիվը...

Երեկվա անձրևից մնացած ջրափոսի մեջ նկատեց լավ քրքրված կաշվե գնդակը: Ուրախացած վազեց այդ ուղղությամբ, բայց հանկարծ սարսափած մեխվեց տեղում: Ջրափոսից քիչ այն կողմ՝ թփերի միջից մի հրեշավոր մռութ էր նայում: Մի քանի վայրկյան պահանջվեց, որպեսզի հասկանա, որ հսկա օձանման գլուխը քարից է և չի կծի: Համենայն դեպս, դեպի ջրափոսը շարժվեց զգուշորեն, հայացքը քարե մռութից չկտրելով, կարծես այդպես ավելի անվտանգ կլիներ: Ու չնկատեց՝ ոււքը խփեց մյուս քարին: Շրջվեց ու նորից վախից հետ ցատկեց: Այս մի քարե հրեշի գլուխը ոչ թե օձանման էր, այլ խոյի եղջյուրներով զարդարված (Պետրոսի տեսանկյունից՝ «զինված»): Վերջապես հասավ ջրափոսին, կռացավ, վերցրեց ցեխոտ գնդակը... Գցեց ու մոտեցավ քարե հրեշներին:

Ութ տարեկան տղան հանկարծ մոռացավ ֆուտբոլի, ընկերների, ծնողների, Մասիվի, Երևանի, ամեն ինչի մասին: Ինքն էր ու քարե... Ձկնե՞րը, օձե՞րը, հրեշնե՞րը: Քարե վիշապները՝ ձկնանման և օձանման, անվրդով նայում էին դարպասապահ Պետրոսին, կարծես մի բան գիտեին, բայց չէին ասում: Թե՞ ասում էին... Պետրոսը հիպնոսացած մոտեցավ այն առաջին սարսափազդու հրեշին ու նայեց աչքերի մեջ. նրան թվաց, թե քարե բեկորը շնչում է՝ կարծես կարևոր բան է ուզում իրենից, օգնություն է խնդրում ու խոստանում է, որ դրանից հետո Պետրոսի վրա էլ ոչ ոք չի ծիծաղի... Չգիտեր՝ որքան անցավ, բայց արդեն մութ էր, երբ բակի կողմից վերջապես երևաց հոր ընկերոջ տղան:

– Հե՜յ, Ալյոշա Աբրահամյա՛ն, ո՞ւր մնացիր, սաղ բակով քեզ ենք ման գալիս,– ընդհատված ֆուտբոլային հանդիպմանը Իշտոյանի դիրքում խաղացող պատանին, մեղմ ասած, զայրացած էր:

– Հը՞... Հա, հեսա... գնդակը վերցնեմ գամ,– կմկմաց Պետրոսը, որին մի ակնթարթում պոկել էին քարե վիշապների կախարդական աշխարհից:

– Տուր ստեղ,– տղան կոպտորեն խլեց ցեխոտ գնդակն ու քայլեց դեպի բակ: Հետո շրջվեց և բղավեց հիասթափված հյուրի ուղղությամբ,– արի՛, վա՜յ, ձերոնք հավաքվել՝ քեզ են սպասում:

Մայրիկն անհանգստացած էր երևում, հայրիկը՝ զայրացած: Մինչև տաքսիով տուն հասնելը չխոսեցին: Բայց վերջում, արդեն տուն մտնելիս, Պետրոսը մեղավոր ձայնով, առանց հորը նայելու, հարցրեց.

– Պապ, իսկ... բանը... վիշապներ կա՞ն: Իսկականից:

Հայրիկը զարմացած նայեց անհաջողակ դարպասապահին՝ կարծես չհասկանալով հարցը: Պետրոսը բացատրեց:

– Վարդերեսյանների շենքի մոտ այգի կար, այգու մեջ էլ՝ քարից վիշապներ, ոնց որ իսկական լինեին...

– Ա՛յ տղա, դու քարից ձկներին իսկական հրեշներից չես տարբերո՞ւմ,– նյարդայնացած պատասխանեց հայրիկը,– վիշապաքար են դրանք, քարից են:

Պետրոսը չմոռացավ հիպնոսացնող հայացքով վիշապին ու խոստացավ մտքում անպայման մի օր հասնել օգնության: Այդ քարակերտ էակներն իրեն ավելի հարազատ թվացին, քան շատախոս ու կեղծավոր մարդիկ:

Դպրոցում նրան ծաղրում էին իր հետաքրքրության համար, Վիշապետո էին ասում ու հռհռում: Ծնողները հիասթափված գլուխներն էին օրորում՝ հասկանալով, որ սա հաստատ ատամնաբույժ դարձողը չի: Փոքր եղբայրն ամաչում էր հետը բակ իջնել՝ ընդհանրապես խուսափում էր իրենից: Համալսարանում կարծես ավելի հանգիստ էր. այնտեղ բոլորը մի քիչ «խփնված էին», ինչպես փնթփնթալով ասում էր հայրիկը: Բոլորը փորձում էին բացահայտել անցյալը, բայց այստեղ էլ ամեն ինչ շատ մակերեսային էր: Վիշապներին նույնքան սիրահարված էր միայն մեկը՝ սքանչելի Նանեն: Բայց, ավաղ, և՛ որպես գործընկեր, և՛ որպես կյանքի ուղեկից, Պետրոսի դիցուհին ընտրեց շատախոս, հիմար կատակների սիրահար և նյարդայնացնող երկար մազերով Նիկողայոսին: Այդ կերպարի մեջ Պետրոսին ամենից շատ զայրացնում էր նրա վերաբերմունքը վիշապներին: Մադոնցի համար դրանք հին մարդկանց մտքի կերտվածքն էին, նրանց վախերի մարմնացումը, որ մնացել էին քարե կոթողների տեսքով: Նա լուրջ չէր վերաբերվում վիշապներին: Իսկ Նանեն գնաց դրա հետևից...

Այդպես Պետրոսը գիտական աշխարհ մտավ՝ մնալով ամբողջովին մենակ ու չհասկացված: Նրան կհասկանային միայն իսկական վիշապները: Որոնք դարերով սպասել են իր՝ Պետրոս Սյունու օգնությանը: Մարդիկ դեռ կփոշմանեն:

***

Պետրոս Սյունին, բժշկական ձեռնոցները հագին, դողացող մատներով թերթեց 1300 տարվա վաղեմության մագաղաթը, որն իր հերթին, ըստ երևույթին, ավելի հին ձեռագրի արտագրություն էր: Տարիքը շշմեցուցիչ էր, բայց նախորդ օրերին լաբորատոր փորձեր արած գործընկերները հաստատել էին: Կաշվի կազմի մնացորդներ, ներսում՝ պատառոտված տասը թերթ: Մնում էր վերծանել տարօրինակ գրությունները, որոնք, ըստ պահպանված մանրանկարների, հատուկ դեղամիջոցի բաղադրատոմս էին: Սա «Վիշապագիրն» էր: Բոլոր էջերի լուսանցքներում պատկերված էին վիշապներ: Ամենասարսափելին վերջին էջում էր: Սև, հսկայական՝ ավելի մեծ, քան մյուսները: Պատկերված էր էջի տակ, և երախից ժայթքող հուրն այրում էր երկաթագիր տառերը: Նրա երկու կողմերում սարսափահար մարդիկ, ձեռքները վեր պարզած, կարծես հանձնվելիս լինեին հրեշին:

Պատմաբան, վիշապագետ ու վիշապասեր (նա վստահ էր, որ երբեք ոչ ոք իր չափ սիրահարված չի եղել քարե հրեշներին) Սյունին հիմա ավելի կարևոր մի գործ ուներ: Գրասեղանի դարակը բացեց, ձեռքը մտցրեց խորքը, բացեց գաղտնի բաժինը, հանեց փոքր սրվակն ու մոտեցրեց աչքերին: Ասպակե սրվակի մեջ հազիվ մի քանի կաթիլ կարմիր հեղուկ լիներ: Ինչպես երևում էր՝ շատ կարևոր հեղուկ էր, քանի որ Սյունու ձեռքերը նույնիսկ մի փոքր դողում էին լարվածությունից: Վերջապես նա սրվակը դրեց բաճկոնի գրպանն ու դուրս եկավ: Տաքսին արդեն սպասում էր, ուղղությունը՝ Նոր Նորքի երկրորդ զանգված, որը մարդիկ պարզապես Երկրորդ Մասիվ են կոչում:

Իրականում դեռ շուտ էր: Պետք էր սպասել, մինչև մարդիկ պակասեն՝ երեխաները հագենան բռնոցիներից ու գետնիցբարձրերից ու գնան տուն՝ տնային աշխատանք անելու, իսկ սիրահար զույգերը կհոգնեն համբուրվելուց ու նույնպես կցրվեն տներով։ Եվ ինքը մենակ կմնա Վիշապների պուրակում։

Սրվակի պարունակությունը քիչ էր ու միայն մեկ փորձի համար կբավարարեր։ Բայց եթե այդ փորձն անցներ այնպես, ինչպես խոստանում էին նրա բազմամյա գիտական ուսումնասիրությունններն ու Վիշապագրի՝ արդեն վերծանված էջերը, ուրեմն այս մեկ փորձն էլ կլիներ շրջադարձային իր՝ Սյունու, գիտության, հայության և համայն մարդկության համար։ Բայց նախ և առաջ՝ Սյունու. մնացածը նրան քիչ էին հետաքրքրում։ Եվ այսպես, երբ արդեն ուշ երեկո էր, ու պուրակն ազատվել էր անցանկալի վկաներից, Սյունին մոտեցավ վիշապաքարերից ամենախոշորին։ Ձեռքով շոշափեց փորագրությունները. այս զարդանախշերը նա նույնությամբ տեսել էր նաև Վիշապագրի էջերից մեկում՝ «Դժնդակ» կարճ նկարագրությամբ։ Մանրանկարներից մեկը նվիրված էր հենց այս կոթողին, միայն թե այնտեղ պատկերված էր նաև կենդանի մի հրեշ, որի երախից սառնություն էր հորդում, և նա իր շնչով սառեցնում–ոչնչացնում էր ցանկացած կենդանի արարածի։ «Միջնադարյան նկարիչները սովորություն ունեին ամեն ինչ մի քիչ չափազանցնելու»,– մտածեց Սյունին, երբ հիշեց այդ պատկերները։ Դա նրան չպետք է վախեցներ։ Թեպետ ամեն դեպքում արժեր նաև զգուշանալ։

Սյունին բացեց սրվակը։ Միջից կարմրավուն երանգի գոլորշի դուրս եկավ։ Գիտնականը բացված սրվակը մոտեցրեց վիշապաքարի մեջքին փորագրված զարդանախշին ու դանդաղ, զգուշորեն պարունակությունը, որը շատ նման էր սովորականից թանձր արյան կաթիլի, լցրեց նախշի փորագրած հունի մեջ։ Հպվելով քարին՝ հեղուկը ճտճտաց, ինչպես կճտճտար տաքացած թավայի մեջ լցրած ձեթը, ապա սկսեց արագ տարածվել զարդանախշերով, ինչպես արյունը կենդանու երակներով։ Սյունին հետ քաշվեց։ Հանկարծ հիշեց, որ պատրաստվում էր վավերացնել այս գործընթացը։ Գրպանից շտապ հանեց հեռախոսը, միացրեց տեսախցիկն ու վիշապաքարը պահելով կադրի մեջ՝ հետ գնաց այնքան, մինչև թաքնվեց հաստաբուն մի ծառի հետևում:

Բարեբախտաբար, հեռախոսը տեսագրեց այն, ինչ տեղի ունեցավ րոպեներ անց՝ «դարի՛, հազարամյակի՛ բացահայտումը», ինչպես մտքում արձանագրեց վիշապասեր հնագետը: Այն է՝ մարդու միջամտությամբ քարե կոթողի միջից, ինչպես ձվից, դուրս եկող՝ վաղնջական ժամանակներից կյանքի վերադարձող վիշապը: Ու եթե ճիշտ էր դարերի խորքից Սյունուն հասած ձեռագիրը, ապա հենց այս վիշապը սառնաշունչ Դժնդակն էր՝ Վիշապաց Վիշապ Աժդահակի աջ ձեռքը: Սյունին փայլող աչքերով նայում էր մե՛կ հեռախոսի էկրանին, որի մեջ երևում էր մկանները ձգող, նոր իրավիճակին հարմարվող հրեշը, մե՛կ՝ իրականությունը ստուգելու համար, արթնացող արարածին: Մինչ նա մտածում էր՝ արժե՞ արդյոք մոտենալ, խոսել, կապ հաստատել այս զարմանալի էակի հետ, թե՞ պետք է զգուշանալ, թփերի հետևից լսվեց շան հաչոց: Դժնդակը կտրուկ կանգնեց տեղում, ապա գլուխը կասկածամտորեն թեքեց հաչոցի կողմը: Սյունին որոշեց առայժմ սպասել և պարզապես հետևել:

4.
Տապը հատ խոզով, առանց սոխի

Առավոտը լեռներում միշտ մոգական է, անիրական, եթերային: Երբ արևը դեռ ամբողջությամբ չի բարձրացել հորիզոնից, բայց երկինքն արդեն կորցնում է գիշերվա թանձրությունը, թռչուններն արթնանում են, օդն էլ փափկում է, այդ մի քանի րոպեն, որ երբեմն ավելի երկար են թվում, քան անվերջությունը, իսկական հրաշք են: Եվ այդ հրաշքն իրապես զգալու համար պետք է առավոտը դիմավորել սարի վրա:

Նիկողայոս Մադոնցը պաշտում էր առավոտները, հատկապես եթե կարող էր դիմավորել բարձունքներում: Ինչպես այժմ, Գեղամա լեռների այս ֆանտաստիկ, աննկարագրելի գեղեցիկ գագաթի վրա: Այն էլ ի՛նչ առիթով…

Մադոնցը պարզեց ձեռքերը և զգաց ողնաշարի ոսկորների ճտճտոցը: Կողքից կարող էր թվալ, թե տարօրինակ հեթանոսն այս կերպ դիմավորում է լեռան գագաթից դուրս եկող արևը, բայց գիտնականը պարզապես արթնացնում էր մարմինը: Արշավախմբի մյուս անդամները դեռ քնած էին վրաններում: Սուրճը, բարեբախտաբար, հետն էր երկարավուն գավաթ-թերմոսում:

***

Վահագնը կարող էր երթուղային նստել ու ավելի արագ հասնել տեղ, բայց մտքերն այնքան խառն էին, որ ոտքով գնաց: Միևնույն է, ծնողներն այստեղ չէին, որ զայրանան ամբողջ գիշեր տանը չլինելու համար, այնպես որ իրավիճակը վերահսկելի էր: Իսկ հետո պետք էր գտնել Արեգին ու խոստացած շաուրման գնել հայախոս վիշապի համար: Վահագնը իրենից անկախ սկսեց ծիծաղել: Ա՜յ քեզ ապուշություն, ի՞նչ վիշապ: Սովորական երևանյան առավոտ է, ինքն էլ սովորական երևանցի պատանի, որը պետք է փորձի չուշանալ դպրոցից: Հա, նաև այսօր նա դառնում է 13 տարեկան…

Հաջորդ երեսուն րոպեների ընթացքում, որոնց մեծ մասը Վահագնը անցկացրեց Կասկադի շարժասանդուղքներին և դժգոհ մտքերի մեջ, գիշերային արկածների հուշերն այնքան անիրական դարձան, որ հոբելյարը կարող էր վստահ ասել, թե այդ ամենը պարզապես երազ էր, որ արթնանալու առաջին պահին այնքան իրական էր թվում, բայց մի քանի րոպե անց մշուշոտ հուշ էր միայն: Բայց եթե երազ էր, ապա ինչո՞ւ տանը չէ՝ իր սենյակում: Շփոթեցնող հարցերը շուտով դուրս մղվեցին ուղեղից, առավել ևս, որ հասավ իրենց շենքի մուտքին:

Ճիշտ այդ պահին շքամուտքից դուրս էր գալիս հարևան Խաժակ Գրիգորիչը. տարիներ առաջ, ասում են, կարևոր բանասեր է եղել, բայց Վահագնը որքան իրեն հիշում էր՝ փնթփնթան, բամբասկոտ ծերուկ էր: Ահա հիմա էլ՝ Վահագնի արագ «Բարև ձեզ»-ին հետևեց Խաժակ Գրիգորիչի թարս հայացքն ու մի ամբողջ դասախոսություն, թե բա՝ «Էդ ի՞նչ ես անում ամբողջ գիշեր, որ տանը չես լինում, բա ծնողներդ չգիտե՞ն, երևի որ իմանային, չէին թողնի, որ մենակ մնաս, ով գիտի՝ տա՞նն ինչեր ես անում, այ քեզ բա՜ն, էդ մարդիկ երևի մտածում են՝ երանի աղջիկ ունենային...»: Վահագնն առանց կանգնելու միայն քթի տակ ասաց, թե տատիկի տանն էր, ու որ իր ծնողները շատ էլ գոհ են իրենց տղայից: Ասաց ու հիշեց, որ տատիկից բաց թողած զանգ ունի, պետք է հետ զանգել:

Տղան արդեն երկրորդ հարկում էր՝ իրենց բնակարանի դռան մոտ: Դիտանցքի տակ փակցված էր մայրիկի սիրելի ցուցանակը՝ ուղղանկյուն, որի վրա գրված էր «Ոստան Մադոնցաց», իսկ կողքին վիշապագորգերից նախշեր էին: Բանալին պտտվեց, դուռը բացվեց: Վահագնը ներս մտավ, միջանցքով քայլելիս հանեց կոշիկները, հյուրասենյակում պայուսակը բազմոցին նետեց ու գնաց խոհանոց: Բացեց ծորակը, բաժակը ջուր լցրեց ու մի շնչով կլանեց: Մոտեցավ սառնարանին. պետք է դեռ երեկվանից ուտելու բան մնացած լիներ, քանի որ նման դեպքերում մայրիկը միշտ մի քանի օրվա ուտելիք էր պատրաստում ու թողնում: Մտավ իր սենյակ, հեռախոսը միացրեց լիցքավորիչին և սկսեց արագ փոխվել. երեկվա հագուստը, մեղմ ասած, անբարետես էր, մասնավորապես, ջինսը ցեխոտվել էր ու ձախ ոտքի ստորին մասում՝ նաև պատռվել:

Կանգ առավ: Մտածեց, որ չէր խանգարի մի քիչ փող վերցնել՝ չես իմանա, օրն ինչ շարունակություն կունենա: Ծնողները սովորականից ավելի գումար էին թողել. հաշվի էին առել, որ հնարավոր է՝ ծննդյան օրը նշի (իրականում Վահագնն արդեն այդպիսի ծրագիր չուներ): Ո՞ւր է դրել... Սկսեց փորփրել դարակները՝ տետրեր, գրքեր, սկավառակներ, ամսագրեր, բայց փող չկա...

Փոխարենը գտնվեցին վերջին իրադարձությունների հետ շատ համահունչ պեղածոներ. մանուկ հասակում նրա ամեն ինչը կապված էր վիշապների հետ. հայրիկից էր վարակվել: Վիշապներով շապիկներ էր կրում, վիշապների մասին ֆիլմեր դիտում, պլաստիլինից վիշապներ պատրաստում, նկարչության դասին նկարում էր Արարատը, արևը, բարդիներն ու կարմրամաշկ վիշապին, որը նույնիսկ անուն ուներ (հիմա սպանես՝ չէր հիշի), իսկ դպրոցից խնայած հիսուն ու հարյուր դրամները հավաքում էր վիշապի պատկերով արկղիկի մեջ: Պատկերն իր ձեռքի աշխատանքն էր՝ շատ հպարտ էր դրանով: Բայց մեկ տարի առաջ հենց էլի այս օրերին էր այն ժամանակ 12-ամյա Վահագնը որոշել, որ ինքն այլևս փոքր չէ, իսկ վիշապամոլությունը երեխայություն է: Հայրիկն ու մայրիկը թող զբաղվեն դրանով, որքան կուզեն, իսկ ինքն ավելի կարևոր զբաղմունքներ ուներ: Հավաքել էր վիշապական ամեն բան, լցրել արկղի մեջ ու քիչ էր մնում տաներ՝ բակում այրեր: Բայց ձեռքը չէր գնացել, պարզապես արկղը խցկել էր մահճակալի տակ:

Արկղը գտավ փոշու հաստ շերտի տակ, մեջը՝ ինչ ասես՝ տետրեր, ալբոմներ, գրքեր: Այդ կույտի մեջ էլ հայտնաբերեց դրամապանակը: Մեջը՝ մի քանի 10 հազարանոցներ, որոնք պետք էր խելամիտ ծախսել: Խցկեց գրպանը: Փոշու շերտի տակից աչքին ընկավ դպրոցում արված մատիտանկարներից մեկը. կարմիր վիշապն այս անգամ ոչ թե լեռներում էր սավառնում, այլ ծուռմուռ գծերով նկարված Երևանի կենտրոնում, երախից ժայթքող հուրն էլ քիչ էր մնում՝ այրեր Մոնումենտի կոթողը (իսկ Կասկադի ստորոտում վախեցած տուրիստները այս ու այն կողմ էին փախչում): Թղթի վերևի անկյունում ծուռումուռ տառերով գրված էր «Վազգեն», իսկ սլաքն ակնարկում էր, որ դա կարմիր վիշապի անունն է:

Վահագնը քմծիծաղեց:

Նկարը նորից արկղը գցեց, նայեց հայելու մեջ՝ շեկ մազերը (արդեն բավական մգացած, եթե համեմատենք մանուկ տարիքի լուսանկարների հետ) գզգզվել էին՝ աջ ու ձախ տնկվել: Ձեռքով մի քիչ հարթեց, վերցրեց պայուսակն ու դուրս վազեց:

Խաժակ Գրիգորիչն արդեն մենակ չէր, մեկ այլ բազմազբաղ ծերուկ Գառնիկ ձյայի հետ նարդի էր գցում զրուցարանում: Նրանց կողքով սլանալիս Վահագնը շատ հստակ լսեց՝ «Արա, էս ի՜նչ սերունդ են սրանք...», բայց, իհարկե, ոչ մի ուշադրություն չդարձրեց:

***

Ծրագիրը հետևյալն էր. սպասել Արեգին դպրոցի բակի դարպասից ոչ հեռու և համոզել, որ գոնե առաջին ժամից փախչեն: Վահագնը չէր ուզում մենակ գնալ Մոսկովյանի այն լքված տունը, բայց բոլորովին չգնալ նույնպես չէր կարող:

Դպրոցին այդքան մոտիկ սպասելը, իհարկե, ուներ իր վտանգները. հեշտ կնկատվեր: Բայց Արեգը երբեք չէր լսում իր բջջայինի զանգը, ոչ մի անգամ միանգամից չէր պատասխանել Վահագնի զանգերին:

Ապահովության համար Վահագնը տեղակայվեց դարպասի հարևանությամբ գտնվող կրպակի հետևում այնպես, որ լավ տեսնի փողոցը, որտեղով սովորաբար գալիս էր Արեգը: Անցավ հինգ րոպե, հետո տասը: Աշակերտների հոսքը գնալով մեծացավ, հետո կտրուկ պակասեց, մնացին միայն ուշացողները (և ինչպես միշտ՝ ամենաքիչ շտապողները): Վահագնը սկսեց անհանգստանալ: Մի անգամ էլ փորձեց իր՝ ժամանակի փորձությանը դիմակայած բջջայինով զանգահարել ընկերոջը: Եվ նա վերջապես պատասխանեց:

– Հազի՜վ, ո՞ւր ես, դպրոցի մոտ սպասում եմ...

– Դասի եմ,– հեռախոսի միջից շշնջաց ընկերը,– դո՞ւ ուր ես, հեսա ներկա-բացակա են անելու...

– Ո՜նց, ինչի՞ ես էդքան շուտ եկել...

– Վայ, տեսավ Ասատրյանը:

Հեռախոսից լսվեցին ազդանշանի տու-տուները, իսկ հիասթափված Վահագնը շրջվեց, որպեսզի իր 13-ամյակի առավոտը շարունակի դպրոցից հնարավորինս հեռու: Բայց ճակատագիրն այլ բան էր որոշել: Եվ այդ որոշման մարմնավորումը ուսմասվար պարոն Կատվալյանի բարձրահասակ ու նիհար կերպարանքն էր, որն էլ կտրեց Վահագնի ճանապարհը:

– Այս ո՞ւր, հարգելի երիտասարդ,– իր հասակի բարձունքից խոսեց ուսմասվարը,– դպրոցի տե՞ղն ես մոռացել:

– Չէ, չէ, ինչ եք ասում,– Վահագնի ուղեղը սրընթաց փնտրում էր հարմար պատասխան, բայց ոչինչ չէր գտնում,– ուղղակի, ըմ, մտածում էի...

– Մտածում էիր, որ այսօր ծնունդդ է, ու կարելի է առաջին դասից մի փոքր ուշանալ,– պարոն Կատվալյանի տոնից և խորամանկ ժպիտից հասկանալի էր, որ նա, նախ, տեղյակ է այս աշակերտի ծննդյան ամսաթվից, երկրորդ՝ որ կարող է ջահելների լեզվով ծիծաղելի ռեպլիկներ թողնել («կարող ա՞ գիտես՝ ծնունդդ ա»), երրորդ՝ որ այդ աշակերտը չի

կարող խուսափել դասին մասնակցելուց:– Դե, արի, արի, եթե չեմ սխալվում, այսօր առաջին ժամը կենսաբանություն է, չէ՞, տիկին Աստրյանը հանկարծ բացակա չնշանակի:

Վահագնը բերանը բացեց՝ ասելու, որ շտապում է գիշերը հայտնաբերած վիշապի մոտ, որը համ էլ սոված է, բայց ժամանակին լռեց և համակերպվեց իրողության հետ: Պարոն Կատվալյանն էլ ուղեկցեց նրան մինչև դասարանի դուռը՝ երկրորդ հարկում: Դեռ ավելին՝ երբ նրա խիստ հայացքի ներքո Վահագնը գլուխը կախ մտավ դասարան, հայտարարեց կարծես թե միայն տիկին Աստրյանին, բայց իրականում այնպես, որ բոլորը լսեն.

– Տիկին Աստրյան, այսօր Վահագնի ծննդյան օրն է, խնդրում եմ, ներողամիտ եղեք ուշացման համար: Միայն այսօր, իհարկե:

Եվ ահա, բոլորի հայացքները և նվաստացուցիչ խնդմնդոցներն ուղղվեցին Վահագնին: Հոբելյարը գլուխը կախ շտապեց մեջտեղի շարքի վերջին նստարանը, որտեղ Արեգը (այդ դավաճանը, որ հենց այսօր սովորականից շուտ էր եկե՜լ) տեղ էր պահել ընկերոջ համար: Թեպետ պահելու համար ոչ մի հատուկ բան չէր արել, պարզապես ոչ ոք չէր էլ պատրաստվում նստել նրա կողքին:

– Վահագն, շնորհավորում եմ տարեդարձդ,– անկեղծ հայտարարեց տիկին Աստրյանը,– բայց հիմա լռություն, շարունակում ենք: Լռությո՜ւն... Դինոզավրերը...

– Բա շնորհավոր,– հանդիսավոր, բայց ցածրաձայն՝ ձեռքսեղմման հետ զուգահեռ ասաց Արեգը:

– Ո՞ւր էիր, ինչի՞ ես էսքան շուտ եկել էսօր:

– Եսիմ, մտածեցի՝ մի օր էլ չուշանամ: Ինչի՞:

– Բան կա ցույց տալու: Էս դասից հետո գնում ենք:

– Բայց...

– Հաշվի առ ծնունդդ:

Արեգը համաձայնության հոգոց հանեց:

– ...իշխել են Երկիր մոլորակի վրա մեզոզոյան դարաշրջանում՝ մոտ 160 միլիոն տարի՝ սկսած տրիասյան շրջանի վերջից մինչև կավճի շրջանի ավարտը, երբ նրանց մեծ մասը ոչնչացավ,– տիկին Ասատրյանը պատմում էր բրածո կենդանիների մասին՝ ցուցափայտով ներկայացնելով գրատախտակին փակցված նկարազարդումները՝ յուրայի դարաշրջանի անտառներում ինքնամոռաց իրենց օրն անցկացնող ստեգոզավրերին, բրախիոզավրերին և սոված ալոզավրերին,– Վարդգե՛ս, շշուկները դադարեցնում ենք... Իսկ հիմա պատմիր դասարանին, թե ինչ գիտես դինոզավրերի մասին:

– Դե, եսիմ, դռակոններ են էլի, թռնում էին, բան, բերանից կրակ-մրակ էին պզզցնում,– ժպիտը դեմքին խոսեց աշակերտը, որը նաև ավելի բարձր դասարանում սովորող Գևորի «թիկնազորից» էր:

Լսվեցին աշակերտներից մի քանիսի հրճված խնդմնդոցները:

– Սրամիտ պատասխան էր, բայց սխալ,– նկատեց ուսուցչուհին,– ո՞վ կպատմի Վարդգեսին դինոզավրերի և վիշապների տարբերության մասին:

Իր համար անսպասելիորեն Վահագնը լսեց սեփական ձայնը:

– Դինոզավրերը իրականում գոյություն են ունեցել Երկրի վրա մարդկանցից առաջ, բայց կրակի հետ ոչ մի կապ չեն ունեցել, իսկ վիշապները առասպելական էակներ են, որոնցով մարդիկ իրար վախեցրել են հին ժամանակներում, այդ թվում՝ Հայաստանի տարածքում, որտեղ հազարամյակներ առաջ պատրաստել են հարյուրավոր վիշապաքարեր:

– Ապրես, Վահագն,– գովեց տիկին Ասատրյանը, իսկ ահա Վարդգեսն իր շրջապատի հետ թարս հայացքներ հղեց դեպի վիշապագետը:

Ուսուցիչը շարունակեց պատմել դասը, իսկ Վահագնը հանկարծ հիշեց, որ ինքը չի սիրում պատասխանել և գիտելիքներով աչքի ընկնել բոլորի առաջ։ Նա ընդհանրապես չի սիրում աչքի ընկնել, այդ պատճառով էլ գլուխը հակեց տետրին, մի ձեռքով սկսեց նշումներ անել, մյուսով ծածկեց դեմքը, որպեսզի չհանդիպի Աստղիկի հայացքին։ Բայց ընդամենը վայրկյաններ անց զգաց, որ Արեգը հրում է իրեն։ Երբ հարցական նայեց ընկերոջը, վերջինս ցույց տվեց սեղանի տակ պահված հեռախոսը. Արեգի սիրելի ֆեյսբուքյան խմբում («Երևանյան առեղծվածներ») ինչ-որ տեսահոլովակ էր։ Ձայնը չէր լսվում, բայց առաջին իսկ կադրերից Վահագնը սարսափեց. ինչ-որ մեկը լայվ էր մտել Պապլավոկի մոտից...

Վահագնը Արեգից վերցրեց ականջակալը և մի ականջով սկսեց լսել. «Ժողովո՛ւրդ, տեսեք՝ ի՜նչ վայրենություն է տեղի ունեցել։ Պարզապես վայրենություն... Ինչ-որ ստոր, հայատյաց վանդալներ մեր մայրաքաղաքի սրտում պարզապես ավերել, ոչնչացրել են դարերի խորքից, մեր պապերից մնացած հինավուրց կոթողը... Երանի վիշապը քարից չլիներ և կարողանար պաշտպանվել տականքներից...»։

Մեկնաբանությունների բաժնում իրարանցում էր։ Հարյուրավոր զայրացած, կատաղած, ապշած, ջղայնացած հայեր Երևանից, Շղարշիկից, Գլենդելից, Լիոնից, Աբովյանից, Ռոստովից ու աշխարհի այլ ծայրերից հայհոյում ու անիծում էին անհայտ վանդալներին, ենթադրություններ անում օտար գործակալների մասին, հակադարձում, որ սա ավելի շուտ ներքին թշնամու ձեռագիրն է, կամ պարզապես հայհոյում էին այնպիսի բառերով, որոնց գոյության և նշանակության մասին Վահագնը նույնիսկ հեռավոր պատկերացում չուներ, ու խոստանում, որ շուտով կգան իրենց Գլենդելից ու Լիոնից և սեփական ձեռքերով հաշվեհարդար կտեսնեն մեղավորների հետ։

Վահագնը գլուխը ուսերը քաշեց, կարծես այդպես կխուսափեր զայրացած ֆեյսբուքահայերի զոհը դառնալուց։

Տեսահոլովակում երևում էին անհանգստացած մարդիկ, որոնք հավաքվել էին վիշապաքարի փշրանքների շուրջը: Քաղաքապետը զարմացած քորում էր գլուխը և խնդրում. «Ժողովուրդ ջան, ընկերներ, խնդրում եմ, մի՛ խանգարեք մասնագետներին, ամեն ինչ կանենք, որպեսզի գտնվեն մեղավորները, և որ մեր կոթողներն այլևս չվնասվեն»:

Մեկնաբանություններում հայտնվեց նաև մի վարկած՝ գուցե պարզապես կայծա՞կ է եղել. ասում էին, որ գլխավոր օդերևութաբանն է այդպիսի վարկած առաջ քաշել: Որոշ խիզախներ ուշադրություն դարձրին, որ քարից մնացած բեկորները նկատելիորեն ավելի քիչ են իրական չափից. ուրեմն չարագործները փախցրել էին դրանց մի մասը, կամ գուցե վիշապաքարի մեջ գանձե՞ր են թաքնված եղել... Մյուսները հորդորում էին հավաքվել, ցույց կազմակերպել, չգնալ, մինչև չպարզվեն այս զարհուրելի իրադարձության հանգամանքները:

– Պատկերացնո՞ւմ ես՝ ջարդուփշուր են արել,– արտաբերեց Արեգը ափսոսանքի և հրճվածության խառնուրդը ձայնի մեջ,– հիշո՞ւմ ես՝ ոնց էինք վրան նստած կարմիր կոճակ խաղում: Արևիկն էլ կողքիս էր, մի քիչ էլ մնայինք՝ հաստատ սեր էր խոստովանելու…

Վահագնը հիշեց այդ երեկոն: Իրականում նրանք ոչ թե Արևիկի և իր ծնունդին եկած ընկերուհիների *հետ* էին կարմիր կոճակ խաղում, այլ անպոչ գդալի պես մեջ էին ընկել, քանի որ Արեգը սիրահարված էր: Երբ իբր պատահաբար, իսկ իրականում ժամեր հետևելուց հետո, եկել էին Պապլավոկի այգի, աղջիկներն արդեն չորսով շարքով նստել էին վիշապաքարի վրա, հինգերորդն էլ՝ Աստղիկը, ափերը միմյանց կպցրած բաժանում էր կարմիր կոճակը: Արեգը, համարձակություն հավաքելով, պարզապես նստել էր վիշապաքարի գլխին՝ ուղիղ Արևիկի կողքին ու ապուշի պես ժպտալով հայտարարել, որ ինքն ու Վահագնը միանում են խաղին: Աստղիկը ժպտացել էր երկուսին էլ, բայց Արևիկը չէր պատրաստվում աղջկական երեկույթի ձևաչափը փոխել և կոպտորեն հայտնել էր, որ եթե Արեգն ինքը չհեռացնի իր հետույքը այս «բորդյուրից» (այո, նա չէր նկատել, որ նստած է հնագույն հուշակոթողի, այլ ոչ թե պարզապես տաշած քարի վրա), այն ջարդուփշուր կլինի: Ընկերները գլխիկոր գնացել էին հեծանիվ քշելու:

– Լսի, չլինի՞ իսկականից էդ օրը իմ քաշից ճաքեց, հը՞,– Արեգի ձայնում հիմա էլ խառնվեցին սարսափն ու ինքահիացմունքը, և նա հազիվ զսպեց ծիծաղը:

Մինչ Արեգը ձեռքով շոշափում էր փափուկ փորը, Վահագնը, ափով բերանը փակած և աչքերը չռած, նայում էր հեռախոսի ռեպորտաժը: Գիշերային հանդիպումը մաքուր հայերենով խոսող եղջյուրավոր հրեշի հետ գնալով ավելի ու ավելի անիրական էր թվում: Մնում էր ստուգել:

Հնչեց զանգը, տիկին Աստրյանը փորձեց տեղ հասցնել տնային աշխատանքի մասին տեղեկությունը, բայց լսողները հիմնականում գերմներն էին, որոնցից օրվա վերջում մյուսները զանգելու էին ու ճշտեին:

– Արեգ, գրքերդ հավաքի՝ գնում ենք:

– Բայց Աստղիկն ասում էր՝ դասարանով գնանք ցույցի, պատմական ժառանգությունը պաշտպանելու, թե ինչ...

– Հա՞,– Վահագնը մի պահ մտածեց, որ սա հրաշալի առիթ կարող է լինել Աստղիկի հետ նորմալ շփվելու:

– Հա, էն վիշապաքարի թեմայով: Ասում էր՝ պիտի պաշտպանենք, բան...

Աստղիկն իրոք պարտաճանաչ մասնակցում էր Երևանում վտանգված պատմական ժառանգության պաշտպանության համար անցկացվող ցույցերին, և Վահագնն էլ մի քանի անգամ գնացել էր: Բայց հիմա շատ անհարմար կլիներ, եթե հաշվի առնենք, որ պատմական կոթողի տխուր ճակատագրի հետ նա անմիջական առնչություն ուներ:

– Ախ, էդ թեմայով... Չէ, ժամանակը չի, գնացինք: Ու չմոռանաս, որ ծնունդդս ենք նշելու. իմ ասելով պիտի լինի:

Վերջին փաստարկը Արեգի համար միանգամայն հիմնավոր թվաց, և երկու րոպեից ընկերները աննկատ դուրս սողոսկեցին դպրոցի շենքից:

Արդեն հասել էին դարպասին, երբ հեռվում՝ կրպակի մոտ, Վահագնը նկատեց Աստղիկին. ընկերուհիների հետ կանգնած հյութ էր խմում: Նորից կանգ առավ, Վահագնը կորցրեց իրականության զգացումը: Աստղիկը այնքան... անիրակա՞ն էր: Վահագնը չէր կարող բացատրել ո՛չ Արեգին, ո՛չ էլ առավել ևս ինքն իրեն այն, ինչ տեսնում էր դասընկերուհու մեջ: Եվ դրանից ավելի էր շփոթվում:

Վերադարձը իրականություն տեղի ունեցավ շատ անսպասելի: Վերադարձի գլխավոր հովանավորը չարաբաստիկ Գևորն էր: Նա իր «թզբեհավոր» ընկերների հետ կանգնեց Վահագնի ու Արեգի դիմաց և իր սիրելի գործին՝ ծաղրելուն անցավ:

– Էս էլ մեր Վահանչիկը,– կարծես ընկերներին ներկայացնելով՝ խոսեց Գևորը:

– Վահան չէ, Վահագն,– ճշտեց Արեգը:

– Սուս էլի,– շշնջաց Վահագնը:

– Պա՜հ, ներող, կներեք,– ծիծաղեց Գևորը,– Վահան չէ, *Վահագը՛ն*: Տարբերությունը շա՜տ մեծ ա: Մոտավորապես ոնց որ ձինազավռների ու դռակոնների մե՞ջ:

Վերջին կատակին հետևեցին Գևորի ընկերների հիստերիկ հռհռոցները: Վահագնը գլուխը կախ շրջանցեց նրանց, Արեգը հետևեց ընկերոջը: Աստղիկի գոյության մասին նորից մոռացել էր: Մինչև որ լսեց՝ «Վահա՛գն, ծնունդդ շնորհավոր»: Պարզվում է, նա այդպես գլուխը կախ հասել էր կրպակին, որտեղ դեռ կանգնած էր Աստղիկը: Շնորհավորանքի հասցեատերը, իհարկե, շփոթվեց ու խառնվեց իրար:

– Հը՞մ, ի՞նչը... Ի՞մ...

– Հա, նվեր էլ ունեմ, ուղղակի դասարանում մնաց...

Վահագնը աչքերը չռեց...

– Վա՛հ, եթե հիմա չգնանք, կբռնվենք,– շշնջաց Արեգը:
– Դասերի վերջում կտամ, լա՞վ,– ասաց Աստղիկը:
– Լավ...
Արեգը քաշեց ընկերոջ ձեռքից, ու նրանք հեռացան:

***

– Մի անհամեստ հարց. էս աստիճան սովա՞ծ էիր:
– Հա, ահավոր:
– Բայց տասը հա՞տ:
Արեգը զգույշ հայացք նետեց Վահագնի ձեռքում ճռճռվող տոպրակին, որի մեջ իրար գլխի էին լցված քիչ առաջ գնած մեկ տասնյակ շաուրմաները: Գնելիս Վահագնը վստահ չէր, թե վիշապները շաուրման ինչ բաղադրիչներով են սիրում. խո՞զ, թե՞ գառ, օրինակ, առանց սոխի՞, իսկ կծո՞ւն: Կամ գուցե դա ընդհանրապե՞ս վիշապների ճաշակով չէ, ու պետք էր ուղղակի մի քանի կիլո հում մի՞ս գնել խանութից: Բայց երբ հերթը հասավ իրեն (Արեգն արդեն պատվիրել էր իր երկու հավովները), մտքում ձեռքը թափ տվեց ու որոշեց, որ չի պատրաստվում կոտորվել մի ինչ-որ առասպելական կենդանու համար, որը, ամենայն հավանականությամբ, իր հոգնած երևակայության արդյունքն էր ու պարզապես ուզեց տասը հատ խոզի շաուրմա առանց սոխի, կծուն՝ քիչ:
– Էս ուրվականներով շենքի մո՞տ ինչի եկանք,– Մոսկովյանի լքված շենքի մոտ կանգ առնելով՝ ասաց Արեգը,– ես էս կողմերում ինձ մի տեսակ եմ զգում:
– Կտեսնես,– լսվեց Վահագնի խորհրդավոր պատասխանը, որից հետո նա հրեց ժանգոտած դարպասն ու ներս գնաց:
Արեգը մի պահ վարանեց, նայեց աջ ու ձախ, բայց հետո ուսերը թափ տվեց, երկրորդ շաուրմայի վերջին կտորը խցկեց բերանն ու շտապեց ընկերոջ հետևից:

5.
Քարքարոտ հետքերով

Աստղիկը վաղուց էր նկատել. ժամանակի մեծ մասը վատնվում էր իր պուպուշ կերպարի պահպանման վրա: Ընդ որում՝ նա ինքը երբեք ոչինչ չէր արել դրա համար, պարզապես ստացվել էր, որ նա օրինակելի աշակերտ է, որով հպարտանում են դասատուներն ու տնօրենը, նախանձելի ընկերուհի է, որ Սյուզիի ու Արմինեի հետ կարող է խոսել նորաձևությունից, ռոմանտիկ ֆիլմերից ու սիրուն սելֆի անել, և սիրելի դուստր է, որի հետ ծնողները չեն նեղվի հյուրընկալվել բարձրաստիճան ընկերների տանը: Ըստ էության, միայն երկու բան կար, որ Աստղիկն անում էր միայն ու միայն իր ցանկությամբ. նկարելը և պատմական ժառանգության համար կռիվ տալը: Նա իսկապես իր պարտքն էր համարում լինել այնտեղ, ուր քանդում են հին Երևանի շենքերը կամ ավերիչ նորոգում իրականացնում միջնադարյան եկեղեցում: Այսօր էլ այդպիսի օր էր: Ապշեցուցիչ լուրը լսեց տանը, դասի գնալուց առաջ. Պապլավոկի վիշապաքարը ջարդուփշուր էին արել: Պետք էր գնալ, հասկացնել պատասխանատու մարմիններին, որ սա խայտառակություն է, և որ քաղաքացիները պահանջում են անհապաղ գործողություններ: Զայրացած ու նեղված գնաց դպրոց: Այնտեղ հիշեց, որ այսօր Վահագնի ծնունդն էր, ու տրամադրությունը բարձրացավ: Վահագնը լավն էր, Վահագնի համար ինքը նույնիսկ նվեր էր պատրաստել։ Եվ շատ ուրախ կլիներ, եթե նա էլ միանար ցույցին։ Բայց տղան առաջին դասին ուշացած եկավ, իսկ հենց զանգը տվեց՝ Արեգի հետ դուրս փախավ։ Աստղիկը փորձեց նրան բռնացնել, բայց Վահագնը գլուխը կախեց ու ձևացրեց, թե ինչ-որ կարևոր գործեր ունի։ Աստղիկը հիշեց ու ջղայնացավ. ախր պարզապես ուզում էր խոսել...

– Աստղ, ա՜յ Աստղ, մի՛ քնի, ասա՝ կապույտը առնե՞մ, թե՞ դեղինը...

Սյուզին անդադար խոսում էր։ Այս պահին հեռախոսով բացել էր ինտերնետ խանութի հավելվածն ու չէր կարողանում կոշիկ ընտրել։ Լավ է, որ Արմինեն տեղում էր.

– Լսի, մի բան ասե՞մ։ Ասենք թե՝ առար, ո՞ւր ես հագնելու, հո չե՞ս գալու դպրոցում ցուցադրես. ոչ մեկը չի գնահատի։

– Ո՜նց, բա Գևո՞րը,– Սյուզիի ձայնը միանգամից երազկոտ դարձավ։

– Ո՜ւֆ, խելքի՛ արի, Գևորը մենակ մեկի մասին ա մտածում, ու էդ մեր քնած դժգուհին ա,– Արմինեն ձեռքը դրեց մտքերով տարված Աստղիկի ուսին, իսկ Սյուզին դժկամությամբ հոնքերը կիտեց։

– Ձեզ լինի ձեր Գևորը,– ժպտալով պատասխանեց Աստղիկը,– մի կերպ կդիմանամ։ Համ էլ, ոչ թե դժգուհի, այլ դշխուհի։

– Բա ինչի՞ ես էդքան դժգոհ...

– Երեխեք, գալիս ե՞ք դասերից հետո իջնենք Պալլավոկ. վիշապաքարի մոտ ցույց են անելու,– թեման փոխեց Աստղիկը՝ առաջացնելով ընկերուհիների տարակուսանքը։

– Ի՞նչ ցույց, վիշապաքարի հրաժարականն ե՞ն պահանջում,– անվստահ ենթադրեց Սյուզին։

Աստղիկը չհասցրեց պատասխանել. նստարանին թառած ընկերուհիների դիմաց հայտնվեց վիշապներին դինոզավրերից չտարբերող Վարդգեսն ու սկսեց բազմանշանակ նայել Աստղիկին, կարծես այդ հայացքից պիտի ամեն ինչ պարզ լիներ: Ինչ-որ առումով այդպես էլ կար: Աստղիկը դժգոհ հառաչեց:

– Ըհը՛, իսկը դժգուհի ես,– վրա բերեց Արմինեն ու սկսեց ծիծաղել Սյուզիի հետ:

– Աստղ ջան, ո՞նց ես, լա՞վ ես,– լայն ժպտալով հետաքրքրվեց Վարդգեսը:

– Հա, Վարդգես, շատ լավ եմ, շնորհակալություն:

– Ես էլ նորմալոտ,– պատասխանեց Վարդգեսը, թեև իր որպիսության մասին հարց չէր հնչել,– բանը... Գևորը, դե ախպորս ընգերն ա, գիտես, ու իմ ընգերն ա,– Վարդգեսը նայեց դեպի բակի հակառակ կողմը, որտեղ նստարանի մեջքին մի քանի ընկերների հետ թառել էր Գևորը,– հարցնում էր՝ կարող ա՞ կառանկե գաս մեր հետ: Էսօր ընգերներով գնում ենք, կերգենք, բան...

Աստղիկը երկար նայեց Վարդգեսին:

– Ե՛ս կգամ,– ուրախացավ Սյուզին,– ես ու Արմիշը հաստատ եկող ենք:

Բայց Վարդգեսը սպասում էր Աստղիկի պատասխանին: Հանկարծ զանգը հնչեց: Աստղիկը վեր կացավ ու զարմացած Վարդգեսի կողքով անցնելով, ասաց.

– Թող Գևորը անձամբ հարցնի՝ կասեմ:

– Դժգուհի՜...

***

Պատմության ուսուցչուհի տիկին Բարխուդարյանը շատ էր սիրում Աստղիկին (բնականաբար): Եվ ըմբռնումով մոտեցավ նրա առաջարկին՝ դասարանով մասնակցել վիշապաքարի համար կազմակերպվող ցույցին: Պարզ է, դասարանը ցնծությամբ ընդունեց այն լուրը, որ կարելի է դասի փոխարեն միանալ պատմական ժառանգության պաշտպանության միջոցառմանը, թեկուզ պայմանով, որ տանը հաջորդ դասը սովորեն: Եվ իհարկե, իրականում ոչ ոք չեկավ դեպքի վայր. բոլորն օգտվեցին ընձեռված հնարավորությունից ու ցրվեցին տարբեր ուղղություններով:

Աստղիկն ավտոբուսից իջավ ու մեն-մենակ եկավ Պապլավոկի այգի: Ամենուր ոստիկաններ էին, լրագրողներ, ցույցի մասնակիցներ ու պարզապես հետաքրքրասերներ: Մի կերպ կարողացավ անցնել մարդկանց միջով ու սեփական աչքերով տեսնել դեպքի վայրը. դատարկ պատվանդան, այս ու այն կողմ ցրված բեկորներ, կողքի բարակ ծառը՝ կիսավառված, կարծես կայծակ խփած լիներ: Աստղիկի հավատը չէր գալիս՝ ո՞նց, ո՞վ, ինչո՞ւ կարող էր այսպիսի բան անել: Աստղիկը պպզեց, փորձեց մոտիկից զննել բեկորներից մեկը:

Ափի չափ քարը մի կողմից կասկածելի կոր էր, կարծես ոչ թե մի հոծ կոթողի մաս է եղել, այլ սնամեջ: Մեկ էլ ինչ-որ բան փայլեց արևի տակ: Աստղիկն ավելի մոտիկից զննեց. այն, ինչ տեսավ, շատ նման էր թեփուկի: Ձկա՞ն, մողեսի՞... Այդ պահին նրան նկատեց ոստիկաններից մեկը և նյարդայնացած խնդրեց ոչնչի ձեռք չտալ ու չխանգարել իրավապահներին: Աստղիկը մի կողմ գնաց, բայց շարունակեց ուսումնասիրել: Քիչ անց ուրիշ մի կասկածելի բան նկատեց. կոթողի տեղից բավական հեռու՝ գրեթե մայթեզրին, ավելի մանր բեկորներ էին շաղ եկած: Աստղիկը, գետնին նայելով ու քարերը հավաքելով, քայլեց առաջ, ու մինչ Բաղրամյանի խաչմերուկը մի քանիսն էլ նկատեց: Թվում էր, թե վիշապաքարը ոչ թե ջարդուփշուր են արել, այլ անփութորեն քարշ են տվել (ո՞նց)՝ ճանապարհին փշուրներ թողնելով: Հետաքրքիր է, թե ուր կհասցնեին այս տարօրինակ հետքերը...

Աստղիկը, իհարկե, չէր կարող ենթադրել, որ այս ամենի պատճառը քարից դուրս պրծած վիշապն էր, որը նախորդ գիշեր Վահագնի հետ տեղաշարժվելիս չէր հասցրել ամբողջությամբ մաքրվել մարմինը պատած քարից ու անզգուշորեն հետքեր էր թողել:

– Աստղ ջա՞ն...

Ըհը՛, իհարկե: Դասարանից ոչ ոք չեկավ, բայց փոխարենը եկավ Գևորը: Ինչպես միշտ շքախմբով՝ Գևորը, Բուռչը, Խուճուճը ու Խուճուճի փոքր եղբայրը՝ Աստղիկի համադասարանցի Վարդգեսը:

– Էս մեր Վրդոն,– Գևորը խիստ հայացք նետեց շքախմբի վերջում թրև եկող Վարդգեսի վրա,– ասում ա՝ չես ուզում մեր հետ կառանկե գաս: Ես էլ ասի՝ երևի ինքն ա ինչ-որ բան սխալ հասկացել, եսիմ, եկա էս միծինգին, որ հատուկ անձամբ ասեմ:

Աստղիկը հոգոց հանեց, գլուխը թեքեց ու արձագանքեց.

– Չէ, կներես, լավ չեմ երգում: Ու զբաղված եմ:

Աստղիկը սրանով խոսակցությունը համարեց ավարտված ու ուզեց շրջանցել Գևորին և իր ընկերներին. փողոցի մեջտեղը կասկածելի քարեր կային, ուրեմն պետք էր անցնել մյուս մայթն ու գուցե խորանալ Մոսկովյան: Բայց Գևորը բռնեց Աստղիկի արմունկը: Աստղիկը ապշած նայեց լկտի երիտասարդին, որը չէր հանձնվում.

– Սպասի, ա՛յ Աստղ ջան, հո չե՞նք կծելու, ուղղակի տեղ ենք կանչում մեր հետ, էլի: Հենա մենք եկանք քո միծինգին, դու էլ արի մեր հետ, էլի, ինչի՞ ես տենց միանգամից կոպտում...

– Ձե՛ռքս: Թո՛ղ:

Այդ պահին աչքի ընկավ Վարդգեսը, որը շատ էր ուզում ընկերների աչքին բարձրանալ: Նա նկատեց Աստղիկի կիսաբաց պայուսակից տնկված փաթեթավորված տուփն ու վրայի կարճ գրությունը՝ «Վահագնին Աստղիկից»: Եվ առանց երկար-բարակ մտածելու քաշեց-հանեց տուփը:

– Հլը ստե՛ղ, Վահագազավրի համար նվե՛ր,– բացականչեց Վարդգեսը՝ թափահարելով տուփը:

Այստեղ Աստղիկն իսկապես զայրացավ: Կտրուկ շարժումով դուրս պրծավ Գևորի ձեռքից, ու ապտակեց Վարդգեսին.

սա անսպասելիությունից գտածոն ցած գցեց: Մինչ Բուռչն ու Խուճուճը հոհռում էին ապտակված Վարդգեսի վրա, իսկ Գևորը քմծիծաղ էր տալիս, Աստղիկը վերցրեց գետնին ընկած տուփն ու արագ հեռացավ: Մի քանի քայլ անց լսեց Գևորի ձայնը.

– Իզուր էդ տղուն ես վատություն անում, Ա՛ստղ, իզուր վատություն ես անում...

Աստղիկը, զայրույթը զսպելով, անցավ փողոցը:

***

Մի անգամ հերթական երկար ու անիմաստ աղջկական զրույցի ժամանակ, երբ խոսք էր եղել, թե ով ինչպես է հաղթահարում վատ տրամադրությունը, Սյուզին ու Արմինեն պատմել էին, որ ամենալավ աշխատող միջոցը, իհարկե, շոփինգն է: «Մամայիցս մի քիչ փող եմ վերցնում, ուղեղս անջատում եմ ու գնում շորիկների հետևի՜ց»,– բացատրում էր Սյուզին: Աստղիկը քիչ էր մնում պատմեր, թե իր համար բոլոր վատ մտքերից կտրվելու ամենահարմար ձևը մատիտով ու նոթատետրով քաղաքում մի տեղ նստարանին նստելն ու անցորդներին նկարելն է, բայց մտածեց, որ ընկերուհիները իրենից դա չեն սպասում: Ու փոխարենը ասաց, որ ճիշտը, իհարկե, ամբողջ գիշեր որևէ նոր սերիալի դիտումն է:

Ինչևէ, հիմա ուներ վատ տրամադրություն ու կողքին չուներ սպասելիքներով ընկերուհիներ: Մանր քարերից բաղկացած հետքը կտրուկ ընդհատվեց Մոսկովյանով մի քանի րոպե քայլելուց հետո: Աստղիկը կանգ առավ, զայրացավ, հուսահատվեց, մտածեց, որ այս ամբողջ ընթացքում խելառի պես պատահական քարեր հավաքելով գնացել է՝ ինքն էլ չգիտի, թե ինչի հետևից, ու, որ ընդհանրապես, ամեն ինչ վատ է: Հոգոց հանեց, նստեց առաջին պատահած նստարանին, և պայուսակից հանեց նոթատետրն ու մատիտը:

Ու հաստակազմ նոթատետրի կեսից ավելին արդեն լցված էր տարատեսակ նկարներով: Հիմնականում անցորդների ֆիգուրներ էին: Բոլորը չէ, որ ստացվում էին, բայց փորձում էր: Ամենադժվարը քայլող մարդկանց պատկերելն էր, բռնացնելը, այնպես անելը, որ նայես թղթին, ու թվա, թե քայլում են հենց այդ թղթի վրայով:

Այս անգամ Աստղիկի նոթատետրում մյուս մատիտավոր մարդկանց միացավ փողոցի հակառակ մայթին անջատված նստած անտունը: Նա մտահոգ տեսք ուներ: «Ոնց որ պատրաստվի ամրոց պաշարել»,– ժպտալով մտածեց Աստղիկը՝ մատիտի արագ-արագ շարժումներով պատկերելով անտունի մորուքը, ապա՝ քրքրված բաճկոնը, որի փեշը տեսանելիորեն այրվածքներով էր պատված: «Իսկ ամրոցը պաշտպան ունի՝ հսկա վիշապ»,– միտքը շարունակեց Աստղիկը՝ նույնիսկ չգիտակցելով, թե որքան մոտ է իրականությանը: Պարզապես ամրոցի դերում Մոսկովյան փողոցի լքված առանձնատունն էր...

Աստղիկը համարյա վերջացնում էր ճեպանկարը՝ բարեբախտաբար, ենթադրյալ վիշապաքաղ անտունը տեղից չէր շարժվում, և անհանգստությունն արտահայտվում էր միայն դեմքին: Արդեն մշակված սովորության համաձայն, երբ նկարի առաջին տարբերակը պատրաստ էր լինում, պետք էր իսկույն նոթատետրը փակել. Աստղիկն այլևս դրան բան չուներ տալու: Հենց այդ հաղթական փակման ժամանակ էր, որ իր ստեղծագործական աշխատանքից գոհ Աստղիկի տեսադաշտում հայտնվեց Արեգը: Նա շնչակտուր էր, աչքերը չռած: Թվում էր, որ թմբլիկ դասարանցին հենց նոր հազիվ փախել-փրկվել է... ումի՞ց... Աստղիկն արդեն ուզում էր շշնջալ՝ «վիշապից»՝ շարունակելով անտուն մարդու և ամրոցի գիծը, երբ ժանգոտ ծռմռված դարպասից դուրս վազեց հոբելյարը՝ Վահագնը: Աստղիկը հոնքերը կիտեց ու խիստ տրամադրված քայլեց սարսափահար Արեգի և նրան հանգստացնել փորձող

Վահագնի կողմը: («Չլինի՞ էս բեկորներով ճանապարհը պետք էր, որ Վահագնին հանդիպեի»,– մտքի ծայրով հասցրեց մտածել աղջիկը):

– Էս ի՞նչ էր... Որտեղի՞ց...– ձեռքը լքված տան կողմը պարզած՝ մրմնջում էր Արեգը:

– Մի վախեցի, մեզ բան չի անի, մենակ թե սաղ փողոցով մեկ մի գոռա, էլի, ախպոր պես,– Վահագնը փորձում էր հանգստացնել ընկերոջը:

– Ախր տենց բան չկա՛...

– Չէ, չէ, սպասի: .

Արեգը գլուխն օրորեց՝ ի նշան, որ ստեղծված իրավիճակը բնավ հավես չէ:

Տղաները Աստղիկին նկատեցին միայն, երբ նա երկու անգամ հազաց: Վահագնն ու Արեգը քարացան տեղում:

– Մենակ չասես դասամիջոցը վերջացել ա,– աշխարհի ամենազարմացած ձայնով ասաց Արեգը, բայց Աստղիկը նրան բանի տեղ չդրեց:

– Հարգելի պարոն Մաղոնց, ինչո՞ւ եք արհամարհում ձեր դասընկերուհիներին, երբ նրանք փորձում են շնորհավորել ձեր ծննդյան տարեդարձը...

– Ըըը...

– Չէ՞ որ նրանք հատուկ պատրաստվել, ջանք են թափել, որ զարմացնեն ձեզ այս տոնական օրով:

Աստղիկը պայուսակից հանեց փաթեթավորած նվերը և զայրացած՝ Վահագնի ձեռքը խոթեց, կարծես աղբակույտ լիներ: Վահագնը չհասկացավ, թե ինչ պիտի ասի, և թե նվերը տեղո՞ւմ պիտի բացի, թե՞ հետո: Բայց Աստղիկի զայրույթն այնքա՜ն հաճելի էր...

– Էստեղ ի՞նչ եք անում,– շարունակեց Աստղիկը,– Արեգին էսքան վախեցած չէի տեսել:

– Քիչ էր մնում ինձ ուտեին,– հայտարարեց Արեգը:

Վահագնը նվերն արագ ծոցագրպանը դրեց և ձեռքով փակեց Արեգի բերանը:

– Չէ, չէ, Արեգին մի լսի, կծու շաուրմայից ուղեղի ծալքերը շոկից խառնվել են իրար:

– Բա էս տանն ի՞նչ գործ ունեիք:

– Ես քեզ կպատմեի, մենակ թե...

– Մենակ թե ի՞նչ:

– Վախենում եմ ինձ գժի տեղ կդնես:

– Դու էլ մի պատմի, ցույց տուր:

Վահագնը քարացավ. կարծես կայծակնային արագությամբ ուղեղի մեջ գցում-բռնում էր՝ ցույց տա՞, թե՞ չէ: Արեգը դեռ շոկի մեջ էր:

– Աստղ, հավատա ինձ՝ լավ կանես, դպրոց գնաս...

Աստղիկը նրան ուշադրություն չդարձրեց, այլ շարունակեց Վահագնին ճնշել.

– Հը՞: Ցույց տուր՝ էդ ինչով ես Արեգին էսքան վախեցրել: Ես էլ մյուս շաբաթ հետդ մաթեմ կպարապեմ:

– Լավ, հարց չկա,– Վահագնը չէր կարող մերժել Աստղիկին ու նրա ժպիտը: Երբեք, ոչ մի դեպքում, ինչ էլ լիներ...

Թարսի պես էլ Գնորը նորից եկավ ու ամեն ինչ փչացրեց:

– Յա՜հ, բարի օ՜ր ձեզ,– նա լկտիաբար ձեռքը դրեց Վահագնի ուսին, մինչ շքախմբի մյուս անդամները շրջապատում էին զրուցող դասարանցիներին:

Գնորի մյուս ձեռքը հանգրվանեց Աստղիկի ուսին, բայց Աստղիկի կտրուկ շարժումով շատ արագ հեռացվեց:

– Քեզ ասեցի՝ հանգիստ թող ինձ...

Գնորը արհամարհեց Աստղիկին ու շարունակեց ճնշել Վահագնին:

– Իսկ տորթը արդեն փչել ե՞ք,– խոսքն ավելի նվաստացուցիչ դարձնելու համար Գնորը Աստղիկի ուսից հեռացված ձեռքով թփթփացրեց քարացած Վահագնի այտին,– փիսոն լեզուն պոկել տարել ա՞:

Շքախմբի անդամների հռհռոցից Աստղիկն ավելի զայրացավ:

– Գնոր, զգուշացնում եմ...

Գնորը կտրուկ պտտվեց ու կոպտորեն քաշեց Աստղիկի թևը.

– Աղջիկ ջան, ստեղ ե՛ս եմ զգուշացնում...

Վահագնի համբերությունը սպառվեց: Նա նետվեց հակառակորդի վրա և երկու ձեռքով մի կողմ հրեց: Թեպետ, վայրկյաններ անց, հանկարծակիի եկած Գնորի ու իր ընկերների օգնությամբ Վահագնն ինքը գետնին հայտնվեց: Մի ապտակ էլ հասցվեց Արեգին, որը, քիչ առաջվա սարսափը մոռացած, նետվել էր ընկերոջն օգնության:

– Ապե՛ր, ա՛յ ապեր,– հանկարծ լսվեց դիմացի մայթից աննկատ մոտեցած անտունի ձայնը,– դու էս ապերից զգուշ եղի, ինքը վիշապ ունի: Մազերդ կխանձի:

Գնորը ծերուկին չլսեց ու գետնից վերցրած ձողով խփեց կանգնել փորձող Վահագնին: Նրան չզսպեցին նաև Աստղիկի ճիչն ու արցունքները:

– Էս քեզ շատ խոսալու համար...

Գնորը ձողը բարձրացրեց, որ Վահագնի մեջքին խփի: Հաշվարկն այն էր, որ ոչինչ չկոտրի, բայց այնպես ցավեցնի, որ դաս լինի հանդուգն դպրոցականին: Բայց ինչ-որ բան սխալ գնաց: Գնորը դա հասկացավ, երբ գլխավերևում պահած երկաթե ձողը չգիտես ոնց շիկացավ, այնքան, որ ստիպված էր միանգամից գետին գցել:

Աստղիկն աչքերին չէր հավատում, բայց ոչ թե վախեցած էր, այլ ծայրաստիճան հետաքրքրված, Արեգի սարսափը կրկնապատկված վերադարձել էր, անտունի դեմքի արտահայտությունը կարծես ասեր՝ «Բա որ ասում էի, ա՜յ բալա ջան», իսկ Վարդգեսը, Բուռչն ու Խուճուճը պարզապես քարացած նայում էին լքված առանձնատան ուղղությամբ, որն այդ պահին Գնորի մեջքի հետևում էր: Նա դանդաղ, կարծես չուզելով, պտտվեց: Ոնց որ ոչ մի արտասովոր բան, միայն թե... Ստվերը: Ստվերն է տարօրինակ, նման չէ ո՛չ շենքից, ո՛չ էլ ծառերից ընկած ստվերի: Ավելի շուտ... Գնորը գլուխը դանդաղ բարձրացրեց ու հենց այն պահին, երբ Վարդգեսը, Բուռչն ու Խուճուճը իրար բրդբրդելով սլացան հնարավորինս հեռու, նրա տեսադաշտում հայտնվեց լքված առանձնատան կտուրին թառած վիշապը:

– Տեսա՞ր, որ պատմեի, չէիր հավատա,– Աստղիկին ասաց Վահագնը:

Վերջինս, առանց աչքը կտրելու այս զարմանահրաշ տեսարանից, միայն գլխով արեց:

– Վա՜հ, բա որ հիմա մեզ տեղում տապակի ու ուտի՞, հը՞,– Արեգը չէր հանգստանում:

– Չէ, չէ, ինքը թշնամի չի, չես թողնում պատմեմ, վայ,– հավաստիացրեց Վահագնը,– համ էլ տասը հատ շաուրմա ենք բերել, հաստատ քեզնից համով են:

Հանկարծ լսվեց վիշապի խռպոտ ձայնը՝ ուղղված տեղում քարացած Գնորին.

– Ո՛վ պատանյակ, չքվի՛ր աստ և այժմ, և ձեռքերդ հեռու տիար Վահագնեն և ընկերուհվույն յուր...

Գնորը տեղից չշարժվեց, միայն ավելի արագ սկսեց թարթել աչքերը, կարծես ուղեղը հրաժարվում էր հավատալ տեսածին: Վիշապն այս ամենը որոշեց ավելի հավաստի դարձնել նրա համար: Արագ շարժումով տանիքից ցատկեց, կանգ առավ դպրոցականների խմբի առաջ ու մռութը մոտեցրեց Գնորին: Ապա է՛լ ավելի սպառնալից ձայնով ասաց.

– Ռադդ քաշի՛:

Այս անգամ Գնորն ամեն ինչ հասկացավ, շրջվեց ու փախավ:

– Մայաղէզ լիցիմ, շարունակ մոռանում եմ, որ նորմալ հայերենը ուրացել եք...– արդեն ավելի հանգիստ ձայնով ասաց վիշապը և արագ սողոսկեց ներս:

Վահագնը բռնեց Աստղիկի ձեռքը և գնաց առասպելական կենդանու հետևից: Մի փոքր տվայտվելուց հետո նրանց հետևեց նաև Արեգը: Փողոցում մնաց անտունը, որը միայն քթի տակ փնթփնթում էր.

– Էս ո՛ւր ենք հասել, էս ի՛նչ արին էս գյոզալ երկիրը, վա՛խ...

6.
Վիշապագիրը

Ուստա Վալոդը միշտ հոգնած էր, գիշերները՝ հատկապես: Այդ հոգնածության պատճառը ոչ միայն ֆիզիկական ծանր աշխատանքն էր՝ վաղ առավոտից մինչև երեկո երթուղայինի վարորդությունը, այլև հոգեբանական վիճակը: Եթե իր գծի մյուս վարորդները երազում էին հյուծված, մի քանի խղճուկ հազար դրամ գրպանը դրած վերջապես վերադառնալ տուն, որտեղ նրանց գոնե կկերակրեին ու կքնեցնեին, ապա ուստա Վալոդը չգիտեր՝ մաշված «գազելի» նստատե՞ղն էր ավելի տհաճ, թե՞ տունը գրաված փնթփնթան կինը, որը տասնամյակներով հրաժարվում էր աշխատել, պահանջում էր հերթով ամեն ինչ ու օրական երեքից հինգ անգամ հիշեցնում Վալոդին, որ վերջինս անհաջողակի մեկն է: Կնոջից բացի տանը թավալ էր գալիս 22-ամյա տղան, որ կյանքում մեկ օր անգամ չէր աշխատել: Բազմոցին նստած՝ երազում էր մեծ փողերի մասին, ծխում էր ու ոչ մեկին բանի տեղ չէր դնում:

Միակ ուրախությունը շունն էր: Փողոցային փոքրիկին մի քանի տարի առաջ էր տուն բերել. քիչ էր մնացել՝ ընկնի «Գազելի» տակ: Վալոդը մի կերպ արգելակել էր, խղճացել թշվառականին ու մտածել, որ լավ նվեր կլիներ տնեցիների համար: Իհարկե, տանը ոչ մեկը չուզեց զբաղվել անկոչ գազանով: Վարպետ Վալոդն էլ որոշեց, որ Դրակոշը (սպիտակ մեջքին երկու սիմետրիկ լաքա ուներ, կարծես վիշապի թևեր լինեին. անունն ինքն իրեն էր ծնվել) *իր* ընկերը կլիներ: Գոնե մի ուրախ բան այդ մռայլ ու խորթ տան մեջ:

Տիրոջը տեսնելուն պես անցեղ Դրակոշը պոչն ուրախ խաղացնելով ընդառաջ վազեց ուստա Վալոդին. մոտենում էր երեկոյան զբոսանքի պահը: Վալոդը հոգնած ժպտաց ու շոյեց շան գլուխը: Խոժոռվեց, երբ լսեց ձայնը, որ գալիս էր հյուրասենյակից (ավելի ստույգ՝ բազմոցի վրայից).

– Ով ա՞:

– Ես եմ, Վարդուշ,– խռհանոց ուղղվելով՝ բղավեց Վալոդը, ապա ավելացրեց այնպես, որ միայն ինքն ու շունը լսեն.– թե չէ՝ էլ ո՞վ պիտի գա էս գրողի ծոցը:

Սառնարանում ուտելու բան չկար, միայն երկու սառած նրբերշիկ:

– Պա՛պ, խմելու բան բերե՞լ ես,– նույն բազմոցից լսվեց որդու ձայնը:

– Չէ՛:

Կուզեր մի քանի բան էլ ասել, բայց առողջություն չէր մնացել:

– Վարդենիսցի Հայկուշը գին էր հարցնում,– լսվեց կնոջ բղավոցը,– լսում ե՞ս, էս քնձռոտ տունը ուզող կա:

Վալոդն աչքերը ոլորեց ու ձայն չհանեց: Կինը վերջին մի քանի ամիսներին տան վաճառքի մոլուցքով էր տառապում: Ուզում էր տեղափոխվել ու վերջ: Մինչդեռ փորձառու ուստան ամբողջ կյանքը այստեղ՝ հենց այս հողի վրա էր ապրել: Նախքան մասիվների կառուցումը այս հատվածում իր պապական տունն էր: Ոչ ոք հաստատ չգիտեր, թե ճիշտ ինչքան, բայց նրա նախնիներն ապրել էին այստեղ դարերով: Երբ նոր բնակելի շենքերի կառուցումը սկսվել էր, տեղացիներին առաջարկել էին իրենց հին տների փոխարեն տեղափոխվել նոր բնակարաններ: Համաձայնվել էին, ու փոքր, բայց հարմարավետ բնակարան ստացել, համ էլ բաղնիք-զուգարանը ներսում: Հին տներից ոչինչ չէր մնացել, միակ հուշը պապից ժառանգած հին, քրքրված մի գրքույկ էր: Մեջը հայերեն տառեր էին, բայց հասկանալ չէր լինում: Ուստա Վալոդն էլ ոչ մանուկ հասակում էր դրանով հետաքրքրվել, ոչ հասուն. ուղղակի գիտեր, որ պապերից մնացած մի ինչ-որ բան կա տանը. գուցե ապագա թոռները մի բան հասկանան...

Մի նրբերշիկը գցեց Դրակոշին, մյուսն ինքը կերավ՝ փաթթելով լավաշի մեջ: Խոհանոցի պատուհանից երևում էր Մասիվի այգին: Թփերի մեջ ինչ-որ խշխշոց լսվեց, հետո կարծես կոտրվող ճյուղի ճարճատյուն:

– Էլի ինչ-որ լակոտներ են լկստվում,– Դրակոշին ասաց Վալոդն ու մի բաժակ սառը ջուր խմեց:

Մի քանի րոպեից արդեն շունն ու մարդը զբոսնում էին երեկոյան զբոսայգով:

Դրակոշն ուրախ–ուրախ վազեց առաջին իսկ ծառի տակ իր զուգարանային գործերն անելու: Վալոդը կպցրեց սիգարետն ու հոգոց հանեց: Հանկարծ մի քանի ծառ այն կողմ թփերից նորից կասկածելի խշխշոց լսվեց: Գիշերային լապտերները, իհարկե, բավարար չէին, ծերուկի տեսողությունն էլ առաջվանը չէր: Այդ կողմում վիշապաքարերն էին, երեկոյան ժամերին այնտեղ քուչի տղերքն էին հավաքվում: Լինում էր՝ բարձր-բարձր հիմար զրույցներ էին վարում, Վալոդը պարբերաբար զայրանում էր վրաները, բայց այսօր լեզվակռվի հավես հեչ չուներ: Միայն թե Դրակոշը... Ականջները սրեց, լսեց, սպասեց, մեկ էլ հաչելով դեպի խշխշոցի կողմը վազեց: Մինչ Վալոդը կհասցներ բռնել շնիկին, սա ցատկեց թփերի մեջ: Բայց շան հաչոցը բնավ միակ աղմուկը չէր. խշխշոցը կտրվեց ու դրան փոխարինեց... ճաք տվող քարի ձա՜յնը: Բայց ի՞նչ քար ու ինչի՞ց պիտի ջարդվի գիշերվա հազարին, մտածեց Վալոդը:

– Վե՛րջ տվեք իլը, որ էկա, է՜...– ասելով՝ Վալոդը մոտեցավ թփերին:

Բայց նա չհասցրեց ավարտել սպառնալիքը, երբ խեղճ Դրակոշը գլուխը կախ, պոչը քաշած, դողալով դուրս վազեց ու ցատկեց տիրոջ ձեռքերին: Վալոդը ուրախացավ, հալվեց, շոյեց կենդանուն:

– Վույ ազի՛զ ջան, քեզ ո՞վ վախացրեց, ա՛յ տղա, քեզ վախացնե՞լ կլինի...

Այստեղ ուստա Վալոդը կորցրեց խոսելու ունակությունը. նրա աչքի առաջ բացված տեսարանը շշմեցուցիչ ու անբացատրելի էր: Գետնին՝ այնտեղ, ուր նախկինում կանգնեցված էր կոթողներից մեկը՝ ցլավիշապը, մի քանի մետր շառավղով քարի բեկորներ էին շաղ եկել, կարծես հազարամյա կոթողի ներսում ռումբ էր պայթել: Չէ, դա դեռ կարելի էր հասկանալ, կարելի էր ենթադրություն անել, որ վանդալների նույն խումբն է, որ նախորդ օրը վերացրել էր Պապլավոկի վիշապին: Բայց ախր... Ախր ո՞նց բացատրես այս աննկարագրելի իրեշի ներկայությունը: Հո երեք մետրանոց շուն չէ՞ր լինի: Ոչ էլ արջ: Լինելուց էլ այդ արջերը հաստատ ցլանման եղջյուրներ, կարմիր աչքեր ու ահռելի թևեր չէին ունենա...

Բայց ահա, կարծես հնադարյան առասպելներից դուրս պրծած իրեշը թափ է տալիս ճռճռան մաշկով պատված մարմինը, որ ազատվի քարի մնացորդներից: Նստում է հետևի թաթերին ու կարմիր աչքերը հառում ուղիղ ուստա Վալոդին: Երթուղայինի վարորդի բերանն ինքնաբերաբար բացվեց, կիսատ ծխախոտը վայր ընկավ: Նա կամաց հետ-հետ գնաց, բայց իրեշի հայացքը կարծես անշարժացրել էր նրան, կարծես այդ աչքերը տեսնում էին նրա հոգու խորքը, մի բան էլ ավելին... Ահի ու սարսափի ծանր շերտերի տակ թաղված Վալոդին թվաց, թե վիշապը սկաների պես զննում է ուստայի ներսում եղած *նախնիների հիշողությունը*, կարծես ուզեր պարզել, թե *որտեղից* է գալիս:

Զննումը տևեց երևի կես վայրկյան, բայց Վալոդի համար դա իր կյանքի ամենաերկար կես վայրկյանն էր:

Հրեշը կռացավ, հենվեց դիմացի թաթերին: Վալոդը երեսի վրա հրեշի երախից փչող սառն օդի հոսանքը զգաց: Իսկ աչքերն այդքան մոտիկից է՛լ ավելի սահմռկեցուցիչ էին: Կիսագրագետ աշխատավոր վարորդի գլխում չգիտես որտեղից «դժնդակ» բառը հայտնվեց: Վալոդը երբեք չէր օգտագործել այդ բառը, բայց հիմա վստահ էր, որ դա միակ հարմար բնորոշումն էր: Պատահական չէր, քանի որ այս վիշապին հազարամյակներ շարունակ հենց այդպես էլ դիմել էին, պարզապես մեծատառով՝ Դժնդակ:

– Թշվա՛ռ կառապան, որտե՞ղ ես պահում մագաղաթն այն, որ պապերիդ էր հանձնված, և որի մեջ գաղտնիքն է գրված վիշապահյութի:

Վալոդը վստահ չէր՝ հրեշն իսկապե՞ս արտասանեց այս բառերը, թե՞ դրանք միայն իր գլխում հնչեցին: Ամենասարսափելին այն էր, որ նա չէր հասկացել հարցը:

– Մագաղա՛թը,– մռնչաց հրեշը,– քո պապերին ի պահոց հանձնված:

– Հա... էն, էն հին գ-գ-գիրքը... հա՞: Տանն ա, տանը, զալի սերվիզի տակ...

Հրեշը թեքեց հսկա գլուխը, նայեց բարձրահարկի չորրորդ հարկում գտնվող դեղին լամպի լույսով ներկված պատուհանին: «Ո՞նց իմացավ՝ *ո՛ր* տունն ա, գլխիս մե՞ջ գտավ»,– մտածեց Վալոդը, բայց չհասցրեց պատասխանել: Դժնդակը անկնթարթորեն առաջ գցեց հսկա թաթը, բռնեց Վալոդի բաճկոնից, պարզեց թևերն ու մի կտրուկ ցատկով հասավ լուսամուտին:

***

Հյուրասենյակում իրարանցում էր: Վալոդի կինը աչքերը փակ ծանր շնչում էր, կարծես ուր որ է՝ ուշագնաց կլինի:

Տղան խնձոր կտրելու համար բերած դանակն առաջ պարզած գոռգոռում էր անդադար՝ «մոտիկ չգա՛ս, մոտիկ չգա՛ս», վարպետ Վալոդն էլ դողացող ձեռքերով քանդում էր հյուրասենյակի պահարանի ամբողջ պարունակությունը, բայց պապական գանձը չէր գտնվում: Ա՛, մեկն էլ կար սենյակում. երեքմետրանոց, կարմիր աչքերով, ցլանման վիշապը: Նրան քիչ էին հետաքրքրում կինարմատն ու զինված երիտասարդը, նա սպասում էր, որ կառապանը փաստաթուղթը գտնի:

– Սուսա՛ն, ո՞ւր ա, պապու գիրքը ո՞ւր ա,– սերվիզի բաժակները գետնին շպրտելով՝ հուսահատ գոռաց Վալոդը՝ թիկունքում զգալով հրեշի սառը շնչառությունը,– ո՞ւր ես խցկել:

– Վայ վայ վայ... Վա՜յ սիրտս...– տնքտնքաց տիկին Սուսանը,– փոխանակ ինձ փրկի, քրջոտ գիրք ա ման գալիս, վա՜յ, էս ինչ եկավ մեր գլխին...

– Սուսո, գիրքս ի՞նչ ես արել...

– Մոտիկ չգաս, մոտիկ չգաս...

– Սաքո՛, էն գիրքը, էն հին գիրքը, հիշում ե՞ս, փոքր ժամանակ քեզ ցույց էի տալիս, Վարդգես պապին էր թողել...

– Մոտիկ չգա՛ս... էդ ինչի՞դ ա պետք հիմա,– զարմացավ Սաքոն, հետո հրեշին հիշեց ու նորից շարունակեց սպառնալ.– վիզդ կփրթեմ, մոտիկ չգա՛ս...

– Վա՜յ, վայ, վայ... Վա՜յ, էս ոնց կյանքս խորտակեց...

Վիշապը զգաց, որ այս մահկանացուները չեն կարողանում կենտրոնանալ կարևորի վրա և ստիպված եղավ խառնվել: Բացեց սառնաշունչ երախն ու մռնչաց: Վալոդը, Սուսանը և Սաքոն ամենքն իր տեղում քարացան: Ոչ միայն վախից, այլև ցրտից. վիշապի մռնչոցից տան պատը սառույցի բարակ շերտ կապեց: Բայց ամենասարսափելի ցուրտը երեքի ներսում էր: Այդ սառնամանիքն ավելի սրվեց, երբ հրեշը խոսեց իր մեռելային բամբ ձայնով.

– Որտե՞ղ է Վիշապագիրը, ճիվաղնե՛ր:

Լռություն: Դժնդակի աչքերը հերթով զննեցին Վալոդի կնոջն ու որդուն, սկանավորեցին ընդերքը: Հանկարծ՝ հատակի տակից դխկդխկոց և խուլ ձայն.

– Արա Վալո՛դ, էդ ձեր շան բերանը փակեք, գլուխներս տրաքեց, յա՜,– հարևանն էր:

Վիշապը թաթը պարզեց Սաքոյի կողմը: Սաքոն հասկացավ, որ բացահայտված է, գլուխը կախեց, դանակը գցեց ու սկսեց հեկեկալ:

– Վռազ փող էր պետք... Փող... Էդ քրջոտ գիրքն էլ...

Այսպես վարպետ Վալոդն իմացավ, որ իր գործազուրկ որդին որոշել էր հեշտ գումար վաստակել՝ վաղուց կուտակված պարտքերը մարելու համար: Եվ այդ հեշտ գումարը գոյացել էր Վերնիսաժում գրավաճառներին իր պապական մագաղաթը վաճառելով: Դրանցից մեկը Սաքոյին կապել էր Սյունի ազգանվամբ պրոֆեսորի հետ:

Վիշապը մի անգամ էլ ուշադիր նայեց Սաքոյին՝ ստուգելու՝ չի՞ ստում: Երբ հասկացավ, որ այս ճղճիմ մահկանացուն ավելի ոչինչ չունի պատմելու, պարզապես դուրս թռավ արդեն կոտրված լուսամուտից:

Վարպետ Վալոդը ուժասպառ նստեց խոհանոցում, իր միակ հավատարիմ ընկերոջը դրեց ծնկներին ու կպցրեց ծխախոտը: Ուրեմն պապի բարբաջանքները բարբաջանք չէին. սերնդեսերունդ փոխանցվող ձեռագիրն իրոք կապված էր վիշապների հետ, որոնք իրոք գոյություն ունեին: Ա՜յ քեզ խելագարություն, սա՛ էր պակաս Վալոդի՝ առանց այն էլ ոչ շատ հաճելի կյանքում:

7.
Վիշապը կարող է հեռանալ

– Ը՜մմ, բնավ էլ վատ պարեն չէ,– չորրորդ շաուրմայի երկու կծելով բերանն ուղարկելով՝ գոհունակությամբ ասաց վիշապն ու ձեռքը տարավ հինգերորդին,– միշտ գիտեի, որ մարդկության զարգացման ամենասքանչելի պահը սննդի առատությունն է: Թե չէ մեր ժամանակ գիտե՞ք՝ ինչ բարդ էր սովից չմեռնելը: Սարերում հովիվներից մի հատ գառ գողանայիր, միանգամից զորք էին ուղարկում: Ստիպված շաբաթը երկու-երեք անգամ ձուկ էինք ուտում, քիչ մնար՝ պասի անցնեի: Բայց դրանից էլ կրակագեղձերս էին թուլանում, դառնում էի սովորական թևավոր մայաղեզ...

Սրանք ավելի շատ բարձրաձայն մտքեր էին, քանի որ Վահագնը, Արեգը և Աստղիկը սենյակի մյուս կողմում էին: Վահագնն առաջարկեց հարամ չանել իրենց օգնության ձեռք (թե՞ օգնության կրակ) մեկնած վիշապի ճաշը, մինչ ինքը կբացատրի ընկերներին, թե ինչ է տեղի ունեցել:

– Ուղղակի շատ կատաղած էի, ոտով խփեցի վիշապաքարին, պատվանդանից ընկավ, ճաքեց, ու մեջից դուրս եկավ... ինքը:

– Մի րոպե, էդ դու էի՞ր,– զարմացավ Արեգը:

– Դե... հա: Բայց պատահական: Ու համ էլ էնքան էլ վիշապաքար չէր, մեջը իսկական վիշապ էր, չէ՞: Այսինքն, բան...

Ես, ուրեմն, ոչ թե վանդալիզմ եմ արել, այլ փրկել եմ էս խեղճ առասպելական էակին:

Արեգն ու Վահագնը նայեցին «խեղճ առասպելական էակին», որն իրենց աչքի առաջ դարձել էր Հայոց լեռնաշխարհում շաուրմայի համար մեկ երկրպագուն: Վիշապն իր հերթին լսում էր երկու ընկերների խոսակցությունը, բայց միջամտելու մտադրություն չուներ: Այլապես պետք է ասեր, որ Վահագնը մի քիչ սխալվում է, և 13 տարեկան տղան պարզապես գետնին գցել-կոտրելով չէր կարողանա վերացնել վաղնջական կախարդանքը: Իրականում վիշապներին քարե կապանքներից ազատելու համար շատ ավելի յուրահատուկ բան էր պետք՝ Վահագն Վիշապաքաղի հետնորդների արյունը: Իսկ այս դպրոցականը գաղափար էլ չունի, թե ինչ է կատարվում, և հեչ նման չէ բոլոր ժամանակների ամենազորեղ հերոսներից մեկի արյունակցին: Պարզապես բարի տղա է, որը հայտնվել է սխալ պահին սխալ տեղում ու հիմա կարողացածի չափով օգնում է նոր աշխարհում հայտնված վիշապին: Թող լինի այսպես, մինչ ինքը ուժ հավաքի ու գնա վաղուց վաստակած հանգստի: Ճիշտ է, եթե զարթնել է ինքը, շուտով կզարթնեն նաև մյուսները, բայց հիմա թող ուրիշներն անհանգստանան...

Դպրոցական ընկերները դեռ շարունակում էին զրույցը:

– Լավ, ասենք՝ դու վանդալ չես, բայց մի անհամեստ հարց, էլի, շատ կներեք: Էս... էս... ի՞նքը ինչ անելիքներ ունի: Ինչի՞ հանկարծ դուրս եկավ իրա քարից: Ու ինչի՞ ես էդքան վստահ, որ շաուրմայից հետո մեզ չի ուտի, հը՞:

Վահագնը հոգոց հանեց:

– Նախ՝ էդ ոչ թե *մի* անհամեստ հարց էր, այլ՝ երեք: Երկրորդ՝ եթե ուտելու լիներ, վաղուց կուտեր: Իսկ դուրս գալը... Երևի կալանքի ժամկետն էր վերջացել, եսի՞մ:

– Բա ինչի՞ էին կալանավորել:

– Որովհետև Վահագն Վիշապաքաղը հաղթել էր Աժդահակին ու, որպես պատիժ, բոլոր վիշապներին քարացրել էր:

– Ու հիմա ի՞նչ:

– Ի՞նչը ինչ:

– Ի՞նչ ես անելու:

– Հը՞:

– Ի՞նչ ես անելու քո նոր ընկերոջը: Էդ անհամեստ հարցին պատասխան ունե՞ս: Տանելու ես տուն՝ շունիկի պես պահես, երեկոյան էլ հանես ման տալո՞ւ: Բա որ մի օր աղջիկ վիշա՞պ հանդիպեց...

Աստղիկը նրանց չէր լսում, այլ պատի տակ ոտքերը ծալած հատակին նստած՝ դյութված հետևում էր վիշապի ճաշկերույթին: Ոտքերին դրված նոթատետրի մեջ նրա՝ շփոթմունքից դողացող ձեռքը փորձում էր պատկերել այն, ինչ տեսնում էին աչքերը:

– Ըհըմ-ըհըմ,– լսվեց վիշապի գոմռոցը,– վիշապները, տիարներ ջան, վաղնջական ժամանակներե ի վեր հայտնի են եղել ոչ միայն սուր խելքով ու սուր ճանկերով, այլև սուր լսողությամբ: Էնպես որ խնդրում եմ ձեր խոնարհ ծառայի մասին կատակները զգուշությամբ բարձրաձայնել:

Արեգը շտապ փախցրեց հայացքն ու քթի տակ ասաց.

– Մի կերեք ինձ, էլի, ուղղակի մտածում եմ՝ Վահագնը ինքն էլ չի պատկերացնում, թե հիմա ինչ պիտի անի:

– Դե լավ, լավ, մի՛ վախեցիր, Վահագնը իսկապես իմ ընկերն է, ու ես բնավ մարդակեր չեմ:

– Կներեք, կլինի՞ մի երկու րոպե էդպես անշարժ մնաք՝ նկարս վերջացնեմ,– հանկարծ խոսեց Աստղիկը: Վիշապը կարծես իրեն շոյված զգաց ու ավելի ֆոտոգենիկ տեսք ընդունեց:

– Անշարժ մնամ, սակայն, եթե կարելի է, *չքարանամ*,– ասաց վիշապն ու սկսեց հռհռալ: Հետո զգաց, որ իր հումորը ոչ ոքի չհասավ, լռեց ու անշարժացավ:

– Շնորհակալություն: Հիմա կվերջացնեմ:

Արեգը կռացավ և Վահագնին հնարավորինս ցածրաձայն ասաց.

– Լսի, տարօրինակ չի՞, որ Աստղիկը ո՛չ ճչաց, ո՛չ լացեց, ո՛չ փախավ... Մի բան էն չի:

– Էդ Նոյի թվի պատկերացումներդ կանանց մասին արդեն գիտե՞ս ինչքան հին են,– իր ամբողջ առաջադիմությամբ արձագանքեց Վահագնը,– *աղջիկ* չի նշանակում թույլ, լացկան ու վախկոտ: Դեռ մի բան էլ հակառակը:

Արեգը միայն հոնքերը վերև թռցրեց, բայց ամեն դեպքում փակեց թեման:

– Աստղ, իսկ ես չգիտեի, որ դու նկարում ես,– ասաց Վահագնը, թեև, իհարկե, շատ լավ գիտեր Աստղիկի նախասիրությունների մասին, ուղղակի ուզում էր մի լավ բան ասած լինել, ու, հայացք գցելով նոթատետրին, ավելացրեց.– Էն էլ էսքան լավ:

– Դպրոցում մի տեսակ առիթ չէր լինում,– պատասխանեց Աստղիկը:– Ես էլ չգիտեի, որ դու կարող ես ինձ համար կռիվ տալ: Շատ հավես էր:

Վահագնը շիկնեց, իսկ Արեգը գլուխն օրորեց, քանի որ իրեն զգաց բոլորովին ավելորդ այս սիրատոչոր զրույցի մեջ: Նրան հատկապես զայրացնում էր, որ այս մտերմիկ զրույցն ընթանում էր այնքան սովորական, առօրեական ձևով, կարծես սենյակում իրենց հետ, իրենց դիմաց գրքերից փախած մի հրաշունչ վիշապ նստած չլիներ:

– Դու, ուրեմն, Աստղիկն ես, հա՞,– նկարչուհուն հարցրեց վիշապը:

– Այո, ես Աստղիկն եմ,– ասաց Վահագնի սիրո առարկան՝ մատիտով գրեթե ավարտին հասցնելով վիշապի պատկերը,– աջ թևը մի քիչ կբարձրացնե՞ք:

– Հարկավ...– վիշապը խելոք-խելոք բարձրացրեց աջ թևը, հետո կարծես ինչ-որ բան կռահեց ու ոգևորված բացականչեց.– մի րոպե՛, ուրեմն դու Վահագնն ես,– նայեց ափով երեսը փակող Վահագնին,– իսկ դու՝ Աստղի՞կը:

Աստղիկը գլխով արեց, բայց չշեղվեց նկարչությունից:

– Ես մի Աստղիկ գիտեի, ի՜նչ գեղուհի էր, ասելու չէ: Ու մի Վահագն գիտեի՝ վիշապների հետ չուներ. նրա մասին դուք կարծես թե դպրանոցում անցնում ենք: Շատ էին սիրում միմյանց: Իսկ ձեր միամիտ նախնիները գիտեին, թե երբ անձրև է գալիս, նրանից է, որ Աստղիկն ու Վահագնը...

– Վերջ,– Աստղիկը գետնին դրեց մատիտը, իսկ Վահագնն ու Արեգը մոտեցան, որպեսզի գնահատեն: Մատիտանկարն իսկապես նման էր:– Ի դեպ, ձեր անունը կասե՞ք: Պարոն Վիշապ հո չե՞նք ասելու:

Աստղիկի հարցն այնքան անսպասելի էր, որ բոլորը զարմացած սկսեցին նայել միմյանց: Վահագնի մտքով իսկապես չէր անցել հարցնել հրեշի անունը, ենթադրվում էր, որ նա, որպես այդպիսին, միակն է, ուրեմն կարելի է ասել Վիշապ, հենց այդպես, մեծատառով: Բայց հիմա, երբ Աստղիկը բարձրաձայնեց, հասկացավ, որ դա նույնիսկ մի քիչ անհարգալից վերաբերմունք էր:

– Դե ես, իհարկե, ժամանակին անուն ունեի, բայց դա շատ վաղուց էր, ու ես այդ ժամանակները չեմ սիրում հիշել, այնպես որ...

– Վզգո:

Բոլորը նայեցին Վահագնին:

– Ես երբ փոքր էի,– ասաց տղան,– ծնողներս էնքան էին պատմել վիշապների մասին, որ իմ համար վիշապ էի հորինել, անընդհատ նկարում էի: Ու անունը դրել էի Վզգո: Եթե հին անունդ չես ուզում, կարող ենք քեզ սրանից հետո Վզգո ասել:

– Ըհը, հիմա լրիվ եղավ շունիկի նման՝ փողոցից գտավ, բերեց տուն, կերակրեց, անուն դրեց,– շշնջաց Արեգը, բայց վիշապի հայացքը նկատեց ու կծեց լեզուն:

– Դե, թող լինի Վզգո,– ասաց հրեշը:

– Վզգո, իսկ Արեգի հարցին կպատասխանե՞ք,– շարունակեց Աստղիկը:– Էն մասին, թե հիմա ինչ պիտի լինի: Մնալու եք էստեղ ու վախեցնեք մեր դպրոցի բոլոր խուլիգանների՞ն:

– Ա՛խ, դա...– վիշապ Վզգոն կմկմաց, կարծես իրականում դեռ չէր կողմնորոշվել ու պատասխանելու ընթացքում նոր ձևավորում էր միտքը,– դե, կարծում եմ, որ ես այստեղ չեմ կարող մնալ: Մարդիկ հաստատ հետ են սովորել վիշապներից,– նա խիստ նայեց Արեգին, որը եղունգների հետ էր խաղում,– ես էլ ճիշտն ասած շատ եմ քարացած մնացել ու դարերով լսել ձեր մարդկային խոսակցությունը: Այնպես որ, հենց մութն ընկնի, ես կպարզեմ թևերս ու կգնամ ապրելու մի հեռավոր սարի փեշին...

***

Եվ ահա, հնադարյա քարե կոթողից դուրս եկած հայախոս վիշապը գնաց, այլևս չկար: Գուցե չէր էլ եղե՞լ: Գուցե սա երա՞զ էր: Կամ գուցե Վահագնին խենթացրել էր ծնողների աշխատանքը, որը վաղուց նաև իրենց տան մի մա՛սն էր: Փոքր ժամանակ այնքան էր լսել վիշապների մասին, որ ինքն իրեն համոզել էր... Բայց այդ դեպքում ինչո՞ւ էին հիմա իր ամենամոտ ընկերը և ամենասիրելի աղջիկը խոսում Վզգոյի մասին: Ուրեմն դա, այդուհանդերձ, իրականություն էր: Աստղիկն ու Արեգը, ընդ որում, վիճում էին:

– Դու իսկականի՞ց ոչ մի վտանգ չես տեսնում,– վիրավորված հարցնում էր Արեգը:

– Չէ, բոլորովին: Ընդամենը հետազոտության ու լուրջ գիտական վերլուծության նյութ: Վազգենին դեռ պետք ա ուսումնասիրենք: Իհարկե, էնպես, որ ինքն իրան վիրավորված չզգա...

– Դու ուղղակի միշտ մարդկանց լավն ես տեսնում:

– Վիշապների:

– Հա էլի, համ մարդկանց, համ վիշապների... Իսկ ինքը ուրիշ աշխարհի ու ժամանակների բարքեր ունի: Մեզ հետ կապ չունի: Ու գիտե՞ս ինչ: Էսպիսի մի անհամեստ հարց տամ քեզ. քանի՞ հատ վիշապաքար կա: Հը՞մ: Էդ մեկը չի, չէ՞:

Աստղիկն ու Արեգը նայեցին Վահագնին: Հարցն իրոք իմաստ ուներ: Թիվը նա շատ լավ գիտեր ծնողներից:

– 90 հատ Հայաստանում, 60 հատ Վրաստանում ու Արևմտյան Հայաստանում: Եթե մերոնց պեղածներն էլ հաշվենք՝ գումարած էլի մի տասը հատ:

– Շնորհակալություն տեղեկության համար, սիրելի Վահագն,– շարունակեց Արեգը,– իսկ հիմա իմ հաջորդ անհամեստ հարցը. եթե Պապլավոկի վիշապաքարը մեր Վզգոն էր, ուղղակի ժամանակավոր քարացրած, ուրեմն էն մնացած 149 հատն էլ են, չէ՞, ժամանակավոր քարացած հրեշներ: Ու ինչի՞ էին քարացրել, որովհետև պատերազմ էր եղել, ու մերոնք հաղթել էին, չէ՞: Է բա, որ Վզգոն հանկարծ կենդանացավ, ուրեմն էն մյուսներն էլ կարող են կենդանանալ, չէ՞:

Վահագնն ու Աստղիկը մի պահ լարված նայեցին Արեգին, հետո Վահագնը հոգոց հանեց ու սկսեց հոգնած գլուխն օրորել:

– Լսի, երևի ճիշտ ես ասում, պիտի դրա մասին էլ մտածենք, բայց դե... էսօր չէ, էլի: Ահավոր հոգնած եմ:– Վահագնը նայեց զնգացող բջջայինին,– համ էլ տատիկիս մոտ պիտի մտնեմ հիմա, առավոտից չեմ պատասխանում:

– Դե գնա-արի, ես մի տեղ կական կխմեմ, մինչև գաս,– պատրաստակամորեն ասաց Արեգը:

– Չէ, Արեգ, էսօր բոլորս լարված ենք, դու գնա տուն, հանգստացիր, վաղը երեքով ամեն ինչ կքննարկենք,– Արեգի ուսին ձեռքը դնելով՝ հորդորեց Աստղիկը և Արեգին թվաց, թե ծածուկ ժպտաց Վահագնին,– եթե իհարկե, էսօրվանից հետո շարունակեք ինձ խաղացնել:

Արեգը մի քիչ մտածեց, նայեց ընկերոջը, նայեց Աստղիկին ու ֆշշացրեց։

– Լավ, լավ, հասկացա։ Ես գնացի քնելու։ Դուք էլ շատ մի մնացեք դրսում ու կասկածելի քարերից հեռու մնացեք։

Արեգը քայլեց տուն, իսկ Աստղիկը խոստացավ Մանկական երկաթուղու թունելի մուտքի մոտ երկու ժամից սպասել Վահագնին։

– Իսկ հետո չես գա՞, տատիկս կուրախանա...– անվստահ առաջարկեց Վահագնը։

Աստղիկը ժպտաց.

– Չէ, տատիկդ առանց ինձ էլ հաստատ ուրախ կլինի քեզ տեսնելու։ Հետո կհանդիպենք։

– Բայց կհանդիպենք, չէ՞։

Աստղիկը մի անգամ էլ ժպտաց ու գնաց։

Ց.
Փրկության արև

Տատիկի տունը Սարյան փողոցում էր, այնպես որ Վահագնը ճանապարհի վրա շատ ժամանակ չէր կորցնելու: Հինավուրց դռան հինավուրց զանգը մի քանի անգամ տվեց. տատիկը մենակ էր ապրում ու արդեն լսողության խնդիրներ ուներ: Քիչ անց լսվեց հողաթափերի քստքստոցը և տատիկի «եկա՛, եկա՛»-ն: Վահագնը անհամբեր նայեց ժամացույցին ու սկսեց հաշվարկել, թե երբ արդեն ամոթ չի լինի դուրս վազելը: Բայց նույն պահին իրեն մեղավոր զգաց. իրականում տատիկը մանկուց նրա ամենամտերիմ ընկերներից էր, պարզապես վերջերս նա արդեն մի քիչ մեծացել էր, ու հետաքրքրություններն էլ փոխվել էին...

Միտքը կիսատ մնաց, քանի որ դուռը բացվեց, և տղան նույնիսկ չհասցրեց բարևել, երբ հայտնվեց 70-ը մի քիչ անց ալեհեր, կոկիկ հագնված և անչափ առույգ տատիկի գրկում:

– Վույ, ջանի՜կ, ես էլ մտածեցի, որ հեռախոսին չես պատասխանում, ոչ էլ կերևաս: Վո՜ւյ:

– Տա՛տ, խեղդեցիր,– մի կերպ ծնոտը շարժելով արձագանքեց Վահագնը:

– Որովհետև քո միակ ու անկրկնելի տատիկին ուշ-ուշ ես գալիս տեսնելու,– տատիկը մի անգամ էլ աղմուկով համբուրեց թոռան ճակատը ու ներս քաշեց:

Չնայած որ հյուրասենյակում՝ առնվազն 19-րդ դարից պահպանված սեղանի շուրջը նրանք երկուսով էին, տատիկն այնպես էր պատրաստվել, կարծես Վահագնի չորսից հինգ տասնյակ ընկերներն էին ժամանելու: Եվ տղան գիտեր՝ խուսափելն անհնար է, պայքարն անիմաստ. պետք է փորձել ամեն ինչից:

– Ջանի՛կ, իշլի քյութֆայից չփորձեցի՛ր,– ասում էր տատիկն ու չսպասելով արձագանքի՝ գոլորշապատ երկու կիտրոնաձև գնդերը տեղավորում թռան ափսեի մեջ՝ խաշլամայի, աղցանի, կարտոֆիլի ու մի քանի տեսակ պանիրների կտորների կողքին:

– Տա՛տ, կերել եմ, մի դի՛ր...

– Հացով կեր, որ կշտանաս,– ասում էր տատիկն ու լավաշի մեջ պանիրն ու թարխունը փաթաթած՝ խցկում թոռան ազատ ձեռքը:

Վահագնը միայն գլխով էր անում ու ծամում: Ու մտածում, թե ի՛նչ համեղ է ամեն ինչ պատրաստում տատիկը: Ափսոս, որ պետք է ամեն ինչ ուտել միաժամանակ...

Թեյի հետ սպասում էին խտացրած կաթով բլիթները: Ափսեի մեջ, բնականաբար, դրվել էր հինգ հատ, որոնցից մեկը տղան թեև դժվարությամբ, բայց հաճույքով հաղթահարեց:

– Դե, ի՞նչ ես անելու այսօր, ո՞ւմ հետ ես նշելու,– խորամանկ ժպտալով հարցրեց տատիկը,– պատմիր, ինձ մի քիչ ջահել զգամ:

– Առանձնապես չեմ էլ նշելու,– թեյը ֆոթացնելով ասաց Վահագնը,– հավես չունեմ: Երևի Արեգի հետ դուրս գանք թափառենք, չգիտեմ...

– Ուզում ես ասել, որ Աստղիկին ոչ մի տեղ չես հրավիրել, հա՞:

Վահագնը զարմացած չռեց աչքերը:

– Տատի՛կ, դո՞ւ որտեղից գիտես... ավելի ճիշտ՝ ինչի՞ց մտածեցիր, որ...

Տատիկն իր թեյի մեջ մի կտոր շաքար գցելով ծիծաղեց ու այնպես նայեց, որ տղան հասկացավ. պարզապես տատիկը ամեն ինչ գիտի, ու վերջ: Դե, վիշապների մասին չգիտի, լավ:

– Աստղիկի հետ էլ պիտի հանդիպեմ,– կարմրելով ու թեյից հայացքը չկտրելով՝ խոստովանեց Վահագնը,– ոնց որ թե շատ լավ են գործերս գնում էդ մասով:

– Դու հիմա էդքան լուրջ երևի չպիտի մտածես, բայց արդեն կարող ես իմանալ, իմ համեստ տատիկական կարծիքով, իհարկե,– բազմանշանակ ասաց տատիկը,– Նանեին դպրոցում էնքան էին սիրահարվում, էնքան էին գալիս մեր տուն, ծաղիկներ ուղարկում, երգեր գրում, որ մարդ գժվում էր:

Վահագնը պատկերացրեց մայրիկին պատանի, ուշադրության կենտրոնում և ուրախ ժպտաց:

– Բայց իրեն ոչ ոք չէր հետաքրքրում: Մինչև համալսարանում՝ էն խառը ժամանակներում, որ ո՛չ փող կար, ո՛չ հեռանկար կար, ու գիտությամբ մենակ ամենանվիրվածներն էին զբաղվում, մեկ էլ չհայտնվեց խելառ վիշապագետը:

– Չէ, բայց հայրիկը խելառ չէր, հակառակը...

– Է, հայրիկդ հետո՛ եկա՛վ, ինչի համար ես շատ ուրախ եմ... Այո, այդպիսի հրաշալի զոքանչ եմ, կարող ես Նիկողայոսից ճշտել,– տատիկը ծիծաղեց ու շարունակեց.– խելառի ազգանունը, եթե չեմ սխալվում, Սյունի էր...

Վահագնը կկոցեց աչքերը. մի՞թե խոսքը Պետրոս Սյունու մասին է:

– ...Ու գիտե՞ս, Նանեն մի պահ իրոք մտածում էր, որ... Ինչևէ, բախտներս բերեց, որ մի օր աղջիկս գիրք կարդալով քայլում էր Պապլավոկի լճի մոտով, էն ժամանակ հատկապես անընդհատ կարդում էր, քեզ էլ խորհուրդ կտայի... Հա, Նանեն աչքերը գրքին քայլում էր, իսկ դիմացից՝ մի ուրիշ գիրք բացած քայլում էր երկար մազերով, ուրախ, զվարթ Նիկողայոս Մադոնցը: Ի՞նչ պիտի լիներ. բախվեցին: Գրքերը գետին թափվեցին, իրենք էլ նայեցին իրար ու սկսեցին ծիծաղել: Հասկացան, որ երկուսն էլ պատմաբան են պատրաստվում դառնալ, բայց չէին հանդիպել, որովհետև տարբեր կուրսերում էին, Նիկողայոսը երկու տարի մեծ էր: Բայց ամենազարմանալին հանդիպման վայրն էր...

– Վիշապաքարի մո՞տ,– հիշեց Վահագնը:

– Այո, ու քանի որ երկուսն էլ որոշել էին ուսումնասիրել հենց այդ պատմական շրջանը, ստացվեց, որ դա նշան էր: Նանեն ինձ դրա մասին, իհարկե, չի պատմել, բայց վստահ եմ, որ հենց այդ վիշապաքարի վրա էլ առաջին անգամ համբուրվել են:

Տատիկը ժպտաց, իսկ Վահագնը մի տեսակ անհարմար զգաց և որոշեց փոխել թեման: Տրամադրությունը բարձր էր:

– Տատ, մի հատ էլ չնվագե՞նք, հետո գնամ:

– Իհա՛րկե, ջանի՛կ,– ասաց տատիկն ու ցատկելով տեղից՝ մոտեցավ իր դարավոր կյանքում ինչեր ասես չտեսած գերմանական դաշնամուրին:

Վահագնը մյուս սենյակից բերեց կիթառը, տեղավորվեց ու մի քանի րոպե գործիքը լարելուց և որոշ շարժումներ վերհիշելուց հետո իր ելույթը սկսեց «Տատիկն ու Ջանիկը» էթնո-ջազընտանեկան համույթը: Երկհոգանոց բենդի երգացանկի մեծ մասը ժողովրդական ու պատմական երգերի վերամշակումներից էր բաղկացած: Այդպես մի քանի տարի առաջ տատիկը կարողացել էր այնպես անել, որ Վահագնը սիրի հին հայկական երգերը և համոզվի, որ թեկուզ դրանք հին են, բայց բնավ ոչ՝ հնացած: Կիթառի ու դաշնամուրի ուղեկցությունը շատ էլ լավ զուգորդվում էր, օրինակ, «Վահագնի ծնունդի» հետ: Այսօր, իհարկե, ավելի լավ կատարում դժվար էր ընտրել:

– Մեկ, երկու, երեք,– ասաց Վահագնն ու նվագեց առաջին ակորդները, իսկ տատիկը միացավ ստեղններով:

Ջվարթ, բայց ոչ շատ ցանցառ նախաբանին հետևեցին առաջին տողերը.

Երկնեց երկինք և երկիր,
Երկնեց և ծով ծիրանի,
Եվ եղեգնիկը կարմիր
Երկնեց ծովում ծիրանի...

Մի քանի րոպե հետո հետևեց Վահագնի կիթառային սոլոն, որից հետո բենդի երկձայնը կատարեց եզրափակիչ տողերը.

Երկինք ու երկիր և ծիրանի ծով
Ավետում են քեզ, ցավերի դու ծո՛վ,
Ցնծա՛, բյուրվիշապ Հայաստան աշխարհ,
Փրկության արև Վահագնիդ տեսար:

Տատիկի հետ նվագը Վահագնի տրամադրությունը բարձրացրեց աննախադեպ բարձունքների: Եռանդով լցված՝ նա համբուրեց բենդի իր նվագակցին, շնորհակալություն հայտնեց հյուրասիրության համար (տատիկը փորձեց երկու հատ էլ իշլի քյուֆթա լավաշի մեջ փաթաթած խցկել պայուսակը, բայց տղան դիրքերը չզիջեց) ու դուրս վազեց՝ չմոռանալով խոստանալ էլի մտնել շաբաթվա մեջ: Այդպես, քթի տակ երգելով «*Ցնծա՛, բյուրվիշապ Հայաստան աշխարհ*», տղան վազեց Աստղիկի հետ ժամադրության:

Գ.
Երևակայական վիշապների երգը

Վահագնը վազում էր: Վահագնը անհանգիստ էր: Կարծում էր, որ Աստղիկը փոշմանել է, որ Աստղիկը չի եկել: Բայց այսօր ամեն ինչ կասկածելի լավ էր դասավորվում: Աստղիկը տեղում էր, քարին նստած նկարում էր: Վահագնը հասավ ու շնչակտուր կանգնեց նրա դիմաց: Աստղիկը գլուխը բարձրացրեց նոթատետրից և ժպտաց:

Մի քանի րոպե անց արդեն քայլում էին Մանկական երկաթուղու կիսամութ թունելով: Զբոսնում էին այնպես, կարծես վաղեմի մոտ բարեկամներ էին, որոնք կարող են չխոսել, բայց, մեկ է, իրար հետ կապված լինել: Վահագնը նույնիսկ հաղթահարեց իր անհաղթահարելի ամոթի զգացումը և բռնեց Աստղիկի ձեռքը: Աստղիկը մթության մեջ ժպտաց, բայց ոչինչ չասաց:

Հետո երկուսով նստած էին կիսալքված, ճռճռացող հատակով ու պլոկված պատերով կայարանի երկրորդ հարկում, այնտեղ, ուր ոչ ոքի մտքով չի անցնում բարձրանալ: Ներքևում՝ սեղանիկի մոտ նստած պապիկից գնած 70 դրամանոց ադիբուդին էին ծամում ծուլորեն ու նայում աղոտ լուսավորվող Հրազդան գետին:

– Երեկ երեկոյան ինձ թվում էր, թե կյանքիս ամենաահավոր օրն եմ ապրում, իսկ էսօր արդեն...– Վահագնը փորձեց իր ապրումները բնութագրող ճիշտ խոսքեր գտնել,– իսկ էսօր արդեն մտածում եմ, որ կյանքիս ամենահիրաշալի օրն եմ ապրել:

– Որին չէիր ուզում ինձ նույնիսկ հրավիրե՛լ,– կեսկատակ զայրացավ Աստղիկը, ու բռունցքով, էլի կեսկատակ, հրեց Վահագնին:

Վերջինս կարմրեց, բայց քանի որ մութ էր, Աստղիկը չնկատեց: Զովաշունչ էր. աղջիկն ուսերը կծկեց, կուչ եկավ: Վահագնը մի պահ վարանելուց հետո, այդուհանդերձ, որոշեց ձեռքը տանել աղջկա հեռավոր ուսին, գրկել, ջերմացնել: Բայց քանի որ լարված էր ու շփոթված, մի քիչ անփույթ գործեց, Աստղիկի մազերի մի փունջ պատահաբար հայտնվեց Վահագնի մատների մեջ, ու սիրահարված պատանին ակամա քաշեց սիրած աղջկա մազերը: Աստղիկն անսպասելիությունից մի թեթև «ա՜ու» ասաց, իսկ Վահագնը, է՛լ ավելի կարմրելով, ձեռքը արագ քաշեց, անփութորեն մի կողմ թեքվեց ու ճակատով բախվեց Աստղիկի այտին՝ բարեբախտաբար, ոչ շատ ուժեղ: Աղջիկը, ծիծաղը հազիվ զսպելով, տրորում էր վիրավոր այտը: Վահանգը փորձեց հասկանալ՝ դարձել է ծաղրի առարկա՞, թե՞ այդ հազիվ զսպվողը խինդը դրական բովանդակություն ունի:

– Փաստորեն էն երեկվա մտածածս ահավոր օրը դեռ էնքան էլ չի վերջացել,– Վահագնը փորձեց ինքնահեգնանքով շտկել իրավիճակը,– ուղղակի հիմա դու էլ տուժեցիր:

– Չէ՛, էսօր միակ տուժողը Գնորն էր, իր արվեստի խմբակի հետ,– ասաց Աստղիկը, որից հետո երկուսով հիշեցին «թզբեհավորի» սարսափահար դեմքն ու փախուստը Վզգոյից, ու սկսեցին ծիծաղել:

Հետո Վահագնը պայուսակից հանեց հոլն ու ցուցադրեց Աստղիկին իր ամբողջ վարպետությունը, հետո դրանց մի մասը սովորեցրեց Աստղիկին՝ քնքշորեն բռնելով նրա ափն ու ցույց տալով ճիշտ շարժումները, հետո երկուսով նայում էին, թե ոնց է այն պտտվում: Հետո ներքևի հարկում՝ սեղանիկի մոտ նստած վաճառող պապիկի շարժական ռադիոյից խշխշոցներին զուգընթաց լսվում էր «Երևակայական վիշապներ» համույթի երգը այն մասին, թե ինչպես է սերը օգնում մարդուն ճախրել: Վահագնը պատրաստ էր ստորագրել ամեն բառի տակ...

– Լսի՛, տուժած Գևորի մասին մի բան էլ հիշեցի,– ասաց Վահագնը, երբ երգն ավարտվեց, ու սկսվեց նորը՝ ոչ վիշապային,– ինքը եկավ ու խանգարեց մի շատ կարևոր գործ:

– Իսկապե՞ս, նվե՞րս,– բացականչեց Աստղիկը:

Վահագնը բացեց ոտքերի մոտ գցած ուսապարկը, մի քանի վայրկյան պեղումներ իրականացրեց, ապա դուրս հանեց փոքրիկ կապոցը՝ հազիվ բջջային հեռախոսի տուփի չափ լիներ: Աստղիկը երկու ձեռքով փակեց բերանը, կարծես փոշմանել էր, որ նվերը, այդուհանդերձ, բացահայտվելու է: Վահագնի հետաքրքրությունն այս շփոթությունից ավելի մեծացավ:

– Վահա՛գն, միանգամից ասեմ, որ ժամանակս շատ քիչ էր, ու ես մի քիչ շտապել եմ, ու առանձնապես մտածելու ժամանակ էլ չունեի... Մի խոսքով՝ եթե չհավանես, ու դու թողնես գնաս, կհասկանամ:

Վահագնը փորձեց հանգստացնել դասընկերուհուն ու առանց գիտակցելու ափով ծածկեց Աստղիկի ձեռքը:

Երբ Աստղիկը համակերպվեց իրողության հետ, տուփը բացվեց, ու Վահագնի ձեռքում հայտնվեց սովորական բրելոկի չափ թելից կախված կավե վիշապաքար: Զուգադիպությունը Վահագնին ապշեցրեց, բայց հետո հիշեց, որ դպրոցում շատերը գիտեին իր ծնողների մասնագիտության ու հատկապես ցածր դասարաններում իր հետաքրքրության մասին (հատկապես նկարչության դասին նկարած հրեշների շնորհիվ): Աստղիկն էլ (Վահագնը շատ լավ գիտեր, քանի որ փորձում էր պարզել ամեն բան աղջկա մասին), ոչ միայն լավ նկարում էր, այլև կավագործության խմբակ էր հաճախում:

***

Մթնել է: Երևանի փողոցներն ավելի ու ավելի են ծուլանում: Մարդիկ պակասում են: Ովքեր դեռ տուն չեն հասել, գլուխները կախ քայլում են իրենց ճամփով կամ տրանսպորտի մեջ նստած նայում են իրենց հեռախոսներին, կամ փորձում են մոռանալ խավարի մեջ թաքնված օրը:

Ու ոչ մեկը չի նայում վերև: Չնայած, նայեն էլ, դժվար թե տեսնեն սակավ աստղերով զարդարված երկնքում սավառնող վիշապին: Վզգոն տասնյակ տարիներ է անցկացրել Երևանի կենտրոնում ու թմբիրի մեջ, կիսագիտակից, երազային վիճակում լսել մարդկանց խոսակցությունները, վեճերը, մենախոսությունները, հեռախոսազրույցները, հոգոցներն ու ծիծաղները, և այդ ամենի արդյունքում հասկացել է. մարդիկ չեն հավատա, որ իրենց պատկերացրածից դուրս մի բան կարող է գոյություն ունենալ: Օրինակ՝ վիշապ:

Երևանի գիշերային երկնքում սավառնող Վզգոն ներքնի մարդկանց համար աննկատ ժպտում է այն մտքից, որ կարող է նորից թևերն ազատ պարզել ու սավառնել: Բայց նորից մտահոգությունը... Մի՞թե մյուս վիշապները նույնպես արթնանում են: Աժդահա՞կը... Եթե այդպես է, ապա Վզգոն չի նախանձում մարդկանց: Բայց այս անգամ նա չի պատրաստվում խառնվել երկու պնդաճակատ տեսակների բախմանը, նախորդ անգամ միանգամայն հերիք ու միանշանակ բոլ եղավ: Հիմա վիշապ Վազգենը պատրաստվում էր վայելել արժանի հանգիստը:

10.
Օգտակար մահկանացուն

Լքված գործարանի չորրորդ հարկը նման էր պատերազմի մասին ֆիլմերի դեկորացիայի. հատուկենտ ապակիներ, պատերի տակ նախկին լուսամուտների փշրանքներ, ծեփը թափած սյուներ, դեսուդեն ընկած հաստոցներ, մի քանի հակագազ, ինչ-որ մեկի աշխատանքային գրքույկը: Այնպիսի տպավորություն էր, որ ռազմական գործողություններն առավոտն են ավարտվել: Բայց իրականում պատկերը երեք տասնամյակների լքվածության արդյունք էր: Պարզապես մի օր մարդիկ թողել ու գնացել էին, հետո էլ հատ-հատ տարել այն ամենը, ինչ կարելի էր տանել:

Վիշապ Դժնդակը միշտ էլ գիտեր, որ մարդիկ՝ այդ ճղճիմ երկոտանի մահկանացուները, բանի պետք չեն: Որ նրանք ընդունակ են միայն կռվելու. բնության դեմ, կենդանիների դեմ, միմյանց դեմ: Զարմանալին միմյանց դեմ կռվելն էր: Դժնդակը հազարամյակներ շարունակ չէր կարողանում հասկանալ, թե ինչպես կարելի է այդչափ վայրենությամբ կռվել սեփական տեսակի դեմ: Ընդ որում՝ խոսքը միայն լայնածավալ պատերազմների մասին չէր: Դժնդակը, ի վերջո, մի քանի տասնամյակ անցկացրել էր Մասիվի Վիշապների պուրակում, և այն ատելությամբ ու անհանդուրժողականությամբ լի վեճերը, որ տեղի էին ունեցել իր անմիջական հարևանությամբ, մոռանալ չէր լինի: Մարդատյաց վիշապը վստահ էր, որ մարդիկ իրենք իրենց չեն սիրում:

Նա իր զորեղ ղեկավար, Վիշապաց Վիշապ Աժդահակի հետ միակարծիք էր. մարդկանց՝ այդ հուզառատ, անսկզբունք էակներին, պետք է ոչնչացնել: Ավելի ճիշտ՝ ոչնչացնել մեծ մասին, իսկ մնացածին պահել որպես ծառա: Միակ օգուտը սրանցից կարող է լինել ավելի Բարձր Էակներին ծառայելը: Այ, դա կլինի կատարյալ աշխարհ: Վիշապների իշխանություն, մարդկանց ծառայություն...

Դժնդակը վերջացրեց կրծոտել վերջին մի քանի դարի ընթացքում իր առաջին ճաշը (այն ժամանակ, իհարկե, դաշտում արածող եզ կամ կով գտնելը շատ ավելի հեշտ էր, ինչ խոսք) և ավելի մեծ զայրույթով լցվեց մարդկանց հանդեպ: Նա երկար տարիներ քարացած էր եղել և հիմա, կենդանանալուց հետո, պարզել էր, որ մարդիկ է՛լ ավելի են մանրացել: Քանակապես շատացել են. դա երևում էր մրջնաբույներ հիշեցնող այս քաղաքներից, իսկ խելքը մնացել է նույնը: Հեռավոր ժամանակներում, երբ վիշապներն ապրում էին լեռներում, մինչև Վիշապաքաղի գալուստը, նրանց մեջ գոնե լինում էին առանձին արժանի էակներ, այնպիսի մահկանացուներ, որոնց հետ պայքարելն ամոթ չէր: Վիշապաքաղն էլ այդպիսին էր, ափսոս, որ վիշապների մեջ դավաճաններ գտնվեցին...

Դժնդակը հայացք նետեց կոտրված լուսամուտից դուրս: Աղջամուղջ էր: Պետք էր մի փոքր էլ սպասել: Նրան չէին վախեցնում զազրելի քաղաքաբնակները, բայց բոլորի աչքի առաջ դուրս գալը դեռ վաղ էր, դրա ժամանակը հետո պիտի գար: Այդժամ մարդիկ սարսափահար կփախչեին ու վիշապներին կխնդրեին խղճալ իրենց: Բայց առայժմ զգուշություն էր հարկավոր: Միայն երբ արևը մայր մտնի, ու քաղաքը ծածկվի խավարի վերմակով (բարեբախտաբար, այս քաղաքում նողկալի մահկանացուները չէին կարողանում ինչպես հարկն է լուսավորել մութ փողոցները), նա հյուր կգնար այդ լկտի հնագետի մոտ, որը տիրացել էր Վիշապագրին:

Դժնդակին հատուկ չէին ժպտերեսությունն ու ընդհանրապես դրական հույզերը: Որպես կանոն, նա սառն էր (ինչպես սեփական մաշկի վրա զգացել էին վարպետ Վալոդի տնեցիները): Բայց եթե ինչ-որ մի երկոտանի մահկանացուի դժբախտություն վիճակվեր այս պահին լինել տրանզիստորների լքված գործարանի չորրորդ հարկում ու կանգնել հենց նոր կուշտ կերած այս վիշապի դիմաց, նա կնկատեր վերջինիս դեմքին խորամանկ մի կիսաժպիտ: Եվ այդ անբախտ մարդը հաստատ ոչ միայն կզգար իր կյանքի ամենաահավոր ցուրտը, այլև կհասկանար, որ այդ ժպիտի հետևում սարսափելի ծրագրեր են թաքնված. Դժնդակը պատրաստվում էր այս գիշեր անել այն, ինչ չէր բաշարում անել քաղաքապետարանը՝ լուսավորել փողոցները, այսպես ասած՝ վառ պահել իր անցած ուղին:

***

Սյունու բնակարանը նման էր բուկինիստի որջի: Այս պահին նա աշխատասենյակում էր, բայց հյուրասենյակն ու միջանցքը նույն վիճակում էին՝ գրապահարաններ, գրապահարանների կողքին՝ սյուներով դարսված գրքեր, թեյի սեղանին, պատուհանագոգերին՝ գրքեր, գրքեր, գրքեր: Եթե բնակարանում հայտնվեր մի անտեղյակ պատահական անցորդ և տեսներ այդ գրքերից մի քանիսը, կկարծեր, որ հայտնվել է Մատենադարանի պահուստային ֆոնդերում: Այո, Սյունու տանը կային ոչ միայն շատ հին տպագիր գրքեր, այլև ձեռագրեր՝ պատառիկներ, առանձին էջեր, մի քանիսն էլ՝ ավելի ուշ կազմված, բայց ամբողջական միջնադարյան ձեռագրեր:

Երկու տասնյակ տարի կլիներ, որ Սյունին հավաքում էր բոլոր այն գրքերը, որտեղ գոնե մի տող գրված էր վիշապների մասին։ Ուրիշ ոչինչ նրան չէր հետաքրքրում։ Նույն այդ պատահական անցորդը դա շատ հեշտ կհասկանար, եթե նայեր աշխատասենյակի պատերին, որոնց գրեթե ամեն մի սանտիմետրը ծածկված էր գրություններով, նշումներով, թերթերից ու գրքերից կտրածոներով։ Ու նկարներով՝ ֆոտո ու ձեռագործ։ Վիշապների նկարներ։ Վիշապների բազմաթիվ ու բազմազան նկարներ. զիգզագավոր պատկերներ հայկական վիշապագորգերից, փորագիր հրեշներ ժայռերի վրայից, տասնյակ վիշապաքարերի էսքիզներ ու լուսանկարներ, հնատիպ գրավյուրաներ բրիտանական թևավոր մողեսանման վիշապներով, երկար օձանման չինական վիշապների նկարազարդումներ, պարսկական մանրանկարների պատճեններ, որտեղ զինվորները կռվում էին հսկա հրեշների հետ, հունական խճանկարներ և այլն, և այլն։ Սյունին հպարտանում էր իր վիշապագիտությամբ։ Աշխարհում ոչ ոք իր չափ չգիտեր այդ «լեգենդների» մասին։ (Վիշապների մասին խոսելիս նա արդեն վաղուց «լեգենդ» բառն օգտագործում էր բացառապես չակերտներով, քանի որ գիտեր՝ դրանք եղել են։ Եվ կա՛ն) Միայն մի հոգի կարող էր մրցել իր հետ այս թեմայի իմացությամբ. անիծյալ Մադոնցը։ Կար ժամանակ, երբ նրանք երկուսով էին բացահայտումներ անում, հետո ընտրեցին տարբեր ուղիներ. Մադոնցը շարունակեց վիշապներին վերաբերվել իբրև «լեգենդի»՝ առանց հավատի ու հարգանքի։

Իսկ Սյունին իրեն *նվիրեց* վիշապներին: Եվ շատ շուտով բոլորը կիմանան, որ ճիշտը ինքն էր...

Սյունին գրասեղանի մոտ նստած նորից ու նորից դիտում էր նախորդ երեկո նկարահանած հոլովակը: Այն, ուր պատկերված էր մարդկության նորագույն պատմության մեջ ամենաանհավանական իրադարձությունը՝ իսկական վիշապի վերածնունդը: Այն մտքից, որ այդ վերածնունդը տեղի է ունեցել իր՝ Սյունու շնորհիվ և իր ձեռքով, մի կողմից տարօրինակ էր, մյուս կողմից՝ ոգևորիչ: Ամեն մեկը չէ, որ կարող է պարծենալ պատմության կերտմանը ուղղակի մասնակցությամբ: Ափսոս, որ խանգարեց այն շունը, և նրածին Դժնդակը շեղվեց, գնաց նրանց հետևից... Այդպես, Սյունին տեսադաշտից կորցրեց վիշապին, բայց հիմա՝ հոլովակը հարյուրերորդ անգամ ուսումնասիրելուց հետո, նա, չգիտես ինչու, վստահ էր, որ վիշապը կվերադառնա, և որ իրեն վտանգ չի սպառնում: Դա բավական իռացիոնալ, անհիմն վստահություն էր: Եվ իր համար միակ բացատրությունն այն էր, որ նա վիշապների գործի նվիրյալ է, որ, ի տարբերություն մյուս մարդկանց, թշնամի չէ, և որ այդ ամենը վստահորեն պետք է փոխանցված լիներ Դժնդակին այն պահին, երբ Սյունու ձեռքով Վահագն Վիշապաքաղի հետնորդի արյան թանկարժեք կաթիլները լցվեցին վիշապին բանտարկած քարի նախշերի մեջ...

Հանկարծ դրսից աղմուկ լսվեց: Սյունին ատում էր, երբ իրեն խանգարում էր դրսի աղմուկը: Ցավոք, դա անխուսափելի է, երբ ապրում ես Կասկադի բազմաբնակարանում: Լավ է, որ ծնողներից նրան հասել էր վերնի հարկը՝ սրճարանների սիրահարներից ու կենդանի երաժշտությունից հնարավորինս հեռու:

Մարդկային բղավոցներ էին: Դժվար էր ասել՝ տագնա՞պ էր, թե՞, հակառակը, ուրախանում էին: Վաղուց սառած թեյի գավաթը շխկացրեց սեղանին ու քայլեց դեպի պատուհանը.

ավելի լավ է շարունակել աշխատանքը տոթի մեջ, բայց լռությամբ: Բայց կիսաբաց լուսամուտի մոտ Սյունին քարացած կանգնեց տեղում: Այնպես չէ, որ նրա ուշքը գնում էր թամանյանական Երևանի և, ընդհանրապես, ժամանակակից քաղաքների համար: Նրա համար 10-րդ դարից (մեր թվարկությունից առաջ, իհարկե) այս կողմ ամեն ինչ մանր էր, աննշան ու անիմաստ: Օպերայի շենքն էլ՝ դե, կլոր շենք էր, հին հայկական ճարտարապետության կրկնօրինակման խղճուկ փորձ: Բայց, միևնույն է, այդ շինությունը բոցավառ տեսնելն իսկական ցնցում էր: Այրվում էր կտուրը: Կրակը պարում էր քամու տակ: Հարակից փողոցները խցանվել էին. մեքենաները կանգ էին առնում, որ մարդիկ նայեն, իրշեջ մեքենաները մի կերպ փորձում էին մոտենալ շենքին:

Սյունին հանկարծ տհաճ սարսուռ զգաց, կարծես Օպերայի կրակը ոչ թե տաքացնում, այլ սառեցնում էր (բայց այդպես չի կարող լինել, չէ՞), ու արագ փակեց պատուհանը: Թող այժմեականով տարված ամբոխը զբաղվի իր շենքով ու իր հրդեհով, մինչդեռ նա ունի շատ ավելի կարևոր, հավերժության առնչվող խնդիր: Պատուհանը փակվեց, աղմուկը պակասեց, բայց ցուրտը... Սյունին կուչ եկավ գործած ժակետի մեջ, գլուխը մտցրեց ուսերի մեջ ու մոտեցավ գրասեղանին: Եվ կանգ առավ: Սեղանի մոտ հետնի թաթերին նստած էր Դժնդակը: Նրա սառը հայացքն ուղղված էր սեղանին դրված Վիշապագրին: Մինչ Սյունին փորձում էր ճիշտ խոսքեր գտնել ողջույնի համար, վիշապը թեքեց գլուխն ու խոսեց սառնաշունչ.

– Ավազա՛կ դպիր, ինչո՞ւ ես գողացել այս սուրբ գիրը:

Դժնդակի աչքերը փայլեցին: Նա արդեն մի հաճելի բան արել էր այսօր՝ այրել էր այն հսկա շինությունը, որպեսզի հանգիստ կարողանար գտնել դպիրին, մինչ մյուս մահկանացուները մրջյունների պես կվազվզեին խարույկի շուրջ: Հիմա կարելի է պատժել այս երկոտանուն, որը հանդգնել էր փախցնել

Վիշապագիրը: Ակնթարթ հետո Սյունու մարմինը կփշրվեր Դժնդակի թաթի մի թեթև հարվածից, բայց հանկարծ «դպիրը» պարզեց ձեռքերն ու ծնկի իջավ՝ բացականչելով.

– Օ՛, զորեղ վիշապ, թո՛ւյլ տուր ինձ ծառայելու քո և քո ցեղակիցների մեծությանը, թո՛ւյլ տուր ինձ վերադարձնել վիշապներին նրանց հասանելի իշխանությունը:

Դժնդակին դժվար էր զարմացնելը, բայց վիշապագետ Սյունուն դա հաջողվեց:

***

Դժնդակն իսկապես զգաց Սյունու անկեղծությունն ու նվիրվածությունը: Սա զարմանալի էր, քանի որ վիշապները լավ գիտեին, թե որքան խորամանկ ու ուխտադրուժ կարող են լինել մարդիկ: Բայց այս մեկ մահկանացուն չէր ստում: Բացի դրանից՝ հենց նա էր օգնել Դժնդակին դուրս պրծնել Վահագնի ստոր քայլի արդյունքում (հավասարը հավասարի դեմ կռվելու փոխարեն կախարդանքին դիմելը ոչ այլ ինչ էր, քան ստորություն, որին ընդունակ էին միայն վախկոտ մարդիկ) հազարամյակներ տևած քարե բանտարկությունից:

Առաջին հարցը, որ Դժնդակը տվեց հավատարիմ, բայց ամեն դեպքում շփոթված ու լարված Սյունուն, այն էր, թե ինչպես «դպիրը» կարողացավ ազատագրել վիշապին:

– Ես երկար տարիներ ուսումնասիրել եմ բոլոր հնարավոր արձանագրությունները,– աչքերը քթի վրա ուղղելով ու վիշապին վարից վեր նայելով սկսեց պատմել Սյունին,– հայտնաբերել վկայություններ այն մասին, որ վիշապաքարերն իրականում... դե...– Սյունին իրենից անկախ հայացքով չափեց վիշապին ոտքից պոչ,– կենդանի են, և նրանց կարելի է ազատագրել Վահագն Վիշապաքաղի կամ նրա հետնորդների արյան մի կաթիլի օգնությամբ...

Դժնդակը զայրացած մռնչաց այնպես, որ տան պատերը դղրդացին, իսկ լուսամուտի ապակիները ճաք տվեցին:

– Սրիկային այդ արդ *Վիշապաքա՞ղ* կոչեն,– գոչեց նա, կարծես անվանափոխության հեղինակը Սյունին էր:

– Համենայնդեպս, պատմագրության մեջ այդպես է գրանցվել,– արդարացավ գիտնականը,– բայց դա կարևոր չէ, կարևորը, որ դուք նորից այստեղ եք...

– Որտեղի՞ց արյունը նորա,– ավելի հանգիստ հարցրեց Դժնդակը:

Սյունին գրասեղանից զգուշորեն, առանց կտրուկ շարժումների, վերցրեց Վիշապագիրը: Հոգատարությամբ փակեց մատյանը և ցուցադրեց կաշեպատ կազմը, որի կենտրոնում երևում էր կլոր մի փոս, կարծես այդտեղ նախկինում թանկարժեք քար կամ նմանատիպ մի զարդ եղած լիներ:

– Այս ձեռագիրը, որ ես երկար տարիներ որոնելուց հետո վերջապես ձեռք բերեցի մի բավական տխմար երիտասարդից, բացի շատ կարևոր տեղեկություններից, իր էջերին մի գանձ էլ ուներ,– բացատրեց Սյունին,– վիշապի շնչից հալած սև սաթ, որի ներսում Վահագն Վի...– գիտնականը կանգ առավ՝ զգալով վիշապի դժգոհությունը,– Վահագնը հետնորդների համար մի քանի կաթիլ իր արյունից էր պահպանել: Ձեռագրի նախկին տերերը չգիտեին կամ մոռացել էին այդ մասին, իսկ ես, այլ աղբյուրներից օգտվելով, բացահայտեցի գաղտնիքն ու դրա օգնությամբ կարողացա ձեզ ազատագրել:

Դժնդակը լուռ էր: Պատմության մի մասը նրան բոլորովին անհայտ էր, քանի որ տեղի էր ունեցել արդեն նրա քարանալուց հետո: Սյունին կարծես կարողացել էր բավարարել իրեշի հետաքրքրությունը: Բայց մի հարց դեռ բաց էր մնացել. ինչպե՞ս էր Վահագնի՝ այդ զորեղ, բայց, այդուհանդերձ, սովորական մահկանացուի արյունն այդքան գերբնական զորություն ստացել: Բայց այդ մասին չկար գրված նաև Սյունու ուսումնասիրած աղբյուրներում:

– Պիտո է գտանել հետնորդին Վահագնա և զորքն մեր մարտի կոչել,– մեռելային ձայնով հրահանգեց Դժնդակը:
Սյունին շփոթվեց: Նա չէր նախատեսել վիշապների ամբողջ ցեղատեսակի վերականգնումը և Վահագնի հետնորդների մասին ոչինչ չգիտեր:
– Օ, գիտեք, բանն այն է...
Վիշապը զգաց, որ *օգտակար մահկանացուն* այս անգամ պատասխան չունի, և ընդհատեց նրան.
– Հիշողությունն իմ ապիրատ Վահագնին դակել է ի մեջն յուր, և նորա հետնորդին ճղճիմ, անտարակույս, կճանաչեմ,– վստահեցրեց վիշապը, և Սյունին չուներ ոչ մի պատճառ նրան չվստահելու:

11.
Զանգ ընկերոջը

Վահագնը մտավ դպրոց, շտապեց դասարան, բայց, հավանաբար, չափազանց վաղ էր տեղ հասել. միջանցքները սակավամարդ ու լուռ էին, իսկ դասարանում ընդհանրապես մարդ չկար. դատարկություն, միայն ինչ-որ մեկը նախորդ օրը չէր ալարել ու գրատախտակին կավիճով անփութորեն գրել էր՝ «դրակոնները գալիս են մեզ ուտեն, աաաաա», ու մի շատ անճոռնի, կարծրատիպային թևավոր վիշապ էր պատկերել վերնամասում: Վահագնը միայն դժգոհ նայեց այդ անհասցե հաղորդագրությանը և դուրս գնաց. եթե Արեգը դեռ այստեղ չէ, ուրեմն կարելի է նրան բռնացնել դպրոցի մուտքի մոտ: Այդպես մտքերով տարված քայլեց, երբ հանկարծ ճանապարհը փակեց սպիտակ խալաթով ակնոցավոր մի տղամարդ, որի դեմքը թաքնված էր բժշկական դիմակի տակ, իսկ կրծքին կարմիր խաչ էր պատկերված: Երևի դպրոցի բժիշկն է. Վահագնը վերջին անգամ երկրորդ դասարանում էր նրա կարիքն ունեցել, այնպես որ զարմանալի չէր, որ դեմքով չէր ճանաչում: Փորձեց շրջանցել, բայց բժիշկը փոխեց դիրքն ու նորից փակեց ճանապարհը:

– Վահագն Մաղոնցը դո՞ւ ես, տղա ջան,– բավական արհեստական սիրալիրությամբ խոսեց անծանոթ բժիշկը:

– Ես եմ,– հաստատեց Վահագնը:

Բժշկի դեմքը ծանոթ էր, բայց հաստատ ոչ դպրոցից...

– Օ՜, լավ է, որ գտա քեզ: Բոլոր ութերորդցիներից արյան անալիզ ենք վերցնում, սովորական շարքային ստուգում է: Մնացել ես դու,– այս ասելով՝ խալաթով տղամարդը բացեց բուժկետի դուռը (նրանց հանդիպումը տեղի էր ունեցել հենց դրա դիմաց) և ձեռքով ներս հրավիրեց Վահագնին:

Վահագնը թոթվեց ուսերը ու ներս մտավ. որքան շուտ վերջացնեն, այնքան շուտ կվերադառնա իր արկածներին:

Ներսում Վահագնը նստեց սեղանի դիմաց, բարձրացրեց շապիկի թևքը, իսկ բժիշկը վերցրեց ներարկիչն ու մոտեցավ նրան: Վահագնը զարմանքով ինչ-որ գիշատչային բան զգաց խալաթով տղամարդու շարժումների մեջ: Եվ որտեղի՞ց էր այս հայացքն այդքան ծանոթ:

– Բռունցքդ մի քանի անգամ բացիր ու փակիր, որ երակդ երևա,– դիմակի հետևից լսվեց բժշկի հրահանգը:

Դպրոցականը հնազանդվեց, ձեռքի մատները մի քանի անգամ բացեց-փակեց, որից հետո զգաց ծակոցը ու տեսավ՝ ինչպես է ներարկիչը լցվում կարմիր հեղուկով: Զարմանալի զգացողություն է՝ տեսնել սեփական արյունդ... Ասեղը դուրս եկավ երակից միայն այն ժամանակ, երբ ներարկիչը լիքն էր: Հետո բժիշկը վերքի վրա բամբակ դրեց և հանձնարարեց, որ Վահագնը մի քանի րոպե բռնած պահի: Վահագնը կանգնեց, վերցրեց պայուսակը: Աչքի տակով նկատեց, թե ինչպես է բժիշկը զգուշորեն, շունչը պահած արյունը ներարկչից տեղափոխում հատուկ սրվակի մեջ: Այս ամենը զարմանալի էր, հատկապես, որ մյուս սրվակները դատարկ էին, չնայած որ բժիշկը վստահեցնում էր, թե մյուսներն արդեն այստեղով անցել են:

Նա արդեն շրջվում էր, որ դուրս գար, երբ բժիշկը ձայն տվեց: Վահանգը նայեց տղամարդուն ու տեսավ, որ վերջինս կոնֆետ է պարզել.

– Եթե թուլություն զգաս, սա կեր. շաքարը կօգնի, որ ուժերդ վերականգնես,– հոգատարությամբ (կրկին՝ շատ կեղծավոր) ասաց նա:

Վահագնը վերցրեց քաղցրավենիքը, խցկեց գրպանն ու արագ դուրս եկավ:

Նա այդպես էլ վստահ մնաց, որ բժիշկի հայացքը ծանոթ էր, բայց մի այլ տեղից, ոչ դպրոցից: Եվ նա չէր սխալվում, քանի որ դպրոցի բուժկետի պատասխանատուն տարեց մի կին էր, տիկին Ալավերդյանը, որն այս պահին քնաբերի միջոցով մեկուսացված էր բուժկետի զուգարանում:

***

Արեգը նստած էր դպրոցի բակի նստարաններից մեկին ու նայում էր հեռախոսին: Վահագնը մոտեցավ դեմքի մտահոգ արտահայտությամբ. նրան դեռ հանգիստ չէր տալիս այն միտքը, որ բժիշկը մի տեսակ ճիշտ բժիշկ չէր:

– Լսի, էս մենք ե՞նք շատ շուտ եկել, ինչի՞ են էսքան քիչ երեխեքը,– նստելով ընկերոջ կողքին՝ ասաց նա:

– Չէ, ուղղակի երեկվանից մարդիկ վախեցած են ու տնից դուրս չեն գալիս,– առանց գլուխը հեռախոսից բարձրացնելու՝ պատասխանեց Արեգը:

– Հը՞մ, ինչի՞...

Արեգը Վահագնին ցույց տվեց հեռախոսը: Տեսահոլովակը վերնագրված էր այսպես. «Կրակոտ գիշեր. Երևանը՝ մութ ուժերի հարձակման թիրա՞խ»:

Այնտեղ խոսվում էր Օպերայի հրդեհի մասին. «Հրդեհները կապում են ինչպես օտար ուժերի, այնպես էլ կայծակի, անզգույշ հրավառության, վերահսկողությունից դուրս եկած խուլիգանության հետ: Իսկ օգտատերերից մեկը նույնիսկ չի բացառել, որ այդ երեկո Երևանի երկնքում սավառնել է... հրեշավոր մի վիշապ: Նա էլ իր հրե շնչով սկիզբ է դրել հրդեհներին:

Օգտատերը նույնիսկ կցել է բջջային հեռախոսով արված մի լուսանկար, որտեղ մութ երկնքի ֆոնին մեծ ցանկության դեպքում կարելի է նշմարել թռչող հրեշի ուրվագծերը»:

Վահագնը գլուխը գրեթե կպցրեց հեռախոսի էկրանին, իսկ Արեգը շարունակեց դիտել չռված աչքերով:

«Մյուս օգտատերերը, սակայն, արագ ապացուցեցին, որ սա ոչ այլ ինչ է, քան անհաջող ֆոտոշոփ և չստացված կատակ...»:

Վահագնը վերցրեց հեռախոսը, մի քանի վայրկյան հետ տարավ հոլովակը ու նորից նայեց բոլորի համոզմամբ ֆոտոշոփված լուսանկարը. ամպամած խավար երկնքի ֆոնին, կրակից ընկած լույսի շնորհիվ, հստակ նշմարվում էր ուրվագիծ. լայն բացված թևեր, զորեղ երախ, եղջյուրներ... Չիմացող մարդը երբեք չէր հավատա, որ սա կարող է իրականություն լինել:

Տղաները թողեցին կիսադատարկ դպրոցն ու շտապեցին Մոսկովյան փողոց: Բայց վիշապի հետք անգամ չէր մնացել. Վզգոն կատարել էր իր խոստումը: Վահագնն ու Արեգը կանգնեցին դատարկ ձեղնահարկի կլոր պատուհանի մոտ: Արեգը խնդրեց մի րոպե շունչ քաշել, քանի որ ամբողջ ճանապարհին անցել էին վազելով, իսկ նա աչքի չէր ընկնում տոկունությամբ: Վահագնն, այդուհանդերձ, մի քանի անգամ էլ բղավեց՝ Վզգո՜, Վազգե՜ն... Վիշա՜պ... Բայց ի պատասխան լսվում էր միայն փողոցի երթևեկության աղմուկը:

– Լսում ե՞ս,– աստիճանավանդակի կողմը նայելով՝ վախեցած հարցրեց Արեգը:

Վահագնը լարեց լսողությունը և իսկապես որսաց փայտե աստիճանների ճռճռոցը: Վայրկյաններ անց դռան մեջ երևաց զոդագործի ակնոցով ու քրքրված շորերով մարդը: Նրա մի ձեռքում ցախեր էին, մյուսում՝ հերթական խաղալիք փղիկը: Վահագնը վեր թռավ տեղից ու սկսեց մտքում ճիշտ բառեր փնտրել, որպեսզի հերթական անգամ թյուրիմացություն տեղի չունենա, իսկ Արեգը պարզապես սկսեց գոռալ: Վահագնը մոտեցավ ընկերոջը և նշան արեց, որ լռի, քանի որ տեսավ, որ զողագործի ակնոցով մարդը գցեց իրերը և ձեռքը պարզեց՝ ի նշան համերաշխության:

– Խնդրում եմ, մի՛ գոռացեք, էլի, գլուխս պայթեց,– հոգնած ձայնով ասաց նա,– համ էլ դուք եք եկել իմ տուն, ու ե՛ս պիտի գոռամ: Գոռա՞մ:

Վահագնը գլխով «չէ» արեց:

– Բիր, շատ լավ: Ձեր վիշապը թռավ-գնաց:

Վահագնը բռնեց դեռ վախեցած Արեգի ձեռքն ու տարավ իր հետևից: Աստիճանավանդակի մոտ կանգնեցին: Վահագնը փորձեց պարզաբանել.

– Գիտեք, մենք պատահաբար էինք եկել, չէինք ուզում ձեզ խանգարել: Վզգոն էլ... Վիշապը, ինքը հեչ չար չի, ուղղակի էդ օրը բոլորս լարված էինք...

– Հա, գիտեմ, երեկ ահագին խոսեցինք,– մի տեսակ իմիջիայլոց հայտնեց անտունը:

– Ի՞՞նչ,– միաձայն բացականչեցին ընկերները:

– Հա, որովհետև ներվերս գնացին փողոցում քնելուց. գիտե՞ս, որ մի քանի օր երեքհարկանի տանն ես ապրում, մի քանի հատ էլ փղիկ ես դնում բուխարիկի վրա, արդեն ոնց որ փողոցում քնելը հեչ էն չի, էլի...– Անտունը շատ լուրջ դեմքով գրպանից հանեց ծոմռված ծխախոտը, դրեց բերանը, կպցրեց լուցկով ու շարունակեց,– մի հատ լավ ծանր լոմ վերցրի, մտա տուն, էն բանով, որ՝ կա՛մ ես, կա՛մ էդ ձեր կրակ փչողը: Մեկ էլ տեսնեմ՝ բուխարու առաջ պառկած, տխուր նայում ա կրակին: Մեղքս եկավ: Նստեցի կողքը, մի քիչ ինքը իրա դարդերից պատմեց, մի քիչ՝ ես... Հետո թռավ: Էդքան բան:

Արեգը, որն արդեն հասկացել էր, որ զարմանալի ակնոցով անտունը իսկապես վտանգ չի ներկայացնում, ամենայն լրջությամբ հարցրեց՝ գուցե վիշապը թռչելիս հայտնե՞լ է, թե ուր է գնում, և ինչպես կարելի է նրան գտնել... Անտունն էլ, կրկին շատ իմիջիայլոց, գլանակը սուրճի թիթեղյա ամանի մեջ հանգցնելով, ասաց, որ այո, այդպիսի տեղեկություն նրան հայտնել են։ Բայց, ի պատասխան ընկերների սպասողական հայացքների, միայն ավելացրեց, որ հաճույքով կշարունակեր պատմել, բայց սոված է։

– Այ, եթե մի հատ թարմ շաուրմա լիներ...– ստամոքսը շոյելով երազկոտ ծոր տվեց անտոունը,– լավ կծու, բայց առանց սոխի։

Վահագնն ու Արեգը հասկացան ակնարկը, դուրս վազեցին ու քսան րոպեից վերադարձան ոչ թե մեկ, այլ երկու շաուրմայով։ Մի հատ էլ քյաբաբ ու թան էին վերցրել։ Եվս կես ժամ սպասեցին, մինչ անտոունը բուխարու մոտ փայտե արկղից պատրաստված ինքնաշեն սեղանիկի մոտ հանգիստ նստեց ու կերավ, թանն էլ վրայից խմեց ու նոր ծխախոտ կպցրեց։ Ու հետո միայն անցավ գլխավորին.

– Էդ ձեր ընկերը՝ Վազգենը, չասեց՝ ուր էր գնում, բայց ասեց, որ իրան կանչելու ձև կա,– ծխի օղակներ փչելով շատ գոհունակ ձայնով պատմեց անտոունը,– Վահագն Վիշապաքաղը մի հատ շեփոր ուներ. փչում էր, ու որ շատ էր պետք լինում, Վազգենը լսում՝ գալիս էր։ Ուղղակի Վազգենը էդ շեփորը վերջին անգամ հինգ հազար տարի առաջ էր տեսել, էնպես որ չգիտեմ՝ ինչ կարող եք անել էդ պահով։

Վահագնը սկսեց մտորել, կարծես բան էր փորձում հիշել, իսկ Արեգը հիասթափված գլուխն օրորեց.

– Ու սրա համար էսքան սպասեցի՞նք...

– Իսկ ի՞նչ ունեք ասելու էդ խեղճ կենդանուն, թողեք թող մի քիչ ազատությունը վայելի, էլի...

– Ճիշտն ասած՝ շատ լուրջ խնդրի առաջ ենք կանգնել, գուցե, օրինակ, մարդկության ապագան վտանգված լինի, եղա՞վ,– զայրացավ Արեգը։

– Իսկ եթե մարդկությունը ուրիշ բանի արժանի չի՞,– զայրացավ տանտերը։

– Ես գիտե՛մ,– հանկարծ բացականչեց Վահագնը,– գնացի՛նք:

Կես ժամ հետո երկուսով կանգնած էին Հնագիտության ինստիտուտի մուտքի մոտ: Այստեղ շատ երկար տարիներ աշխատում էին Վահագնի հայրիկն ու մայրիկը. երբ պեղումների չէին լինում, այստեղ էին օրեր ու գիշերներ անցկացնում՝ ուսումնասիրելով, համարակալելով ու վերականգնելով պեղածոները:

***

Ինստիտուտը, որտեղ աշխատում էին Վահագնի ծնողները, տեղակայված էր հին խորհրդային շենքում, որտեղ վերջին կոսմետիկ և ոչ կոսմետիկ նորոգումները տեղի էին ունեցել Վահագնի ծնվելուց շատ առաջ: Այդ մասին կարելի էր կռահել թեկուզ նրանից, որ մուտքի դուռը ոչ թե հիմա արդեն սովորական դարձած չկոտրվող ապակուց էր, այլ լավ էլ կոտրվող, բայց մետաղյա ճաղերի հետևում: Երկուսն էլ՝ ճաղադուռը և ապակե դուռը, կողպված չէին: Վահագնը քաշեց մեկը, հրեց մյուսը, գլուխը մտցրեց ներս: Մուտքին հարակից պատին նկատեց ժպտերես Նիկողայոս Մառին՝ հանրահայտ հնագետին, որի մասին լսել էր տանը ծնված օրվանից: Այդ պատը զարդարված էր Մառի՝ Անիում քսան տարի կատարված պեղումների լուսանկարներով: Հայրիկը հաճախ էր դրանք ցույց տալով Վահագնին ասում, որ կերազեր գոնե մի օր մասնակցել այս արշավին:

Ընդարձակ միջանցքի ծայրում երևում էր պահակի խուցը: Լույսի տատանումներից դատելով՝ Սուրեն պապին հեռուստացույց էր նայում: Վահագնը չէր ուզում տարատեսակ հարցեր հարուցել. պահակը հարցնելու էր, թե ինչու դպրոցում չի, գուցե նույնիսկ զանգեր ծնողներին և այլն: Այնպես որ որոշեց հնարավորինս աննկատ երկրորդ հարկ բարձրանալ:

Արեգին նշան արեց, որ լուռ հետևի իրեն: Ոտների մատների վրա պատի տակով քայլեցին դեպի աստիճանավանդակը: Արեգը մի պահ հետ մնաց. նրա հետաքրքրությունը գրավեց դիմացի պատի ամբողջ մակերեսը ծածկող որմնանկարը, որի վրա պատկերված էր Մեծ Հայքի քարտեզը՝ գլխավոր պատմամշակութային հուշարձանների հատուկ նշումներով: Վահագնն էլ էր սիրում այդ քարտեզը, հատկապես երբ հայրիկը հենց այդտեղ կանգնած նրան պատմում էր, թե որտեղ է իր գործընկերների հետ արդեն պեղումներ արել, իսկ որտեղ դեռ պետք է անեն ապագայում, իսկ որ տեղերում, ավաղ, շատ դժվար կլինի, քանի որ դրանք արդեն ուրիշ երկրների տարածքում են գտնվում... Բայց մի՞թե հիմա դրա ժամանակն էր: Վահագնը քաշեց Արեգի ձեռքից, վերջինս հասկացավ, որ պետք է շտապեն, արագ-արագ գնաց ընկերոջ հետևից, ու կարծես թե ամեն ինչ նորմալ էր, բայց չէ՞ որ այս շենքը վաղուց չէր վերանորոգվել, և ուրեմն ամենաանհարմար պահին պետք է ճռճռար հենց աստիճանների մոտ շարված հնադարյա հատակափայտը: Եվ երբ Վահագնը ցատկեց առաջին աստիճանին, հետևից լսվեց ծերունի պահակի զայրացած ձայնը.

– Ո՞վ կա:

Արեգը վախեցած նայեց Վահագնին, Վահագնն էլ աչքերը կկոցեց ու սկսեց պատասխան հորինել:

– Ի՜, Վահի՞կ, դու ե՞ս,– Սուրեն պապին արդեն դուրս էր եկել խցից՝ քստքստացնելով քրքրված հողաթափերը, ձակետը ուսերին գցած, սպորտային տաբատն ուղղելով,– ես էլ ասում եմ՝ էս հո գող չի՞, չնայած գողն ի՞նչ գործ ունի ստեղ՝ գողանալու բան չկա:

Սուրեն պապին, չսպասելով Վահագնի արձագանքին, սկսեց քահ-քահ ծիծաղել:

– Դե բան... մերոնց համար մի բան պիտի ճշտեի...– կմկմաց Վահագնը:

– Բայց վերևում մարդ չկա, բոլորը սարերում պեղում են, գիտես, չէ՞,– արդեն ավելի լուրջ խոսեց պահակը,– դու էլ, եթե չեմ սխալվում, էս քո ընկերոջ հետ պիտի դպրոցում լինեիր:

– Սա հենց դպրոցական առաջադրանքի համար ա,– հանկարծ վստահորեն՝ դասարանի գերազանցիկի ձայնով խոսեց Արեգը,– ես ու Վահագնը առաջադրանք ունենք պատմության դասի համար. ռեֆերատ պատրաստել Հայաստանի տարածքում պեղված պատմամշակութային հուշարձանների մասին: Էս շաբաթ վերջացնենք, ու ցավոք սրտի, չենք կարող սպասել, մինչև տեր և տիկին Մադոնցները կվերադառնային իրենց դաշտային աշխատանքից: Կներեք, որ անհանգստացրինք, պարզապես, երբ դուռը բացեցինք, Վահագնը ենթադրեց, որ դուք քնած եք ծանր աշխատանքային գիշերվանից հետո:

Վահագնը զարմացած էր, քանի որ չգիտեր, որ Արեգը կարող է այսչափ համոզիչ ու գրագետ խոսել: Սուրեն պապին զարմացած էր, քանի որ, իր պատկերացմամբ, տղաներն այս տարիքում պիտի խուլիգանություն անեն, ոչ թե ռեֆերատ պատրաստեն (ու իրեն մեղավոր զգաց այդ կարծրատիպային մտածողության համար): Արեգը զարմացած էր սեփական հանդգնությունից:

– Լավ, գնացեք,– ալեհեր գլուխը քորելով՝ ասաց պահակը,– բանալի ունե՞ս:

– Ունեմ, շնորհակալությու՛ն,– արագ ասաց Վահագնը ու Արեգի հետ սլացավ վերև:

Ինստիտուտի շենքը, իհարկե, հին էր ու մաշված, բայց իրական հնությունները երկրորդ հարկի պահոցում պահվող, ուսումնասիրվող ու վերանորոգվող գտածոներն էին: Այնքան հին էին, որ փոքր ժամանակ Վահագնի գլխում այդ տվյալները պարզապես հրաժարվում էին տեղավորվել: Ասենք՝ կավե ամաններ, որոնցով ճաշ էին ուտում երեք հազար տարի առաջ ապրող հայերը: Երեք հազար: Մոտավորապես 150 նախնի առաջ: Մինչդեռ Վահագնի համար իր պապիկի երիտասարդությունն արդեն հնադար էր, իսկ այստեղ խոսվում էր ֆանտաստիկ մի ժամանակաշրջանի մասին: Կամ երկու հազար տարի առաջվա խճանկարի մնացորդներ՝ ինչ-որ մի հին, շատ հին իշխանի բաղնիքի հատակից: Իսկ նիզակների ու թրերի մնացորդների մասին խոսելու էլ չի. Վահագնին միշտ թվում էր, թե դրանք հեքիաթներից ու առասպելներից են եկել, այլ ոչ թե այս նույն Հայաստանի ավելի հին ժամանակներից: Կամ գուցե հին ժամանակներում Հայաստանը հեքիաթային ու առասպելական էր...

Այն, ինչ Վահագնը փնտրում էր, գտնվում էր ուսումնասիրությունների ընդարձակ սենյակում: Այնտեղ՝ վեց-յոթ գրասեղանների մոտ, նստում էին տեր և տիկին Մադոնցները և նրանց գործընկերները, որոնք հիմա իրենց կյանքի ամենաասայլչեցուցիչ պեղումներին էին մասնակցում.

Դռան հակառակ կողմում՝ ամբողջ պատի երկայնքով, լայն լուսամուտներն էին: Բարձր առաստաղի հետ դրանք նկարչական արվեստանոցի տպավորություն էին թողնում: Եվ դա, Վահագնը գիտեր, պատահական չէր, քանի որ պեղումներից հետո հնագետների աշխատանքը շատ նման էր արվեստագետների ստեղծագործական առօրյային. պետք էր համադրել խեցեղենի հատվածները, վերականգնել ջնջված նկարազարդումները, լրացնել կորսվածը, լուսանկարել ու ձեռքով պատկերել գտածոները: Դրան զուգահեռ պետք էր զբաղվել թղթաբանությամբ՝ գրանցել գտածոները, պարզել դրանց ժամանակաշրջանը, ստեղծման հանգամանքները և այլն, և այլն: Հենց այդ պատճառով էլ բոլորի սեղաններին, համակարգիչներից բացի, տասնյակ ու հարյուրավոր թղթեր, ձեռագրեր ու գրություններ կային: Իսկ պատերին փակցված էին վերջին պեղումների ժամանակ արված լուսանկարներ:

Բայց տղաներին չէին հետաքրքրում հնագիտական գործունեության գրասենյակային պայմանները. նրանք փնտրում էին մի կոնկրետ պեղածո: Վահագնը միանգամից շտապեց դեպի աջ կողմի պատը, որն ամբողջությամբ պատված էր դարակներով: Դրանք հասնում էին մինչև առաստաղ և ապակե դռներ ունեին: Այդտեղ դեռ ուսումնասիրության կամ վերանորոգման փուլում գտնվող նմուշներն էին: Այդ թվում՝ այն զարմանալի, փորագրված եղջյուրանման փողը, որը գտնվել էր Արայի լեռան ստորոտում իրականացված պեղումների ժամանակ, և որի վրա Մադոնցներն աշխատում էին արդեն երկար տարիներ:

Արեգը անհանգիստ այս ու այն կողմ էր նայում: Այս հնությունններն ու քիչ առաջ պահակի կասկածամիտ հարցաքննությունը հանգիստ չէին տալիս նրան:

– Կներես անհամեստ հարցիս համար, բայց ի՞նչ ենք ման գալիս,– շշուկով հարցրեց Արեգը, մինչ Վահագնը հետազոտում էր դարակները:

– Վազգենի հետ կապ հաստատելու միջոց,– ասաց Վահագնը և ձգվեց ոտքերի մատների վրա, քանի որ վերևի դարակներն այլևս հասանելի չէին իր համար:

– Վիշապֆո՞ն, իսկ վիդեո զանգերի ֆունկցիա ունի՞,– անվստահ կատակեց Արեգը, բայց Վահագնը չարձագանքեց:

Վահագնն արդեն բարձրացել էր հոր աթոռի վրա ու զննում էր վերևի դարակները: Խեցեղենի համարակալած մնացորդներ, զարդեր, ինչ ասես, բացի կարևորից:

– Էն բառարանը կտա՞ս:

Արեգը մոտակա սեղանից զարմանքով ընկերոջը հանձնեց հաստափոր հայ-գերմաներեն բառարանը՝ չհասկանալով, թե այդ ի՞նչ թարգմանություն է փնտրում այս նեղ միջոցին Վահագնը: Բայց վերջինս այլ բան էր մտածել. նա հսկա հատորը տեղավորեց աթոռին, որին կանգնած էր, ապա զգուշորեն բարձրացավ գրքի վրա, որպեսզի վերջապես կարողանա զննել ամենաբարձր դարակը: Բայց այնտեղ էլ չկար այն, ինչ նա փնտրում էր: Վահագնը գլուխը քորելով իջավ աթոռագրքային բարձունքից: Ուսումնասիրեց սեղանները, ավելի փոքր դարակներն ու պահարանները. ոչինչ: Հուսահատ վեր ընկավ իր աթոռին ու սառած հայացքը գրասեղանին հառեց: Արդեն պատրաստվում էր Արեգին առաջարկել պարզապես գնալ դպրոց ու սպասել, թե ինչ կլինի, երբ սեղանի ձախ անկյունում՝ գրքերի ու փաստաթղթերի կույտի մեջ, աչքը գրավեց մի բրոշյուր, որին պատկերված էր շեփորը: Աչքերը չռած վերցրեց բրոշյուրը, արագ թերթեց ու հասկացավ, թե ուր է պետք գնալ:

– Թռա՛նք, գնում ենք թանգարան,– տեղից վեր թռչելով հայտարարեց Վահագնը:

***

Աստղիկին հանդիպեցին Հրապարակի ցայտաղբյուրի մոտ: Արեգը փնթփնթաց, քանի որ կարծում էր, թե սա երկու ընկերների միանգամայն *տղայական* արկած պետք է լիներ, բայց Վահագնը, ինչպես երևում էր, սիրահարված էր անվերադարձ: Ու երբ Աստղիկը, նրանց դպրոցում չգտնելով, զանգահարեց ու հարցրեց, թե որտեղ են, Վահագնը, առանց երկար-բարակ մտածելու, ընկերուհուն ժամադրեց Պատմության թանգարանի մոտ: Հիմա, մինչ Վահագնը Աստղիկին պատմում էր, թե ինչ է պետք անել, Արեգը, սեփական դժգոհությունը մի քիչ քաղցրացնելու համար, պաղպաղակ էր ուտում:

– Երկու բարդություն կա,– ամփոփեց Վահագնը, երբ երեքով նստեցին թանգարանի շենքի կամարաշարի ստվերի տակ,– մեկը՝ շեփորը պիտի ապակու տակ չլինի, թե չէ էս ամեն ինչը անիմաստ կլինի: Երկրորդ՝ պիտի կարողանանք աննկատ փչել:

– Շատ լավ, ես ու Արեգը տեսուչների ուշադրությունը կշեղենք, իսկ դու կզբաղվես վիշապին կանչելով,– շատ գործնույա ձայնով հայտնեց Աստղիկը, ապա արագ ավելացրեց, մինչ տղաները կարձագանքեին.– ապակու համար չանհանգստանաս. ես անցյալ կիրակի էստեղ նկարում էի, ու տեսել եմ շեփոր. ուղղակի պատվանդանին է դրված, բայց պատի տակ՝ պարանի հետևը, ու մոտակայքում միշտ մի կամ երկու տեսուչ է պտտվում: Դրա համար, Արեգ, մի հատ էլ պաղպաղակ կառնե՞ս՝ երկու գնդիկով:

Տղաները զարմացած նայեցին Աստղիկին. այնպիսի տպավորություն էր, որ նա դեռ մինչև այստեղ գալն էր ամեն ինչ մտածել:

– Դե, հենց պատրաստ լինեք, ասեք՝ էլ ժամանակ չկորցնենք,– հանցակիցներին ոգևորելով ասաց Աստղիկը:

***

Քանի որ աշխատանքային օր էր, այն էլ՝ վաղ ժամ, թանգարանը մարդաշատ չէր: Եվ սա միայն բարդացնում էր ընկերների ծրագրերը: Բայց պետք էր փորձել:

Երրորդ հարկում ներկայացված էին Հայկական լեռնաշխարհում քաղաքակրթության նշանների վաղնջական նմուշները: Եթե Վահագնը այս ամենը տեսել էր սեփական աչքերով շատ վաղուց ու հաճախ՝ դեռ մինչև թանգարան հասնելը, իսկ Աստղիկը պարբերաբար գալիս էր այստեղ՝ նկարելու, ապա Արեգի համար այս ցուցադրությունը իսկական բացահայտում էր: Եվ եթե չլիներ նախօրոք մտածված բավական վտանգավոր ծրագիրը, նա այստեղ հաստատ մի քանի ժամ կմնար: Մենակ Լճաշենի պեղածոներն ի՜նչ ասես արժեին: Բայց ժամանակը սուղ էր. հիմա նրանց սպասում էր երրորդ հարկի՝ առաջին հայացքից ամենահամեստ սրահը: Այստեղ ներկայացված էին մի քանի ժայռապատկեր, կարասներ, բրոնզե դարի գործիքների մնացորդներ: Եվ, ամենակարևորը, ամենատեսանելի տեղում՝ պատվանդանի վրա, ապակե ծածկով պաշտպանված, դրված էր հին կաշվե կոշիկը: Աստղիկն ու Արեգը՝ հսկա պաղպաղակը ձեռքներին, ուշադիր զննում էին նմուշը, որի տակ փակցված ցուցանակին գրված էր՝ «Արենի-1»:

– Բա զո՞ւյգը,– հարցրեց Արեգը:

– Հեշտ չի յոթ հազար տարի ամեն ինչ իր տեղում պահելը,– նկատեց Աստղիկը:

– Հա, իրոք, ես իմ բոթասները երկու շաբաթում մաշում եմ, իսկ հողաթափերս երբեք չեմ գտնում:

Աստղիկը հանեց հեռախոսը, բացեց ֆոտոխցիկի ծրագիրն ու դանդաղ, առանց շտապելու գեղեցիկ կադր սկսեց կառուցել: Նա, իհարկե, նկատել էր սրահում մի քանի տեղ փակցած «Չլուսանկարել» ցուցանակը: Դրա փոքր տարբերակը կար նաև հենց այս կոշիկի պատվանդանին: Եվ կանոններ խախտելը բնավ էլ հաճելի չէր, պարզապես հանգամանքները... Հետևից կանացի բարկացած ձայն լսվեց.

– Մի՛ նկարեք: Աղջիկ ջան: Աղջիկ ջան, չլսեցի՞ր...

Հիսունն անց տիկին տեսուչը շտապեց կոշիկի մոտ, որտեղ Աստղիկը գեղեցիկ կադրեր էր ստանում: «Ռեֆերատիս համար է, ուսուցիչն է խնդրել» բառերով՝ նա անմեղ աչքերով նայեց զայրացած տեսուչին:

– Լավ, մի հատ էլ նկարեմ ու վերջ,– ասաց Աստղիկը և դրանով տիկնոջը ստիպեց արդեն լրջորեն զայրանալ:

– Աղջիկ ջան, քեզ քանի՞ անգամ է պետք նույն բանն ասել:

Տեսուչը չդիմացավ ու պարզեց ձեռքը, որ հեռախոսը խլի: Աստղիկը չհանձնվեց: Սկսեցին քաշքշել: Աստղիկը կտրուկ հետ քաշեց ձեռքը և հեռախոսը դուրս պրծավ իր ափից՝ մի քանի մետր օդով թռավ ու վայրէջք կատարեց գետնին:

Աստղիկը շատ դրամատիկ ճիչ արձակեց ու շտապեց դեպի բջջայինը, իսկ տեսուչ տիկինը զգաց, որ իրավիճակն անվերահսկելի է դառնում: Դահլիճի մուտքի մոտից դեպքի վայրին մոտեցան մյուս տեսուչն ու անվտանգության աշխատակիցը: Աստղիկը դողացող ձայնով սկսեց բացատրել, որ միայն կատարում էր ուսուցչուհու առաջադրանքը, և որ ինքը չի ուզում «երկուս» ստանալ ինչ-որ հիմար արգելքի պատճառով: Տեսուչներն արդեն երկուսով փորձեցին բացատրել, որ իրենք մեղավոր չեն, կարգն է այդպիսին, և որ բոլորը պետք է հետևեն կանոններին... Այդ ժամանակ խմբին մոտեցավ Արեգն ու պատահաբար (իրականում՝ լավ էլ մտածված) թեքեց ձեռքի պաղպաղակի կոնն այնպես, որ վրայի կիսահալված շոկոլադե գնդերից մեկը պոկվեց ու չլմփաց քարի դարի շրջանի կրոնական զարդերի վրա: Ավելի ճիշտ՝ ապակե ցուցափեղկի վրա, որի տակ էին անգին զարդերը: Տեսուչներից մեկը՝ Աստղիկի զոհը, սարսափահար ճչաց, մյուսը նետվեց ցուցափեղկի մոտ ու սկսեց անձեռոցիկով մաքրել պաղպաղակը, հենց նոր սրահ բարձրացած չինացի զբոսաշրջիկները թողեցին հնություններն ու սկսեցին զարմացած լուսանկարել շփոթված հայերին: Այլ կերպ ասած, ամբողջ ուշադրությունն արդեն կուտակված էր Աստղիկի ու Արեգի չարաճճիությունների վրա:

Վահագնին հենց սա էր պետք: Այս ամբողջ ընթացքում նա կանգնած էր դահլիճի հեռավոր մասում՝ բոլորի աչքից հեռու, ու նայում էր պատին՝ ամրակների վրա տեղադրված շեփորին: Նրբորեն փորագրված զարդանախշերը, որոնք, ինչպես վստահ էր Նիկողայոս Մադոնցը, ոչ այլ ինչ էին, քան օգտագործման ձեռնարկ, նույնքան մոգական տպավորություն էին թողնում, որքան տարիներ առաջ, երբ Վահագնն առաջին անգամ տեսել էր այն: Հայրիկը ցույց էր տվել վիշապագորգերի ուղղանկյուն զարդերը հիշեցնող փորագրությունները, որոնցով պատված էր ամբողջ գործիքը, և բացատրել, որ, հավանաբար, անհայտ քանդակագործը հավատացել է, թե սրանով կարելի է վիշապների կանչել: Կամ մեկ կոնկրետ վիշապի. դրանում հայրիկն ու մայրիկը տարակարծիք էին: Համենայնդեպս, փորագրված պատկերների մեջ իսկապես կարելի էր նշմարել մարդկային ֆիգուրը, որը բերանին էր մոտեցրել շեփորը, իսկ նրա վերևում հայտնվել էր վիշապը՝ գլխիկոր, այսինքն՝ սա ոչ թե հարձակում էր, այլ ժամանում ըստ կանչի: Եվ ըստ Մաղոնցների (այստեղ երկուսն էլ համակարծիք էին)՝ պատկերված զինվորը Վահագն Վիշապաքաղն էր:

Եվ ահա Վահագնը մտածում էր՝ եթե այն մեծ պատերազմի ժամանակ մարդկանց հետ համագործակցող միակ վիշապն իր Վազգենն էր եղել, ու եթե շեփորին պատկերվածը Վահագն Վիշապաքաղն էր, ուրեմն սրանով կարելի է կանչել հենց Վազգենին: Իհարկե, ծնողները վստահ էին, որ սա պարզապես զարդ է, որն օգտագործվել է ծիսակատարությունների ժամանակ, ու ոչ մի գերբնական ուժի մասին խոսք չկար, բայց նրանք նաև չէին հանդիպել վիշապ Վազգենին, այնպես որ... Վահագնը գլուխն իրարանցման կողմը դարձրեց և հանդիպեց Արեգի հայացքին, որը կարծես հեռվից ասեր՝ ի՞նչ ես սպասում, գործի՛ անցիր: Հոգոց հանեց, վերջնական տրամադրվեց, քայլեց իրեն պատից բաժանող շատ սիմվոլիկ կարմիր պարանի վրայով ու ձեռքերը պարզեց առաջ: Ամրակների վրայից զգույշ վերցրեց շեփորը. սառն էր ու բավական ծանր: Առանց երկար-բարակ մտածելու՝ սուր ծայրը մոտեցրեց շուրթերին ու փչեց՝ նախ կամացուկ, անվստահ, իսկ հետո՝ ինչքան ուժ ուներ: Ամեն ինչ սկսեց դղրդալ. նախ՝ հատակը, հետո ապակիներն ու դրանց տակ դրված թանգարանային նմուշները: Վահագնին թվաց, թե խուլ, հազիվ նշմարելի վնգոց լսեց: Նա զարմացած նայեց ընկերներին, կարծես հարցնելով՝ հիմա՞ ինչ անի: Բայց արդեն ուշ էր. կողքի սրահից եկած երրորդ տեսուչն արդեն տեսել էր, թե ինչ է անում Վահագնը: Տղային մնում էր շեփորը նորից ամրակների վրա տեղադրել ու վազել դեպի ելքը: Նրան միացան նաև Աստղիկն ու Արեգը: Նրանցից ոչ ոք դեռ կյանքում այդքան ամոթանք չէր լսել, որքան այս վայրկյանների ընթացքում:

– Մյուս անգամ, որ որոշենք թանգարան գնալ, եկեք էստեղ չգանք, ավելի անշառ տեղ թող լինի, չգիտեմ, Սարյանի թանգարան,– առաջարկեց Աստղիկը։

Արեգն ու Վահագնը մի պահ լուրջ իրար նայեցին, հետո սկսեցին հռհռալ։ Այդպես ծիծաղում են հուսահատությունից, երբ գիտակցում են իրավիճակի ապուշության աստիճանը։

12.
Վիշապներ Հայոց աշխարհի, միավորվե՛ք

Նիկողայոս Մադոնցն ուներ վաղուց ձևավորված մի սովորություն. ընդմիջում անել այն պահին, երբ արդեն երևում է կարևոր բացահայտումը: Ասենք, եթե չորս շաբաթ տևած պեղումների արդյունքում հանկարծ նշմարվում էր թանկարժեք որևէ գտածոյի ծայրը, ամեն ինչ թողնել՝ ինչպես կա, գնալ հանգստանալու, մտքերն ի մի բերել ու վերադառնալ արդեն նոր ուժերով ու հաղթանակի գիտակցությամբ: Այս ձևը մի անգամ նրա համար խնդիրներ էր առաջացրել դեռ դպրոցում՝ մաթեմատիկայի ստուգողականի ժամանակ, երբ շատ երկար տանջվել էր վերջին խնդրի լուծման վրա, մի քանի էջ սևագիր արել, հետո վերջապես գտել էր լուծման ճիշտ եղանակը, բայց արագ գրի առնելու փոխարեն հետ էր նստել աթոռին՝ հաղթական վերադարձի համար: Բայց հենց այդ վերադարձի պահին հնչել էր զանգը: Հետո՝ արդեն հնագիտական աշխատանքի ժամանակ, գործընկերներից ոմանք ասում էին, որ սա շատ վտանգավոր է, որ պեղումը պետք է ավարտին հասցնել գտնելու պահին, չձգձգել: Բայց Մադոնցն արդեն սովորության գերին էր: Իր թիմ եկող երիտասարդ ստաժորներին հենց առաջին օրը զգուշացնում էր.

«Շտապել պետք չէ, հնադարից մնացած թուրը, կուժը կամ զարդն արդեն դարեր ու հազարամյակներ սպասել են, մի քանի ժամ էլ հանգիստ կսպասեն ու չեն փախչի»:

Այդ նույն միտքը հնչել էր նաև քիչ առաջ՝ երեկոյան, Աժդահակի խառնարանի լճի ափին հավաքված շարժական շտաբում տեղի ունեցած հավաքի ժամանակ, երբ հնագիտական արշավի անդամ Վարդանյանը բոլորին կանչել էր իր մոտ ու ասել, որ վստահորեն նշմարում է ևս մի կոթող ու, ըստ ամենայնի, շատ ավելի խոշոր չափերի, քան այն մեկը, որ արդեն կիսով չափ դուրս էր բերված հողի տակից (ու որը տեսազանգի ժամանակ մասամբ տեսել էր Վահագնը): Արդեն մթնշաղ էր:

– Եկեք բոլոր պրոժեկտորները բերենք էս կողմ ու կպնենք գործին,– ոգևորված առաջարկեց Վարդանյանը՝ ցուցադրելով լճից մի քանի մետր հեռավորության վրա հողից դուրս եկած երկարավուն քարի շերտը, որի հնագիտական արժեքի մասին վկայում էին զիգզագաձև փորագրությունները:

Նիկողայոսը հիպնոսացած նայեց գտածոյին: Եթե սա վիշապաքարի գլուխն է, ապա աննախադեպ հսկա կոթող է լինելու: Այն էլ՝ այսքան մեծ բարձրության վրա... Բայց վայրկյաններ անց Մադոնցը կարծես արթնացավ ու, շնորհավորելով Վարդանյանին լավ կատարած աշխատանքի համար, բոլորին հրահանգեց հավաքվել ու գնալ քնելու՝ առավոտ շուտ վերադառնալու համար: Գործընկերների անհամբեր բողոքներին էլ ի պատասխան ասաց.

– Ընկերներ, հաստատ բան եմ ասում՝ էս վիշապը մինչև առավոտ էստեղից չի փախչի: Վարդանյան, խոստանում եմ, գտածոն պեղելու ենք քո ղեկավարությամբ:

Այդպես արշավախումբը ցրվեց վրանները: Նիկողայոսը թեյի գավաթը ձեռքին նստած էր խարույկի մոտ, երբ մոտեցավ Նանեն՝ Մադոնցի հնագետ գործընկերն ու կինը, և

Վահագն Մադոնցի մայրը: Նիկողայոսը նրան պարզեց երկրորդ գավաթը. թեյը լեռներում միշտ տեղին է:

– Վահա՞գնն էր,– հարցրեց Մադոնցը,– լավ է՞ր:

– Հա, ոնց որ միշտ,– ամուսնու կողքին հարմարվելով՝ ասաց Նանեն,– կամ էդպես էր ասում, որ ավելորդ հարցեր չտանք, չգիտեմ:

Առավոտ շուտ՝ լուսաբացին, Նանեն որոշեց արագ աչքի անցկացնել լրահոսը՝ նախքան երեկվա գտածոյի պեղումներին վերադառնալը: Ու սարսափահար կարդաց վերջին իրադարձությունների մասին.

«Վանդալները շարունակում են հարձակումներ գործել մեր դարավոր հուշակոթողների վրա: Մի գիշերվա ընթացքում մի քանի տասնյակ վիշապաքար է ոչնչացվել: Անհայտ ուժերը իսկական որս են սկսել...»:

Իրականում, իհարկե, ոչ թե անհայտ ուժերն էին ոչնչացնում վիշապաքարերը, այլ Աժդահակի քարացած զորքն էր արթնանում հազարամյակների քնից ու դուրս պրծնում քարե կապանքներից:

***

Իհարկե, այդ զորքը չէր արթնանում ինքն իրեն: Հրեշներին քնից հանում էր Պետրոս Սյունին՝ Դժնդակի ղեկավարությամբ: Հենց այդ վիշապն էր, որ իր ներքին, անբացատրելի ընկալող սարքով (Սյունին մտքում համեմատեց այդ կարողությունը շան հոտառության հետ) մի քանի ժամ սավառնելուց հետո գտավ Վահագն Վիշապաքաղի արյունակցին, որից հետո սկսեց կարգադրել Սյունուն, թե նախ և առաջ որ վիշապներին է պետք կենդանացնել:

Սյունին սկսեց այցելել վիշապաքարերը, «լիցքավորել» դրանք ու ապաստարանից հետևել շարունակությանը. Դժնդակը բացատրել էր, որ վերածնված վիշապները գուցե իր պես խոհեմ չլինեն ու Սյունու մեջ չտեսնեն իրենց բարեկամին: Այնպես որ, թող նախ արթնանան, իսկ հետո կգտնեն ճանապարհը դեպի հրամանատար Դժնդակը. ինքն արդեն բոլորին ուղարկել էր հավաքագրման ազդակը:

Ճիշտ է, այսպես ստացվում էր, որ փորձառու գիտնականը ոչ այնքան համագործակցում էր վիշապների հետ, որքան ծառայում էր նրանց, և դա մի փոքր նվաստացուցիչ էր: Բայց ինչ արած, մարդկության պատմության մեծագույն իրադարձություններից մեկին հաղորդակից լինելու և հետագայում արդեն փոփոխված աշխարհում իր ամուր տեղն ունենալու համար անհրաժեշտ էր մի քիչ էլ նվաստանալ:

Բայց ամենազարմանալին թերևս Վիշապաքաղի հետնորդի բացահայտումն էր: Ահա՛ թե որտեղ Սյունին իրեն նվաստացած զգաց: Այն առաջին խոսակցությունից հետո Դժնդակը, քողարկվելով (Վազգենի պես նա կարողանում էր ընդունել շրջակա միջավայրի գույներն ու մակերեսը, բայց քանի որ ավելի խոշոր ու հզոր էր, կարող էր դա անել ոչ թե րոպեների, այլ ժամերի տևողությամբ), սկսեց շրջել Հայքով մեկ: Սյունին նրան զգուշացրել էր, որ այսօր Հայաստանի բնակչության զգալի մասն ապրում է Երևանում, և հավանական է, որ հենց այստեղ էլ գտնվի: Դժնդակն այդպես էլ արեց: Սավառնեց քաղաքի բոլոր հնարավոր թաղերի վրայով, աչքերով սկանավորեց (նա, իհարկե, մարդուն հասկանալի բառերով չկարողացավ բացատրել Սյունուն, թե ինչպես է աշխատում իր օրգանիզմի այդ մասը, ինչպես է նա կարողանում հայտնաբերել Վահագնի հետնորդին այդքան դարեր անց, գուցե ինչպես շունն է հիշում հոտը, դրա պես մի բա՞ն. ամեն դեպքում, դա ավելի շատ կենսաբաններին վերաբերող թեմա էր, քան պատմաբանին) ու նկատեց Հրազդանի ափին աղջկա հետ զբոսնող մի պատանու: Ինչպես իր համար պատկերացնում էր Սյունին, Դժնդակն իր ներքին տեսողությամբ ջերմընդունող սարքի պես «տաք» կարմիր գույնով առանձնացրեց տղային ու հասկացավ՝ հենց նրա երակներում է հոսում պետքական արյունը: Իսկ քանի որ Դժնդակը կարողանում էր նաև մարդկանց մտքերից կարևոր տեղեկություններ ներքաշել (այնպես, ինչպես, օրինակ, ստուգում էր Սյունու անկեղծությունն առաջին հանդիպման օրը), նրա համար դժվար չեղավ պարզել պատանու անունը:

Ահա այդպես, երբ Պետրոս Սյունին իր բնակարանում խորասուզված էր թղթերի մեջ, Դժնդակը սառը քամով ներս խուժեց և արտաբերեց. «Վահագն Մադոնց»: Սյունին չհավատաց ականջներին: Մի՞թե իր վաղեմի մրցակից (եթե չասենք՝ ախոյան), ինքնահավան, բոլորի աչքին այդքան բարի ու կամեցող երևացող հնագետ Նիկողայոս Մադոնցի որդու մասին է խոսքը:

– Ուրեմն ե՛ս ինձ կոտորեմ, կյանքս նվիրեմ վիշապաքարերի գաղտնիքների բացահայտմանը, ամեն ինչից զրկվեմ, վերջապես գտնեմ նրանց կյանք վերադարձնելու ձևը, ու վերջում պարզվի, որ Վահագն Վիշապաքաղի արյունը հոսում է այդ հիմարի երակներո՞վ,– տեղը չէր գտնում Սյունին,– որտե՞ղ է արդարությունը:

Ժամանակ պետք եղավ՝ հասկանալու այս ամենի տրամաբանությունը: Միայն Դժնդակի հեռանալուց հետո հասկացավ. Վահագն Վիշապաքաղը վերացրել էր վիշապներին, ու այդպիսով շեղել աշխարհի զարգացումը բնականոն հունից. նա իր թշնամին է: Ինչպես և նրա հետնորդ Մադոնցը: Իսկ ինքը՝ Սյունին, ճիշտ կողմում է՝ այն կողմում, որ ամեն ինչ իր տեղը կդնի: Մենք կօգնենք վիշապներին ու կվերադարձնենք Աժդահակին, և կհաղթենք: Այո, մի կողմում Վահագնն ու Մադոնցներն են, մյուսում՝ Սյունին ու վիշապները: Ամեն ինչ նորմալ է: Իսկ այդ դեռահասը, որին տարիներ առաջ՝ դեռ մանուկ հասակում, Սյունին մի քանի անգամ տեսել էր հնագիտության ինստիտուտում, ակամայից իրենց կօգնի իրագործել այս պատմական ծրագիրը: Պետք է միայն նրա արյունից քաշել, մինչ պատանու (ինչպիսի՜ զուգադիպություն՝ անունը Վահագն են դրել) բանից անտեղյակ ծնողները հողից քարեր են պեղում:

Կարգի բերեց իրեն ու շտապեց Փոսի դպրոց, որտեղ սովորում էր Վահագն Մադոնցը:

***

Մատենադարանի բարձունքից հրաշալի տեսարան էր բացվում երեկոյան Երևանի վրա: Մաշտոցի պողոտայի լուսավոր գիծը գնում էր դեպի հեռուն, իսկ երկու կողմից շողում էր քաղաքը: Բացի օպերայից: Օպերայի շենքը փակ էր ու անշունչ. տանիքին բռնկված հրդեհից հետո դեռ շատ անելիք կար: Բայց արտասահմանցի զբոսաշրջիկների զույգին այդ միջադեպը և ընդհանուր տագնապի մթնոլորտը շատ չէին հուզում. նրանք եկել էին մի քանի օրով, վաղն արդեն մեկնելու էին և պարզապես ուզում էին մի անգամ էլ շրջել երեկոյան Երևանով:

Եվ ահա, Հանսն ու Գրետան, որոնց հագուկապից (հաստ կոշիկներ, կապյուշոններով բաճկոններ, մեջքին գցած ուսապարկեր, ուսապարկերից կախված ջրի շշեր) կարելի էր կարծել, թե հենց նոր են իջել լեռներից: Ճիշտ էլ կանեին. եվրոպացի ճամփորդները սիրում էին քայլել ու լուսանկարել: Մատենադարանի բլուրն էլ, ի վերջո, մի փոքրիկ սար էր: Գրետան նստեց նստարանին՝ մի քիչ շունչ քաշելու: Մինչ ջուր էր խմում (հայկական ջուրը շատ էր սիրել, այս շիշը լցրել էր Հրապարակի ցայտաղբյուրից), Հանսը նախ ամեն կողմից ուսումնասիրեց ու լուսանկարեց Մաշտոցին ու Կորյունին, ապա քայլեց ավելի վեր, դեպի գլխավոր մուտքը:

Կառույցը, չնայած ուշ ժամին, շատ հարմար լուսավորված էր: Նախ մի քանի րոպե լուսանկարում էր փայտյա դուռը, հետո մեկ առ մեկ ուսումնասիրեց Թորոս Ռոսլինի, Գրիգոր

Տաթևացու, Անանիա Շիրակացու, Մովսես Խորենացու, Մխիթար Գոշի, Ֆրիկի բազալտե արձանները: Ու քանի որ ճշտապահ գերմանացի էր, այլ ոչ թե սիրողական մակարդակի տուրիստ, ուսապարկից հանեց նաև երեկ գնված ուղեցույցը, գտավ Մատենադարանի մասին էջն ու հերթով ծանոթացավ այս արձաններով անմահացած մեծարգո մարդկանց: Ի վերջո, նրան միացավ նաև Գրետան:

Ընկերուհին Հանսին ջուր առաջարկեց, իսկ Հանսը հանձնեց նրան ուղեցույցն ու մտավ մուտքից ձախ գտնվող սյունաշար միջանցքը: Այնտեղ, հենց այսպես, ցանկացած անցորդին հասանելի, տեղադրված էին քարե կոթողներ: Խաչքարեր, քանդակներ, իսկ ամենախորքում, մասամբ լուսավորված, մասամբ՝ ստվերի տակ... Հանսը աչքերը կկոցած, ֆոտոխցիկը վեր պարզած գնաց առաջ: Սրանց նման քարե կոթողներ Լլի էին տեսել լեռներում շրջելիս: Մի քանի հազար տարվա վիշապներ, ինչպես պատմել էր տաքսիստը: Բայց այս մեկը մի տեսակ ուրիշ էր: Մի տեսակ այդքան հին չէր թվում: Թե ավելի ճիշտ... կենդանության զգացողությո՞ւն էր առաջացնում:

Հանսը կարծես հիպնոսացած էր, քարացել էր տեղում (մյուս կոթողների պես): Հանկարծ լսեց Գրետայի ձայնը. իրեն էր կանչում: Կարծես արթնացավ: Պտտվեց, գլուխը թափ տվեց: Որոշեց վիշապաքարի կողմն այլևս չնայել, ուղղակի թողնելգնալ ու մի տեղ սրճել... Բայց չէր հասցրել դուրս գալ սյունաշարից, երբ հետևում նախ ճաքերի հստակ ձայներ լսեց, հետո՝ խուլ պայթյուն, ապս մեջքին քարե բեկորների հարվածները զգաց ու ընկավ գետնին: Դրան հետևեց Գրետայի աղիողորմ ճիչը: Դրանից է՛լ ավելի շփոթված Հանսը մի կերպ ոտքի կանգնեց, վազեց, գրկեց ընկերուհուն և հետո միայն շրջվեց. վիշապաքարի տեղում փշրված քարերով շրջապատված կանգնած էր օձի մարմնով, երեք զույգ երկար, բարակ թաթերով ու լայն բացված թևերով մի հրեշ: Նա մարմինը ձգեց, կարծես մկաններն էր տաքացնում: Երկար լպրծուն լեզուն դուրս հանեց և օձի պես ֆշշացրեց: Հանսն ու Գրետան իրար պինդ գրկած հետ-հետ գնացին, բայց չհամարձակվեցին շրջվել ու փախչել: Վիշապը հանկարծ ցատկեց առաջ, երախը լայն բացելով մռնչաց (ավելի շատ օձի ֆշշոց էր հիշեցնում), հետո բացեց թևերն ու թռավ օդ՝ շվարած զբոսաշրջիկներին թողնելով ձեռագրերի պահոցի մուտքի մոտ: Լռության մեջ լսվեցին կողքի շենքերից մեկի բնակչի զայրացած բողոքները.

– Դե թողեք քնե՛նք էլի, ո՜ւֆ...

Այդ նույն ժամանակ կենդանության նշաններ էր ցուցաբերում նաև մեկ այլ՝ Կառավարական երրորդ շենքի մուտքի մոտ տասնամյակներով հանգիստ ու խախանդ կանգնած վիշապաքարը: Մոտ երեք մետր բարձրություն ունեցող քանդակը ճոճվեց աջ, ձախ, աջ ու դը՜խկ, տապալվեց հողին ու ծածկվեց ճաքերով: Բայց երևում էր, որ քարով կաղապարված հնադարյան հրեշի շարժումները դժվարանում էին: Բարեբախտաբար, հարևանությամբ տեղադրված էր մեկ այլ կոթող՝ շատ ավելի փոքր չափերի քարակերտ մի խոյ: Համենայնդեպս, երկար տարիներ գիտնականները կարծում էին, թե սա հենց խոյ է, բայց ինչպես պարզվեց այդ գիշեր, սա նույնպես քարապատ վիշապ էր, պարզապես ավելի մանր չափերի և խոյանման գլխով: Ի տարբերություն մյուս արթնացող վիշապների՝ այս մեկը, որ չափերով համեմատելի էր միջին չափերի շան հետ, առույգ էր ու զայրացած: Նախ ազատվեց նրա գլուխը՝ կարմիր աչքերով, կիտած հոնքերով, խոյի մռութով, բայց գիշատչի սուր ատամներով և ոլորած եղջյուրներով, ապա նա թափ տվեց մարմինը և ազատվեց քարի մնացած շերտից: Առանց երկար սպասելու՝ խոյավիշապը, որն ուներ մողեսի պոչ, չղջիկի թևեր, խոյի ոտքեր, նայեց գետնին տանջվող ընկերոջը, կախեց գլուխը և զորեղ եղջյուրներն առաջ տնկած՝ սլացավ առաջ: Մեկ հարված ու վիշապաքարը վերջնականապես փշրվեց՝ ազատելով հսկա Կառավարական շենքի երկրորդ հարկին հասնող հրեշին: Մինչ հսկան թարթում էր աչքերը, ձգում մկաններն ու փորձում հասկանալ, թե ինչ է կատարվում, խոյավիշապը ոգևորված շնիկի պես թռչկոտում էր նրա շուրջը. կարծես, հազարամյակների անգործության արդյունքում նրա մեջ այնքան եռանդ էր կուտակվել, որ պետք էր դրանից ազատվել: Հենց այդ պահին Կառավարության շենքի դիմացի այգու հակառակ կողմից դանդաղ քայլելով եկավ կոստյումավոր մի տղամարդ: Հեռախոսը ականջին՝ նա կանգ առավ Կառավարության շենքի դեմ դիմաց կայանած թանկարժեք ջիպի մոտ, վահանակով բացեց դուռը, բայց մինչ նստելը շարունակեց խոսել.

– Լսի, դու չգիտե՞ս՝ դրանք ինչ հրեշներ են: Իսկ ես շատ լավ գիտեմ, որ դրանց հետ գործ անել չի կարելի, հենց ուշադրությունդ շեղես, կհարձակվեն, երախները կբացեն ու էն կինոների դրակոնի պես հում-հում կուտեն...

Տղամարդը խոսքը չավարտեց. այն ընդհատվեց խոշոր վիշապի մռնչոցով: Հրեշն այդպիսով պարզապես ստուգում էր ձայնալարերը: Տղամարդն անսպասելիությունից գցեց հեռախոսը և գլուխը դարձրեց մռնչոցի կողմը: Եվ ի՞նչ: Հենց նոր խոսում էր փոխաբերական իմաստով հրեշների մասին, բայց ահա աչքի առաջ երկու իրական հրեշներ են. մեկը մողեսանման, թեփուկներով, փշերով պատված մեջքով, երկար պոչով ու մի երախով, որով կարող էր թերևս երկու կծելով նրա բոլոր հարցերը լուծել, մյուսը է՛լ ավելի զվարճալի տեսք ուներ, կարծես տրիցերատոպսի ու ոչխարի խառնուրդ լիներ... Առաջին միտքը, որ առաջացավ գործարարի գլխում՝ չարժեր էն վիսկիի վերջին գավաթը խմել, էն էլ, երբ գիտեր, որ ղեկին է նստելու, իսկ հիմա... Նա դանդաղ, առանց հայացքը թեքելու բացեց մեքենայի դուռը. ամեն դեպքում ներսում ավելի անվտանգ կզգար, եթե այս ամենը երևակայության խաղ լիներ: Բայց այդ պահին այն երկրորդը՝ ոչխարատոպսը, իր բարակ ձայնով մկկոցի ու մռնչոցի միաձուլված ձայն արձակեց, գլուխը կախեց, վազեց առաջ, թռավ օդ ու չղջիկանման թևերը արագ թափահարելով՝ նետվեց դեպի մեքենան: Տղամարդն արդեն վերջնականապես գիտակցեց, որ սա այնքան էլ նման չէր երևակայության ու ճչալով հետ-հետ գնաց: Եվ շատ ճիշտ արեց, քանի որ մեքենան նստելու դեպքում ամեն ինչ շատ ավելի վատ կարող էր ավարտվել. ոչխարատոպսն այնքան զորեղ գլուխ ուներ, որ նրա հարվածից հետո դեռ վարկը չվճարած ջիպը թռավ օդ ու տղամարդու գլխավերևում երկու պտույտ գործելով՝ վայրէջք կատարեց զբոսայգու կենտրոնում: Մեքենայի տերը նորից սկսեց ճչալ, բայց չշարժվեց. մի տեսակ քարացել էր տեղում՝ չէր հասկանում, թե ինչ է կատարվում: Ոչխարատոպսը հարվածից հետո մնացել էր գետնից կես մետր բարձրության վրա և իրենից գոհ մկկում էր՝ շատ նման էր լպիրշ ծիծաղի, որը, միախառնվելով ավտոմեքենայի ազդանշանի աղմուկին, է՛լ ավելի տհաճ էր հնչում: Լսվեց մեծ վիշապի մռնչոցը, բայց ավելի իմաստալից, կարծես ձայն էր տալիս ընկերոջը: Ոչխարատոպսը պտտվեց, գլխով արեց՝ ի նշան համաձայնության, և երկու հրեշները հաշված վայրկյանների ընթացքում սլացան վերև, հետո փոխեցին ուղղությունը և կորան Կառավարական շենքի հետևում:

Տղամարդը մնացել էր տեղում կանգնած, ծանր շնչում էր ու նայում տապալված մեքենային: Խմածությունն ու շոկը անցան, և հիմա նրան ամենայն լրջությամբ հուզում էր միայն երկու հարց. առաջին՝ արդյոք այստեղ կա՞ն տեսախցիկներ. որովհետև դժվար թե որևէ մեկը հավատա, երբ սկսի պատմել, թե ինչպես է իր մեքենան ցխված վիճակում հայտնվել զբոսայգու կենտրոնում, երկրորդ՝ թե արդյոք ապահովագրական ընկերությունը փոխհատուցո՞ւմ է առասպելական էակների գիշերային հարձակումներից գոյացած վնասները:

***

Առավոտ էր։ Արագածի փեշի լուսապայծառ առավոտներից մեկը։ Արևի առաջին ճառագայթների ներքո Արագածի սպիտակափառ գագաթները փայլում էին վարդագույն շողերով, որ աչք էին շլացնում։ Տեսնելով այս հրաշալի տեսարանը ու ենթագիտակցության խորքերից հիշելով դպրոցական ծրագրից ուղեղում դաջված նկարագրությունը՝ Վարդանը ևս մեկ անգամ ուրախացավ, որ հաջողացրել է այս առավոտ ընկերների հետ պոկվել քաղաքի աղմուկից, որպեսզի, ավանդույթի համաձայն, Արագածի լանջին հավես խաշ խզարեն։ Քանի որ աշխարհը փոփոխական է, բայց կան անփոփոխ արժեքներ։ Ընկերական խաշկերույթը Արագածի լանջին դրանցից ամենաանսասանն էր։ Արդեն յոթերորդ տարին էին գալիս, այն տարվանից, երբ Սամվելը ծնողներից նվեր էր ստացել առաջին մեքենան։ Հիմա արդեն նույն Սամվելի երրորդ մեքենայով էին գալիս՝ չորս ծրագրավորող, որոնք գոնե մի օր պետք է պոկվեն համակարգիչներից ու վերադառնան ազգային արժեքներին։ Այո, այս ավանդույթն անսասան էր, ինչպես Արագածի լճի մոտ գտնվող մոգական վիշապաքարը։ Այս ճանապարհին Վարդանի ամենասիրելի պահն այդ հսկային հասնելն էր։ Առաջին տարվանից ի վեր միշտ կանգնում են մոտը ու նույն դիրքով սելֆի անում՝ չորս ընկերներն ու վիշապաքարը. տարին մի նկար։ Սամվելը կատակում էր, որ մի հիսուն տարի հետո կարելի է այդ սելֆիներն առանձին գրքով տպել կամ գոնե ցուցահանդես կազմակերպել, իսկ հյուրասիրության փոխարեն հյուրերին խաշ կմատուցեն...

Կանգ առան ճանապարհին, չորսով դուրս եկան մեքենայից։ Ծխողները կպցրին սիգարետները, Սամվելը երկար ճանապարհից հետո մկանները ձգեց։ Վարդանը կանգնել ու զմայլվում էր տեսարանով՝ սքանչելի բացվող առավոտ, սարեր, վիշապաքար... Չորսով կանգնեցին, բացեցին հեռախոսը, այնպես դասավորվեցին, որ կադրում լինեն և՛ իրենք չորսով, և՛ հազարամյա հուշակոթողը:

– Ափսո՛ս հետներս խաշի չի գա,– կադրը որսալով ասաց լուսանկարող Աշոտը,– արդեն ո՛նց որ մեր ընկերը լինի:

– Հա, էն որ ընկերության մեջ մի հատ աննորմալ բոյովն ա լինում, էդ ինքն ա,– արձագանքեց Սամվելը, և բոլորը ծիծաղեցին:

– Անունն էլ Զարզանդ կսազեր,– շարունակեց Վարդանը,– քարի՛ պես տղա ա մեր Զարզանդը:

Մի քանի կադր անելուց հետո Աշոտը որոշեց միացնել տեսագրման կոճակը՝ թող մի քանի վայրկյան էլ վիդեո ունենան՝ օրը հիշելու համար:

– Ժողովո՛ւրդ, լռջացե՛ք, տեսագրում եմ,– հայտնեց Աշոտը,– ուրեմն, էս մեր յոթերորդ հանդիպումն ա հարգարժան վիշապ Զարզանդի հետ, որը արդեն եսիմինչքան հազար տարի լռված ա էստեղ՝ Արագածի լճի ափին, ու պաշտպանում ա մարդկանց ջրի դևից, կամ, եսիմ, կարող ա ուղղակի մտածում ա կյանքի իմաստի մասին...

Ընկերները նորից ծիծաղեցին ու, մի պահ շեղվելով, հեռախոսի էկրանի մեջ չնկատեցին այն պահը, երբ «քարի պես տղա Զարզանդը»՝ շուրջ չորս մետր բարձրություն ունեցող վիշապաքարը, հանկարծ ներսից պայթեց: Տղաները նախ լսեցին ջուր թափվող քարերի բլթոցները, հետո չորսով զարմացած նայեցին հեռախոսի էկրանին, որը դեռ շարունակում էր տեսագրել տեղի ունեցողը, ապա արդեն ապշած պտտվեցին, որպեսզի սեփական աչքերով տեսնեն, թե ինչ է կատարվում իրենց վաղեմի ընկերոջ հետ: Կարճ ասած՝ այդ օրը ավանդույթը սասանվեց: Ընկերները չգնացին խաշի: Քանի որ ախորժակը մի տեսակ փակվում է, երբ աչքիդ առաջ Արագածի լանջի վիշապաքարը պայթում է, ու միջից իսկական վիշապ է հայտնվում: Սամվելը դողացող ձեռքերով բռնել էր ղեկը և քշում էր հետ՝ Երևան, իսկ Աշոտը նորից ու նորից դիտում էր տեսահոլովակը, որտեղ երևում էր քարից դուրս պրծած կապույտ, ձկան նման՝ թեփուկներով պատված ու վզի մոտ խռիկներ ունեցող հրեշը: Նա մի պահ լայն բացեց թևերը, ցատկեց օդ, մի քանի պտույտ տվեց ու սլացավ ներքև: Վայրկյաններ անց հեռախոսի էկրանին երևաց, թե ինչպես է ճեղքում լճի փայլուն, հարթ մակերեսը ու կորչում ջրի տակ: Այդ պահին տեսագրությունն ավարտվում էր: Աշոտը չհասցրեց տեսագրել այն պահը, երբ Ջարզանդը դուրս եկավ ջրից՝ մի քանի ձուկ ճանկերի մեջ բռնած, հենց այդպես օդում դրանք բոլորը նետեց երախը ու նորից սուզվեց:

Չորս ապշահար ընկերներից միայն Վարդանը կարողացավ ձայն հանել.

– Ոնց որ սոված էր մեր ընկերը:

Բայց ոչ ոք չծիծաղեց:

Ավտոնդույթը սապալվեց, իսկ առավոտն այլևս այնքան էլ լուսապայծառ չէր թվում:

***

Ինչպես և բոլոր վիշապները, Դժնդակը նույնպես հատուկ սեր ուներ ջրի հանդեպ (չնայած, որ կային նրանից ավելի ջրային ուղղվածություն ունեցողները, օրինակ՝ ձկնասեր Ջարզանդը): Նա քարից դուրս գալուն պես հաճույքով կմեկներ Գեղամա ծով, որտեղ, ինչպես հիշում էր հին ժամանակներից, մարդիկ քիչ էին, ձուկը՝ շատ, շրջակա լեռներում էլ կար իրեն հարգող վիշապի կյանքի համար գրեթե ամեն բան: Բայց Դժնդակն ուներ հստակ առաքելություն և այն իրագործելու համար անհրաժեշտ էր մնալ Էրեբունու տեղում գոյացած այս տարօրինակ բնակավայրում, որ տեղացիները կոչում էին Երևան, ու գոնե սկզբում շատ չերևալ նրանց աչքերին: Առավել ևս մեծ հավաքի ժամանակ... Դա Դժնդակի երկրորդ առաքելությունն էր՝ վերակենդանացած վիշապներին հավաքել մի վայրում ու արդեն այնտեղից, երբ ժամանակը գար, սպասել Աժդահակի հրահանգներին:

Եվ ահա, միակ հարմար վայրը Երևանում, բայց բնության մեջ, այն էլ՝ ջրի առկայությամբ, այն էլ՝ կիրճի խորքում: Ճիշտ է, Հրազդանն այն չէր, ինչ հինգ հազար տարի առաջ, բայց դե, էլի բան էր: Բացի դրանից՝ կիրճում հարմար թաքստոցներ կային, օրինակ՝ բնական քարանձավներ ու մարդակերտ լքված շինություններ: Դրանցից մեկը կամրջի տակի այն անճոռնի պանդոկն էր (այդպես սառնաշունչ վիշապը կոչեց հանդիպած ռեստորանները), որը կառուցվել էր հենց գետի հունի մեջ՝ խանգարելով ջրի հոսքին: Բայց Դժնդակն արդեն նկատել էր, որ նոր ժամանակների մարդիկ, մեղմ ասած, անփույթ են վերաբերվում իրենց շրջապատող աշխարհին, ինչը ևս մեկ անգամ ապացուցում էր, որ Աժդահակը ճիշտ էր՝ երկոտանի մահկանացուներն արժանի չեն դրան տիրելուն: Մի խոսքով՝ այս նավանման պանդոկը, որ լքված էր արդեն մի քանի տարի, կօգտագործեր Սյունին, իսկ գետի հակառակ կողմում՝ կիրճի ստորոտում՝ ժայռերի տակ թաքնված քարանձավում, կհավաքվեն վիշապները:

***

Սյունու ժամանակավոր շարժական աշխատասենյակը լքված ռեստորանի նախկին մեծ սրահում էր: Ժամանակին այստեղ քեֆ–ուրախություններ էին անում, ու կենդանի երաժշտություն էր հնչում, որը տարածվում էր կիրճով, դուրս հորդում ու վերևում ապրող մարդկանց գլխացավի պատճառը դառնում: Այժմ այստեղ՝ սեղանի մոտ նստած, վերջացնում էր իր տարիների աշխատանքը:

Կիսաջարդ լուսամուտի տակ տեղադրված սեղանը կարծես միջնադարյան հեքիաթների գրքից դուրս պրծած լիներ: Այդպես սովորաբար պատկերում են վհուկների կամ կախարդների տները՝ զանազան խոտաբույսեր, գունեղ թուրմեր, գործիքներ, գոլորշի... Ճիշտ է, մյուս վիշապներին արթնացնելու համար հերիք էր դպրոցում Մադոնցի որդուց վերցրած արյունը, բայց, ինչպես երևում էր ձեռագրից, Աժդահակն այլ մոտեցում էր պահանջում: Նախ պետք էր հատուկ խառնուրդ ստանալ՝ տարատեսակ բույսերից ու միջատներից (վաղուց արդեն հավաքված), բացի դրանից՝ անհրաժեշտ էր Վիշապաքաղի *թարմ* արյունը: Երեխային պետք էր առևանգել ու տանել վիշապաց լեռ Աժդահակ: Դրանով պետք է զբաղվեին Դժնդակի հրոսակները:

Մինչ Սյունին աշխատում էր խառնուրդի վրա, կիրճի այս նույն հատվածում հավաքվում էին քարե քնից արթնացող վիշապները: Սյունին պարբերաբար հայացք էր նետում դեպի դուրս ու ջանում մշուշի մեջ տարբերակել թռչող հրեշներին: Հետո ինքն իրեն ստիպում էր շրջվել ու շարունակել աշխատանքը, ինչպես տասը տարեկան երեխան փորձում է մոռանալ սառնարանում դրված թխվածքի մասին ու կենտրոնանալ տնային աշխատանքի վրա: Մշուշը, իհարկե, նրանց օգնում էր շատ աչքի չընկնել, բայց Սյունին զգում էր, որ ժամանակի հետ վիշապներին ավելի ու ավելի քիչ է մտահոգում գաղտնիությունը: Մի քիչ էլ, ու մտահոգվելու առիթ կունենան միայն բանից անտեղյակ մարդիկ:

13.
Ուժը միասնության մեջ է

Վահագնը լարված էր: Մտածում էր, որ գուցե շատ միամիտ էր հավատալը, որ շեփորը կաշխատի: Կամ եթե նույնիսկ աշխատում էր, ո՞վ ասաց, թե դրա կանչը ցանկացած վայրից կհասնի Վազգենին: Գուցե պետք էր ոչ թե փչել, տեղը դնել ու փախչել, այլ վերցնել ու տանե՛լ շեփորը: Երբ բարձրաձայնեց այդ տարբերակը, Արեգը գունատվեց ու ասաց, որ մի բան է մանր խուլիգանությունը, որով նրանք այսօր երեքով աչքի ընկան, և բոլորովին այլ բան է ազգային հարստության առևանգումը պահպանվող թանգարանից: Ու որ այդպիսով իրենք արեցին հնարավորը՝ Վազգենին հետ կանչելու համար: Այլ հարց է՝ ինչ անեն, եթե նա հանկարծ չվերադառնա: Երեքով նստած էին Միրահարների այգու նստարաններից մեկին (այստեղ հասել էին մետրոյով՝ նախօրոք այդպես էին ծրագրել իրենց հանդուգն փախուստը Պատմության թանգարանից), Արեգը լարվածությունը թոթափելու համար սրճարանից գնած աղի-բուղին էր ծամում:

– Նախ՝ եկեք հասկանանք մյուս վիշապների վտանգի լրջությունը,– դասարանի գերազանցիկի պես ասաց Աստղիկը,– ի՞նչ են անելու, ո՞ւր են գնալու, ի՞նչ են ուզում:

– Ինչքան ես եմ հասկանում, ամեն ինչ շատ լուրջ ա,– նույն մտահոգ դեմքով ասաց Վահագնը,– լուրերում ասում են, որ մենակ մի գիշերվա մեջ մի քանի վիշապաքար ա ջարդուփշուր եղել, ինչ-որ մարդիկ էլ, իբր, երկնքում հրեշներ են տեսել: Հավատացող դեռ չկա, բայց դե...

Վահագնը երկու ձեռքով բռնեց գլուխը: Արեգն ու Աստղիկը զարմացած նայեցին միմյանց:

– Լսի, մի անհամեստ հարց տամ էլի. ինչի՞ ես տառապում, դու հո Խաչատուր Աբովյանը չե՛ս,– զարմանքն արտահայտեց Արեգը,– ասենք թե վիշապներ են թրև գալիս Հայաստանով, դո՞ւ ինչ կապ ունես:

– Ախր որ էն ժամանակ ոտքով չտայի գցեի Պապլավոկի վիշապաքարը, էս ամեն ինչը գուցե չսկսվեր, հանգիստ մեզ համար մեր դպրոցի դարդերով զբաղված կլինեինք...

Արեգը ձեռքը դրեց ընկերոջ ուսին.

– Վահա՛գն, չեմ ուզում նսեմացնեմ քո դերը հայ ժողովրդի ճակատագրի մեջ, բայց իմ կարծիքով՝ դու իրականում դրա հետ կապ չունես, ուղղակի էդպես ստացվեց, որ դու էդ պահին էդտեղ էիր...

– Հա, Վազ, իրոք՝ դու մեղավոր չես, հակառակը՝ մենք հիմա փորձում ենք օգնել, որ վիճակը չվատանա, բայց պատճառը մենք չենք,– Աստղիկը մյուս կողմից ձեռքը դրեց Վահագնի ուսին,– համ էլ, չգիտեմ ձեզ համար՝ ոնց, ինձ էս ամեն ինչը շատ ավելի հետաքրքիր ա, քան մեր սովորական տաղտկալի առօրյան:

Վահագնը գլուխը բարձրացրեց, ժպտալով նայեց Աստղիկին ու ասաց.

– Ու երևի առանց Վզգոյի հետս չգայիր Մանկական երկաթուղում զբոսնելու, չէ՞:

Արեգը իրեն նորից ավելորդ զգաց, ֆշշացնելով մի կողմ քաշվեց, իսկ Աստղիկը բռնեց Վահագնի ձեռքերն ու ասաց.

– Ապուշ, ես առանց ոչ մի Վազգենի ու այլ վիշապների արդեն նվեր էի պատրաստել:

Վահագնը իրենից գոհ ժպտաց, գրկեց Աստղիկին, հետո հանկարծ տեղից վեր թռավ: Արեգն ու Աստղիկը նորից անհանգստացան ընկերոջ հոգեվիճակի համար:

– Մանկական երկաթուղի՛: Ի՞նչ կա Մանկական երկաթուղում,– նա սպասումով նայեց ընկերներին:

– Ըմ, գնացքնե՞ր,– ասաց Արեգը:

– Գե՞տ,– շարունակեց Աստղիկը:

– Այո՛, գե՛տ, ջո՛ւր,– ոգևորված բացականչեց Վահագնը, բայց ընկերները նրան կարծես չհասկացան,– վիշապները սիրում են ջո՛ւր: Վիշապաքարերը համարյա միշտ տեղադրվել են գետերի, լճերի ու աղբյուրների մոտ: Այսինքն՝ վիշապները հատուկ սեր ունեն ջրի հանդեպ, իսկ Երևանում ջրի ամենահարմար տեղը, էն էլ ձորում՝ աչքից հեռու, Զանգուն ա:

– Հրազդանը,– ուղղեց Աստղիկը,– հայերեն ասում են Հրազդան:

– Հա, Հրազդանը, որը հոսում ա նաև Մանկական երկաթուղու մոտով: Այսինքն՝ եթե ուզում ենք պարզենք, թե ինչեր են կատարվում, պիտի գնանք էնտեղ: Գնա՞նք:

Գրեթե վազեցին: Տասնհինգ րոպեից երեքով մտան երկաթուղու թունելը, ու այս անգամ Արեգն իրեն զգաց թիմի անդամ, ոչ թե ավելորդ մասնիկ:

***

Երևանում սկսել էին տարածվել շշուկներ, չճշտվածության տարբեր աստիճանի լուրեր և բամբասանքներ ահաբեկիչների, սատանիստների, գերբնական ուժերի, գերտերությունների, մանր, բայց չար տերությունների, ներքին հինգերորդ, վեցերորդ ու յոթերորդ շարասյուների ակտիվացման և այլնի մասին: Թեպետ այդ տեսություններից ոչ մեկը չէր կարող բացատրել այն ամենը, ինչ կատարվում էր վիշապաքարերի հետ, լուրերը տարածվում էին կայծակնային արագությամբ ու վախ սփռում: Վիշապների մասին ահազանգող վկաների վրա ծիծաղում էին, ասում էին՝ դրանք ուշադրության պակաս ունեցող ու հայփ բռնող անամոթներ են, ու որ պետք չէ ազգին ապուշի տեղ դնել: Բայց ինչքան էլ ծիծաղես, միևնույն է, նստվածքը մնում է: Ու չգիտես՝ ինչն է ավելի վատ՝ սարսափելի, բայց գոնե հասկանալի ահաբեկիչնե՞րը, թե՞ երկնքում սավառնող գերբնական գազանները, որոնցից չգիտես՝ ինչ սպասես:

Մի խոսքով՝ մարդիկ է՛լ ավելի լարված ու ջղային էին, քան սովորաբար, իսկ խցանումները՝ է՛լ ավելի սաստիկ անանցանելի: Այս ամբողջ աղմուկը կարծես մնաց պատի հետևում, երբ երեք ընկերները, որոնք նույնպես դեռ շատ բան չգիտեին կատարվողի մասին, ոտք դրեցին թունելի մեջ: Որքան գնացին առաջ, այնքան պակասեց ոչ միայն ձայնը, այլև տեսողությունը. անհայտ պատճառներով անջատվել էր թունելի զիգզագավոր ջահը, և հիմա լույսի միակ աղբյուրը թունելի վերջին սպիտակ կամարն էր: Մի քանի րոպե արդեն անցել էր, և հետևից՝ Պրոսպեկտի կողմից, տարօրինակ մի ձայն լսվեց, կարծես հսկա թռչնի կամ չղջիկի թևերի թփթփոց լիներ: Երեքով միաժամանակ շրջվեցին, բայց մթության մեջ ոչինչ չնկատեցին, թունելի հեռավոր ելքի կամարում նույնպես ոչ մի կասկածելի բան չկար: Շարունակեցին քայլել դեպի երկաթուղին, բայց մի տեսակ ավելի իրար մոտ:

Եվս մի քանի քայլ անց տպտպոցներ լսեցին. նման էր շան թաթերի ձայնի, բայց ո՞ւր է շունը: Մի ակնթարթ կանգնելուց ու էլի ոչինչ չտեսնելուց հետո շարունակեցին՝ արդեն համարյա վազելով: Երբ թունելից դեպի երկաթուղի տանող զբոսայգուն մնացել էր երկու տասնյակ քայլ, Վահագնը, Արեգն ու Աստղիկը կտրուկ կանգ առան. նրանց ճանապարհը փակել էին Գևորը, Վարդգեսը, Խուճուճն ու Բուռչը: Գևորը, որ մնացածից մի քայլ առաջ էր, կատաղած հայացք ուներ, շնչում էր հարձակման պատրաստվող ցլի պես, հոնքերը կիտած էին, գլուխը՝ մի փոքր կախ: Բայց նախորդ օրվանից և կարևոր տարբերություն կար. Գևորն ու ընկերները զինված էին: Ամենքի ձեռքում երկար, հաստ ու վստահաբար ծանր ձողեր էին, որոնցով կարելի էր ոչ միայն մարդ, այլև ավելի խոշոր մի էակի լավ նեղը գցել: Գևորի աջ ձեռքում ամուր բռնած մահակն ամենասարսափելին էր՝ դրա լայնացող ծայրից մեխեր էին ցցված:

Վահագնը բռնեց Աստղիկի ձեռքն ու հետ-հետ գնաց: Արեգն ինքնաբերաբար նույնպես մի քայլ հետ արեց ու, թեկուզ հոգեպես, իրեն ավելի պաշտպանված զգաց ընկերոջ թիկունքում:

– Գևորգ, լսի՛,– ազատ ձեռքն առաջ պարզելով սկսեց Վահագնը,– գիտեմ, որ նախորդ անգամ մի քիչ վիճեցինք, բայց կլինի՞ էդ ամեն ինչը հետո քննարկենք: Երկուշաբթի դպրոցում հանգիստ խոսենք...

Գևորը սկսեց ծիծաղել, նրա օրինակին հետևեցին նաև մյուսները: Հետո կտրուկ դադարեց.

– Մի քիչ վիճեցինք, հա՞: Դպրոցում հանգիստ խոսա՞նք, հա՞: Իսկ ինձ թվում ա՝ հենց հիմա ու հենց ստեղ ա ամենալավ տեղը խոսալու: Ու քանի որ մենք սաղ պարզել՝ իմացել ենք, որ ձեր էն *կենդանին* թողել թռել ա, մեզ էլ խանգարող չի լինի: Չէ՞:

– Գև, խնդրում եմ, արի մեզ մեծ մարդկանց պես պահենք,– խնդրանքով, բայց խիստ ասաց Աստղիկը՝ փորձելով առաջ գնալ, բայց Գևորը մահակը բարձրացրեց, իսկ Վահագնն իսկույն նորից կանգնեց նրանց միջև:

– Մեր կենդանին էստեղ չի, բայց շատ ավելի մեծ վտանգներ կան, բոլորիս համար...

– Փը՛ֆֆֆ, հերիք յուղ վառես,– Գևորը դանդաղ գնաց առաջ,– ավելի լավ ա սկսեք այ էս երեքովդ ներողության ճառ մտածել, ու քանի շատ ուշ չի՝ արտասանեք, մեկ էլ տեսար՝ համոզեք, որ ձեզ հենց ստեղ չփռենք: Տղերքն էլ հեռախոսով կնկարեն, որ միշտ հիշենք:

Գևորի հետևից սկսեցին քայլել նաև մյուսները: Վարդգեսը դրան զուգահեռ գրպանից հանեց հեռախոսն ու միացրեց տեսագրությունը: Նրանց զոհերը սկսեցին դանդաղ հետ քայլել: Այդ ժամանակ էր, որ Արեգը զգաց գլխին թափվող մանր քարերը: Ձեռքով թափ տվեց մազերը, վերև նայեց ու տեղում քարացավ.

– Ժող, եկեք էլ հետ չգնանք,– շշնջաց Վահագնին ու Աստղիկին, որոնք հայացքները չէին կտրում վրա տվող Գևորից:

– Տարբերակ չունենք, պիտի հետ գնանք...– առանց Արեգին նայելու ասաց Վահագնը:

– Չէ, Վազ, պիտի *առաջ* գնանք,– պնդեց Արեգը,– վերև նայի՝ կհասկանաս:

Վահագնը հայացքը բարձրացրեց ու տեղում քարացավ: Զիգզագավոր ջահի մետաղյա կարկասից չորս թաթերով կախված էր չղջիկանման վիշապը: Նրա թևերը ծալված էին մեջքին, իսկ գլուխը ցած էր նայում: Երախը կիսաբաց էր, հայացքը՝ շողուն: Կիրճի կողմից ընկնող լույսն աղոտ էր, բայց այդքանն էլ բավական էր՝ նկատելու նրա սուր ժանիքները և ոչ բարյացակամ հայացքը: Հակառակ կողմից մոտեցող զինված խումբը դեռ չէր նկատել հրեշին:

– Հը՞ն, ո՞վ կսկսի,– մահակը մյուս ձեռքի ափին թմփթմփացնելով ու քմծիծաղով ասաց Գևորը,– հեռախոսը արդեն միացրել ենք, դե՞:

Աստղիկը ձեռքը պոկեց Վահագնի ձեռքից ու զայրացած գնաց առաջ.

– Գիտե՞ս ինչ, զարմանում եմ, թե ոնց պիտի 15 տարեկան առողջ տղան էսքան ապուշ լինի,– սկսեց գոռալ նա ուղիղ Գևորի դեմքին, որն անսպասելիությունից մահակը մոռացած՝ մեխվեց տեղում,– մեծ մարդ ես, ինչքան հասկանում եմ՝ ուղեղի հետ խնդիրներ չունես, աղջիկներ կան, որ սիրահարված են քեզ, ուրեմն, անհույս հողաթափիկ ինֆուզորիա չես, բայց փոխանակ վերջ տաս վայրենություններին ու էդ անսպառ եռանդդ նորմալ բաների վրա ուղղորդես, հիսուն տարի առաջվա կինոների խուլիգանների պես եսիմինչերով ես զբաղված: Ուզում ես ներողություն խնդրենք, որ ձեր թաղերում պագոններդ չընկնե՞ն: Լավ, շատ լավ: Կներե՜ս, սիրելի Գևորգ, որ երբ դու սկսեցիր ինձ վիրավորել, իմ դասընկերը եկավ ինձ պաշտպանելու: Ու իր անունից էլ՝ կներես, ներողություն եմ խնդրում ծնկաչոք, որ ինչ-որ մեկը հանդգնեց քեզ հակաճառել, որ ինչ-որ մեկի կարծիքով՝ դու ամենակարևոր մարդը չես Հայոց լեռնաշխարհում: Կներես մեզ դրա համար:– Աստղիկը նայեց Վարդգեսի հեռախոսի մեջ,– նկարեցի՞ր, ամեն ինչ ձայնագրվե՞ց: Դե ուղարկեք ձեր քուչի լակոտ ինֆուզորիաներին, որ միասին նայեք ու հրճվեք, եթե շատ եք ուզում՝ Տիկ-Տոկ էլ գցեք, լայքեր հավաքեք, իսկ մեզ թողեք գնանք. հազար ու մի շատ ավելի կարևոր գործ ունենք:

Գևորը հուսահատ գլուխը կախեց ու չխանգարեց, երբ Աստղիկը բռնեց Վահագնի ձեռքը և իր հետևից տարավ առաջ: Մյուս զինյալները նույնպես խառնվեցին իրար ու հանգիստ թողեցին ընկերներին, որ առաջ անցնեն: Խառնաշփոթն Արեգը մտցրեց. մի անգամ էլ նայեց վերև, զգաց, որ վիշապը ճկվում է, որպեսզի հարձակվի, ու «թռաաաաա՜նք» աղաղակելով՝ պարզապես վազեց առաջ: Վահագնը բռնեց Աստղիկի ձեռքը և տարավ իր հետևից, իսկ շփոթված Գևորն այս ու այն կողմ նայելուց հետո վերջապես նկատեց հրեշին: Մի ակնթարթում պաշտպանական դիրք ընդունեց, ու հենց վիշապը ցատկեց թունելի առաստաղից, ուղիղ ճակատին հարված ստացավ ու տապալվեց գետնին:

Գևորի զինված ընկերները ոգևորվեցին, քանի որ վերջապես կարող էին մահակները գործի դնել: Վիշապը ոտքի կանգնեց, գլուխը թափ տվեց, թևերը ցցեց ու պատրաստվեց նոր հարձակման: Բայց չէր հասցրել նոր ցատկը կատարել, երբ Խուճուճը լուրջ քաշ ունեցող մի քար շպրտեց ուղիղ հրեշի աչքին: Վերջինս, տղաների հանդգնությունից ապշած, ոչ մի կերպ չարձագանքեց և հաջորդ քարը ստացավ գլխին. այս անգամ Վարդգեսն էր աչքի ընկել:

– Թո՛ւյն, հիմա թռա՜նք,– հրահանգեց Գևորը, ու զինյալները վազեցին Վահագնենց հետևից՝ թունելի մուտքից դեպի ձախ՝ աստիճաններով ներքև, որտեղ անհիշելի ժամանակներից տեղակայված էր լունապարկը:

Այցելու չկար, ժանգոտած կարուսելներն անգործության էին մատնված: Այս ամենին հետևում էր միակ աշխատողը, որն այս պահին նստած ծխում էր տիրի տաղավարում՝ ոտքերը կանգնակին, որի վրա դարսված էին զինատեսակները. փուզաներով ու շեշմաներով կրակող, ինչպես նաև օդամղիչ հրացաններ: Վերջիններն այս տիրի հպարտությունն էին, հատուկ դրանց վրա ուշադրություն դարձնելու համար լունապարկի տնօրինությունը ձեռքով պատրաստված մի ամբողջ ցուցանակ էր տեղադրել. «պնևմո, 10 կրակոց՝ 3000 դրամ»: Հենց այդ ցուցանակի մոտ կտրուկ կանգ առավ Վահագնը:

– Երեխեք, ավտոդրոմի հետևը սպասեք, ես հիմա կգամ,– ասաց նա ու կանգնակի վրայից վերցրեց հրացանը:

Ավելի վաղ տարիքում նա հաճախ էր գնում տիր՝ ի վերջո, աշխարհում այնպիսի տղա չկա, որ չսիրի կրակել գոնե խաղալիք ատրճանակներից: Օդամղիչներից երբեք չէր օգտվել, բայց կարդացել էր, որ դրանք իրականում բավական լուրջ զենք են ու նույնիսկ օգտագործվում են որսի ժամանակ: Իսկ դա նշանակում է, որ այն բոլորովին չի խանգարի զայրացած վիշապներից պաշտպանվելու համար:

– Ախպեր, բայց դու աչքիս դեռ փոքր ես,– տեղից կանգնելով ասաց այգու աշխատողը,– 15 տարեկանից...

Վահագնը գրպանից հանեց 5000 դրամանոցը ու դրեց կանգնակին:

– Ինչքան կա՝ լցրեք, խնդրում եմ, շո՛ւտ,– պնդեց Վահագնը: Նկատելով աշխատողի անվստահ հայացքը՝ վստահեցրեց.– դուք լցրեք, հետո կավելացնեմ:

Աշխատողը ուսերը թոթվեց, 5000-ը դրեց գրպանը, դարակից հանեց փամփուշտներով պարկը, մի բուռ լցրեց հրացանի մեջ ու հանձնեց Վահագնին:

– Դե, գնացեք,– հրացանը վերցնելով ասաց Վահագնը:

– Հիմա հերոսությունների ժամանակը չի, ու լավ կլինի՝ միասին մնանք,– ասաց Աստղիկը,– որ հետո հանգիստ գնանք՝ դրանց որջը փնտրենք:

Աստիճանների կողմից երևացին իրենց կողմը վազող Գևորենք:

– Անպայման կփնտրենք, բայց հիմա տղերքին օգնելու կարիք կա, իսկ ես լավ եմ կրակում:

– Աստղ, ես Վահագնի հետ միանշանակ համաձայն եմ,– վախն առանձնապես չթաքցնելով նկատեց Արեգը:

Բայց փախչելու փոխարեն Աստղիկը սեղանի վրայից վերցրեց մյուս օդամղիչ հրացանն ու կողքին դրված փամփուշտներով պարկն ու լիցքավորեց հրազենը, իսկ Արեգը, ֆշշացնելով ու աչքերը ոլորելով, երկու ձեռքերի մեջ առավ օդամղիչ ատրճանակները ու նույնպես լիցքավորեց: Զենքերը պատրաստ՝ երեքով կանգնեցին դեմքով դեպի վրա հասնող Գևորը, Վարդգեսը, Բուռչն ու Խուճուճը: Խուճապահար աշխատողը դուրս վազեց տաղավարից:

– Հո՛պ, հո՛պ, էս ի՞նչ եք անում,– իրար խառնվեց նա,– աղջիկ ջան, բա փողը ո՞վ ա տալու, կարող ա՞ գիտեք, հ՛: Համ էլ էն կողմ են կրակում, հեն ա նշանները, չեք տեսնո՞ւմ՝ եղնիկը, ծտերը, մարդկանց վրա չի կարելի պահել, յա՜...

Աշխատողը դադարեց նախատինքը, քանի որ նկատեց աստիճանների կողմից դեպի տաղավարը վազող տղաների հետևից ընկած հրեշին: Մի ակնթարթ նրա գլխում իրար հաջորդեցին հետևյալ մտքերը. «Հեսա իրար են կրակելու լակոտնե՛րը» – «Էս ի՞նչ եքյա շուն ա հետևներից վազում» – «Էս վայթե ա՛րջ ա» – «Հո՛պ, արջը ինչի՞ ա օդով թռնում» – «Աաաաաա՜, էս ինչ աաաաաա՜»: Վերջին միտքը արտաբերվեց նաև բարձրաձայն, և առանց պատասխանի սպասելու՝ այգու միակ ներկա աշխատողը ճչալով փախավ անհայտ ուղղությամբ և արդեն չտեսավ, թե ոնց են Գևորն ու Խուճուճը ցատկում կանգնակի վրայով, իսկ Վարդգեսն ու Բուռչը վիշապի առաջ շրջում տիրի մրցանակներով բարձր դարակն ու միանում ընկերներին:

Վիշապի հերթական շփոթվածությունը թույլ տվեց, որ Վահագնը ճիշտ նշան բռնի ու երեք փամփուշտ արձակի վիշապի ճակատին: Նրա օրինակին հետևեցին Աստղիկն ու Արեգը (վերջինս կրակում էր փակ աչքերով), թեև նրանք, ի տարբերություն ընկերոջ, առանձնապես կրակելու փորձ չունեին: Փոխարենը, կանգնակի հետևից տիրի մյուս հրացաններով զինված դուրս եկան Գևորն ու Խուճուճը և կրակահերթ բացեցին։ Վահագնը կռացավ, որպեսզի ինքը հանկարծ չհայտնվի փամփուշտների ճանապարհին, և մի պահ նայելով դպրոցի խուլիգաններին՝ զարմանքով նկատեց, որ երկուսն էլ ոչ թե վախեցած են կամ շփոթված, այլ մի այլ կարգի երջանիկ ու ոգևորված։ Կարծես թե կյանքում ավելի սքանչելի բան չկար, քան իսկական վիշապի դեմ կռիվ տալը։

Իսկ վիշապը, որն արդեն չէր հասկանում, թե ինչ է կատարվում, որոշեց առանց երկար-բարակ ձգձգելու պարզապես վերջ դնել այս ամենին։ Նա թևերը լայն բացեց, թափահարեց, մի քանի մետր օդ բարձրացավ, խոր շունչ քաշեց ու կրակեց։ Նրա զենքը ոչ թե հրե շիթն էր, ինչպես Վազգենի դեպքում, այլ կրակի գունդը, որը նման էր թնդանոթի արկի։ Առաջին հրեգնդից պայթեց տիրի կանգնակը։ Դրա երկու կողմում կանգնած երեխաները հասցրին դեսուդեն ցատկել։ Հաջորդ կրակոցից մեջտեղից կոտրվեց ու սկսեց այրվել ծառը, որի հետևում փորձում էր թաքնվել Արեգը։ Վահագնը բռնեց Աստղիկի ձեռքից ու փորձեց աննկատ քարշ տալ հարևանությամբ գտնվող ատրակցիոնի հետևը։ Ատրակցիոնը մի բարձր սյուն էր, որի վրա ամրացված նստարանները կտրուկ բարձրանում-իջնում էին։ Վիշապի արձակած հերթական հրեգունդը վնասեց ատրակցիոնի սյունը. այն ճռռալով թեքվեց ու ծանրության տակ տապալվեց այնտեղ, ուր քիչ առաջ տիրն էր, և ամբողջությամբ ոչնչացրեց այն։ Գևորն իր ընկերների հետ արդեն հասցրել էր անվտանգ հեռավորության վրա թաքնվել տաղավարի թեքված պատի հետևում, Վահագնենք թաքստոց գտան թփերի մեջ։

Վիշապը զննում էր տարածքը, կարծես սպասում էր, որ մեկը շարժվի, որպեսզի ավարտի իր գործը։ Երեխաները քարացել էին տեղում։ Հանկարծ փլատակների տակից լսվեց Վարդգեսի հեռախոսի վիբրացիայի գոռոցը, և Վիշապը նայեց այդ կողմ։ Մինչ Վարդգեսը գրպանից հապճեպ հանում էր հեռախոսը, վիբրացիան վերածվեց զանգի։ Կոնկրետ այս դեպքում մի անզիջում, զտված, մաքուր ռաբիզ՝ 80-ական-ներից մնացած ինչ-որ ձայնագրություն իր վատ սինթեզա-տորով, կլառնետով, կլկլոցով ու երգչի դառը ճակատագրի մասին պատումով: Գևորը աչքերը չռած նայեց Վարդգեսին. կրտսեր ընկերոջ այսպիսի ընտրություն նույնիսկ քյարթու մոնումենտցին չէր սպասում: Վարդգեսը սկսեց դողացող ձեռքերով փնտրել ձայնի անջատման կոճակը, բայց փոխա-րենը ձեռքից գցեց հեռախոսը, ու զանգն ավելի բարձր դար-ձավ: Մի քանի վայրկյան հետո, երբ երգիչն աղաղակում էր արդեն անփոխադարձ սիրո պատճառով ծայրահեղ միջոց-ների դիմելու մասին, հեռախոսը հնարավոր եղավ մի կերպ լռեցնել: Տղաները քարացան տեղում՝ սպասելով վիշապի նոր հարձակման: Բայց երբ Խուճուճը տաղավարի պատի տակից ծիկրակեց, տարածքում ոչ մի անմարդկային էակ չէր երևում:

– Հո դու ապո՞ւշ չես,– արդեն բարձրաձայն զայրացավ Գևորը:– Մնում էր քո ռաբիզի պատճառով սաղիս հոշո-տեին:

Վարդգեսը, որն ընտրել էր այս մեղեդին ոչ թե որովհետև ռաբիզի սիրահար էր, այլ որովհետև ուզում էր ավելի լուրջ ու հասուն երևալ, փնթփնթալով՝ հեռախոսը խցկեց գրպանը: Թփերի հետևից դուրս եկավ Վահագնը:

– Երևի մտածեց, որ մեր հարցերը լուծված են,– եզրակաց-րեց նա՝ շուրջը նայելով:

Նա հասցրեց նկատել Կիևյան կամրջի կողմը սլացող վի-շապի ֆիգուրը, որն ակնթարթ անց թաղվեց ավելի ու ավելի թանձրացող մառախուղի մեջ:

Տապալված ատրակցիոնի ու տիրի տեղում դեռ կրակ էր մխում, բայց տարածվող հրդեհի վտանգ կարծես թե չկար:

– Ես էլ եմ լավ, մերսի,– ճակատի կապտուկը շոշափելով՝ տնքաց Արեգը, հետո նայեց ավերված տիրին ու ասաց.– լսի՛, փաստորեն իզուր էլ էն 5000 դրամը տվեցինք, ոչ էլ կրակեցիր եղնիկներին:

Վահագնը փորձեց ծիծաղել, բայց լավ չստացվեց, քանի որ ամբողջ մարմինը ցավում էր:

Ավերակների հետևից դուրս եկան Գևորենք: Թվում էր, թե խմբակը հենց նոր է վերադարձել պատերազմական գործողություններից: Զենքերը դեռ վայր չէին դրել: Գևորն իր սիրելի կռիվ-կինոների հերոսների պես հրացանն ուսին դրած մոտեցավ Վահագնին:

– Լավ, արդեն ամեն ինչ մի կողմ ենք դնում, ու դուք պատմում եք, թե էս ինչ կարդաբալետ եք ստեղ սարքել, ու էս ձինազավրերից տարածքում դեռ քանի հատ կա:

Վահագնը գլխով արեց ու հասկացավ, որ կան բաներ, որոնք կարող են միավորել մարդկանց, որոնք դեռ երեկ միմյանց թշնամի էին համարում: Բայց չդիմացավ ու ավելացրեց.

– Կպատմենք, մենակ թե դինոզավր չեն, վիշապ են:

14.
Վզգոյի վերադարձը

Վիշապ Վազգենի անդորրը տևեց երեք օր: Բայց այդ երեք օրը մի կյանք արժեին: Երրորդ օրն էր: Վազգենը պառկած էր լեռան գագաթին ու վայելում էր աշնանային արևը: Մտածեց՝ զվարճալի է, որ ինքն այսքան ժամանակ անց վերադարձել է ակտիվ կյանքի ու հիմա հանգստանում է մի լեռան վրա, որը կոչել են այն մարդու անունով, որին ինքը կենդանության օրոք շատ լավ ճանաչել է: Քմծիծաղ տվեց, հիշեց՝ ինչպես էին մի անգամ Արայի հետ, որին դեռ իր՝ Վազգենի ներկայությամբ էին սկսել Գեղեցիկ անվանել, չնայած իր անձնական վիշապային կարծիքով՝ մի երևելի գեղեցկությամբ աչքի չէր ընկնում... ինչևէ, մի օր Արայի հետ որսի էին եկել հենց այստեղ: Արան՝ ձին հեծած, որսն էր հետապնդում արևելքից, Վազգենը վրա էր հասնում արևմուտքից, այնքան էին չլում խեղճ եղջերուներին, որ վերջում մնում էր նետահարել (իսկ Արան հմուտ նետաձիգ էր):

Բոլորն ուրախ էին, բոլորը երջանիկ էին, բոլորն իրենց տեղն ու անելիքը գիտեին: Մինչև որ չհայտնվեց գրողի տարած Շամիրամը: Վազգենի դեմքը մռայլվեց, երբ հիշեց Նուարդի լացակումած դեմքը: Ոչինչ, իհարկե, Նուարդը կդիմանար: Ինքն էլ մի կերպ կդիմանար, ուրիշ որսընկեր կճարեր: Բայց դա խախտեց իրերի բնականոն ընթացքը: Արան այլևս

Արան չէր, Հայաստանն այլևս նույն Հայաստանը չէր, ամեն ինչ խառնվեց իրար ու վերջացավ շատ լավ հիշում ենք, թե ինչով: Նույնը կատարվեց ընդամենը մի քանի դար հետո, երբ խախտվեց մարդկանց ու վիշապների դարավոր համակեցությունը: Դա էլ գիտենք՝ ինչով վերջացավ. նրանով, որ հայ ժողովուրդն ունեցավ մի բանակ վիշապաքար ու այնքան շուտ մոռացավ Վազգենի ու իր ցեղակիցների գոյության մասին, որ այդ քարերը վերագրեց նախնիների արվեստասիրությանը:

Վազգենը զգաց, որ տհաճ հուշերով փչացնում է օրը: Ցատկեց տեղից, սկսեց սավառնել օդերում՝ չնայած որ երկիրն իր քարապատվածության դարերի ընթացքում փոխվել էր (ինչպես պարզվեց՝ նաև զգալիորեն փոքրացել էր ու անհայտ լեզուներով խոսող ինչ-որ նոր պետություններ էին հայտնվել այն հողերում, որտեղ Վազգենն իր ջահել տարիներին որսի էր գնում կամ վիշապամարտերի մասնակցում), իսկ մարդիկ շատացել (և մի քիչ էլ բթացել՝ որքանով կարող էր դատել Պապլավոկում իր լսած զրույցներից ու քարից դուրս գալուց հետո սեփական աչքերով տեսածից): Բայց այս բարձունքից մարդիկ չէին երևում, երևում էին միայն լեռները, ձորերը, անտառները: Ճիշտ է, քիչ այն կողմ խնձորի այգիներ էին, բայց այգեպաններն այնքան զբաղված էին իրենց բերքով, որ երբեք վեր չէին նայում, իսկ թե նայեին էլ, պարզապես չէին նկատի: Խնձորները, ի դեպ, աննորմալ համեղ էին. այ սա իրոք առաջընթաց էր՝ համեմատած Վազգենի հիշած հին ժամանակների: Եվ այսպես, վատ մտքերը ցրելու համար պետք էր փորձել նորից գազան զգալ, միացնել կենդանական բնազդը, սլանալ օդերով, զննել անտառները, որսալ ու որսով սնվել:

Վազգենը նախ մի քանի պտույտ գործեց լեռան շուրջը. աչքերը փակում էր, թևերը լայն պարզում, պարբերաբար պտույտներ տալիս, մի խոսքով՝ վայելում էր ազատությունը: Հետո ուսումնասիրում էր գունազարդ մակերևույթը: Դեռ

Արա Գեղեցիկի տիկին Նուարդն էր սիրում այստեղ ազատ ժամանակ տարատեսակ բույսեր հավաքել: Ինքը դրանցից գլուխ չէր հանում, բայց ո՜նց էր այդ բազմազանությունը շոյում աչքերը՝ այն աչքերը, որոնք մի քանի հազար տարի փակ են եղել:

Հերթական պտույտից հետո սլացավ դեպի կիրճը: Եզրի մոտ նկատեց ծուլորեն խոտ որոճացող կովերին: Կարելի էր մեկին փախցնել, բայց դա կլիներ մանր խուլիգանություն, ոչ թե որս, և կգոհացներ միայն ստամոքսը, բայց ո՛չ հոգին: Անցավ կովերի վրայով, որոնք այդպես էլ ոչինչ չնկատեցին, ու նետի պես գահավիժեց...

Կիրճը ներսից պատված էր կտրուկ ներքև իջնող ժայռերով ու խիտ բուսականությամբ: Մերթընդմերթ ժայռերի մեջ անձավներ էին երևում, ու մանր կենդանիներ էին վազվզում: Վազգենը նախ աղվեսների մի ընտանիք նկատեց, հետո թփերից հատապտուղներ հավաքող ծուռթաթ արջ: Եվ վերջապես այնտեղ, ուր կիրճի պատերը հեռանում էին միմյանցից ու ավելի հարմար դառնում չորքոտանիների համար, երևաց եղնիկների խումբը: Վազգենը նշան բռնեց ու սլացավ դեպի ավարը: Կենդանիներից մեկը զգաց վտանգը, կտրուկ ցատկեց տեղում ու նշան արեց մյուսներին: Սկսեցին վազել, բայց կիրճի անհարթությունները թույլ չէին տալիս արագ փախչել: Ամեն դեպքում, Վազգենի առաջին գրոհն արդյունք չտվեց. եղնիկը վերջին պահին մի կողմ ցատկեց, ու Վազգենի թաթերը բախվեցին գետնին: Ոչի՜նչ, այսպես նույնիսկ ավելի հետաքրքիր է: Նա կանգնեց, հայացքով գտավ եղնիկներին ու շարունակեց որսը: Այս անգամ որոշեց խորամանկել: Հեռվից մոտավորապես հաշվարկեց, թե որ կողմ են շարժվում: Շրջանցեց, իջավ կիրճի ամենահատակը, որտեղով նեղ, քարքարոտ արահետ էր անցնում, ու վեր սլացավ արդեն այնպես, որ փակի եղնիկների ճանապարհը: Այս անգամ հաջողվեց հանկարծակիի բերել, ու անբախտ խոտակերը հայտնվեց նրա ճանկերում: Իրենից շատ գոհ՝ վիշապն ավարը ձեռքին սլացավ դեպի լեռան գագաթը, ընթրեց ու պառկեց հանգստանալու: Ամպերն արդեն իջնում էին ու վերմակի պես փռվում Վազգենի վաղեմի բարեկամի անունը կրող սարին:

Հաջորդ օրը լսվեց կանչը:

***

Վազգենը գիտեր, որ իրեն վաղ թե ուշ կկանչեն: Ի վերջո, Վահագնին (այս երեխային չէ, այլ այն հին Վիշապաքաղին) խոսք էր տվել, որ կօգնի մարդկանց: Բայց հույս ուներ, թե որոշ ժամանակ կունենա ինքն իրեն նվիրելու համար: Ինչևէ, վիշապափողի զրնգոցը հստակ էր ու անբեկում: Դե ուրեմն, վերադարձ Երևան:

Եթե ինչ-որ մի խելոք դեմքով գիտնական Վազգենին նստեցներ բազկաթոռին, զինվեր նոթատետրով ու գրիչով, ու սկսեր հարցուփորձ անել, թե ոնց է աշխատում շեփորը, որով Վահագնը նրան հետ կանչեց, Վազգենը բացատրելու համար բառեր չէր գտնի ոչ ժամանակակից հայերենով, ոչ էլ իր հարազատ վաղնջահայերենով: Շեփորը պատրաստել էր Վահագնը. այն ժամանակ նա դեռ բնավ Վիշապաքաղ չէր, լավ էլ վիշապասեր էր: Վազգենը միակ վիշապը չէր, որ նորմալ շփում ուներ մարդկանց հետ, բայց, ինչպես սիրում էր բնութագրել Վահագնը, ամենամարդկայինն էր նրանցից (տարիներ անց հենց այդ բառը մյուս վիշապները պիտի օգտագործեն Վազգենի դեմ՝ որպես ապացույց, որ նա դավաճան է և արժանի չէ վիշապ կոչվելու): Եթե մյուս վիշապները նախընտրում էին չխառնվել մարդկանց գործերին, պնդելով, թե դրանք բոլորը նույնն են, ապա Վազգենն իրեն համարում էր *հայ վիշապ*. ի վերջո, նրա ամբողջ կյանքն անցել էր Հայոց լեռնաշխարհում, նա իրեն տանն էր զգում հենց այստեղ, այլ ոչ, ասենք, Չինաշխարհում. այնտեղի օձանման երկար վիշապներն էլ հաստատ իրենց ազգային պատկանելությունն ունեին: Եվ այսպես, նա մի անգամ չէ, որ օգնել էր Վահագնին հետ մղել Հայքի վրա հարձակում գործող օտար բանակները, զսպել լեռներում լկստվող հրոսակախմբերին և այլն: Մի անգամ էլ Վահագնը մի արձանագրությունում կարդացել էր, որ դարեր առաջ՝ Վազգենից էլ շատ ավելի վաղ ժամանակներում, ամենաարժան հայ զինվորներն ունեցել են հատուկ կապ վիշապներից մեկի հետ՝ կռվել են միասին, պաշտպանել միմյանց ու երբեք չեն դավաճանել իրար: Իսկ միմյանց ավելի հեշտ գտնելու համար մահացած վիշապների ոսկորներից հատուկ շեփորներ էին պատրաստվում: Վիշապաքաղ Վահագնը հարցրել էր իր ընկերոջը՝ հո դեմ չէ՞: Վազգենին զվարճացրել էր այդ պահը, և նա համաձայնել էր: Վահագնն ինքն իր ձեռքով պատրաստել էր շեփորը, զարդարել զարդաքանդակներով, որոնցում հաղորդագրություն էր ծածկագրել գալիք սերունդների համար, ու բազմիցս օգտագործել այն Վազգենին կանչելու համար: Վերջին անգամ՝ այն օրը, երբ բռնկվեց կենաց-մահու մարտը վիշապների և հայ ռազմիկների միջև...

Եվ այսպես, պատկերացնենք, որ 21-րդ դարի գիտնականը, այդուհանդերձ, հարցուփորձ է անում Վազգենին: Հարցնում է.

– Ինչպե՞ս է աշխատում այս գործիքը. չէ՞ որ աշխարհի ոչ մի շեփորի ձայն չի կարող այդքան տարածություն կտրել:

Վազգենը բերանը բացում է, որ բացատրի, բայց ախր ի՞նչ ասի: Լավագույն դեպքում այսպիսի մի բան.

– Ճիշտ եք, ձայներն այդքան հեռու չեն գնում, բայց այս շեփորի արձակածն այնքան էլ ձայն չի, այլ...– ախր ինչպե՞ս բացատրել վաղնջական ժամանակների մոգությունը,– մի խոսքով՝ ես ականջներով չեմ լսում այդ կանչը, այլ... այլ... ներսովս: Երևի սրտո՞վ,– բառեր չկան, լուրջ:

Ենթադրենք, որ գիտնականը դեմքի մտահոգ արտահայտությամբ նշումներ է անում նոթատետրում և հույսով բարձրաձայնում հաջորդ հարցը.

– Լավ, բայց ինչպե՞ս եք իմանում, թե որտեղից է գալիս ձայնը, ու որտեղ է պետք գնալ:

Վազգենը նորից խառնվում է իրար: Ո՞նց բացատրես, որ ինքդ էլ չգիտես, ուղղակի զգում ես, որ բարձրանում ես օդ, ու թևերդ իրենք քեզ տանում են այնտեղ, որտեղ քեզ սպասում է կանչողը՝ Վահագնը (այն ժամանակ Վիշապաքաղը, իսկ հիմա՝ դպրոցական Մադոնցը): Գիտես, ու վերջ:

– Իսկ կանչողը պետք է կանչի ու նստի տեղո՞ւմ, այսինքն՝ դուք գալիս եք այնտեղ, որտեղից հնչել է կա՞նչը, թե՞ այնտեղ, որտեղ գտնվում է կանչողը, կամ գուցե որտեղ այդ պահին գտնվում է շեփո՞րը,– գիտնականն ուզում է գոնե մեկ ռացիոնալ պատասխան ստանալ.– չէ՞ որ հնարավոր է այնպիսի տարբերակ, երբ կանչողը՝ Վահագն Վիշապաքաղը...

– Էն ժամանակ Վիհաշապաքաղ չէր, Վիշապասեր էր:

– Ինչ որ է, Վահագնը, հնարավոր է՝ որոշեր ձեզ կանչել ռազմաասպլով սլանալիս, ասել է թե՝ ընթացքից: Եվ չի բացառվում, որ կանչելուց որոշ ժամանակ անց նա լիներ արդեն մեկ-երկու ասպարեզ հեռու, կամ նույնիսկ հնարավոր է, որ մարտի թոհուբոհի մեջ մի քանի ասպարեզ հեռանալուց հետո թշնամին խլեր պարոն Վիշապաքաղից նրա շեփորը, և այսպիսով՝ պարոն Վիշապաքաղը, նրա վիշապաշեփորը և կանչի սկզբնական աղբյուրը հայտնվեին երեք տարբեր կետերում՝ իրարից բավական հեռու: Ու հարց է ծագում՝ ո՞ւր պիտի տանեն ձեզ ձեր հարգարժան վիշապաթևերը:

Վազգենը չէր կարող բացատրել, թե ինչու, բայց երևի շեփորի մեջ դրված մոգական ուժը ենթադրում էր, որ կարևորը կանչողն է, ու նման խնդրի դեպքում նա թռչում էր դեպի այն վայրը, ուր գտնվում էր Վահագնը՝ անկախ ամեն ինչից: Ու նույն պատճառով նա հիմա սլանում էր ոչ թե Պատմության թանգարան, որտեղից հնչել էր կանչը, և որտեղ դեռևս գտնվում էր անբացատրելի շեփորը, այլ Հրազդանի կիրճ՝ Մանկական երկաթուղի, որտեղ գտնվում էր Վահագն Մադոնցը:

***

Արայի լեռան գագաթից պոկվելուց շատ չանցած Վազգենը հասավ Երևանի կենտրոն: Բարեբախտաբար, մայրաքաղաքը կեսօրին սկսեց ծածկվել թանձր, աշնանային մշուշով: Մառախուղի միջով սահում էր դեպի Հրազդանի կիրճը, երբ զգաց, որ ինչ-որ բան խանգարում է, կարծես ոտքերից բռնած լինեին: Խառնվեց իրար, շրջվեց օդում՝ Վազգենը դեռ չէր տրամադրվել իր ցեղակիցների հետ հանդիպմանը, և առաջին միտքն այն էր, որ մյուս վիշապներն արդեն գրավել են երկիրն ու հիմա իրեն են որսում: Ընկավ գետին: Պրոսպեկտի բակերից մեկն էր: Լսվեցին ճտճտոցներ, ժանգոտ մետաղի ճռռոց, ու նոր միայն վիշապը նկատեց, որ հետևի թաթը բախվել է էլեկտրականության լարերից մեկին:

Աջ ու ձախ նայեց, գլուխը թափ տվեց. լավ էր, որ ոչ ոք չտեսավ նրա խուճապն ընդամենը մեկ լարի պատճառով: Ջհաշված բակային նստարանի տակ ծուլորեն պառկած փողոցային շանը, որն առանց տեղից շարժվելու մի երկու անգամ հաչեց, բայց հետո ալարեց որևէ բան ձեռնարկել անկոչ հյուրի նկատմամբ:

Վազգենը հանգիստ շունչ քաշեց, հետո նաև, տեսնելով սյունից կախված էլեկտրական լարը, իրեն մի քիչ մեղավոր զգաց, քանի որ բակի բնակիչները առնվազն մի քանի ժամ առանց լույսի էին մնալու: Բայց, ի՞նչ արած, նման բաներ պատահում են, երբ վիշապներին հանում են հազարամյա քնից:

Վերջապես հասավ այնտեղ, ուր Վահագնն ու իր դպրոցական ընկերները ռազմական շտաբի պես մի բան էին կազմակերպել: Միայն թե, ինչպես զարմանքով նկատեց Վազգենը, նրանք ոչ թե երեքով էին, այլ յոթ հոգով՝ այն օրվա խուլիգանները, որոնց վիշապը տեղը տեղին վախեցրել էր Մոսկովյանի շենքի մոտ, հիմա խելոք նստած լսում էին Վահագնին: Ու, դատելով բոլորի տեսքից, յոթնյակն ինչ-որ անախորժությունների միջով էր անցել: Եվ ինչ-որ բան Վազգենին հուշում էր, որ դրանց պատճառը թռչող հրեշներն էին:

***

Տեսարանն իսկապես հիշեցնում էր պատերազմական ֆիլմից մի կադր, որտեղ թշնամու կողմից շրջապատված զորախմբի մնացորդները թաքստոցում վիրակապում են վերքերն ու մտածում, թե ոնց պիտի դուրս պրծնեն շրջապատումից: Թաքստոցն այս դեպքում Մանկական երկաթուղու գնացքի՝ արդեն չօգտագործվող, լքված վագոններից մեկն էր, որի լուսամուտից էլ նրանց տեսավ Վազգենը վայրէջքի ժամանակ:

Վագոնի մի պատի տակ նստած էր Վահագնը, որն արդեն երրորդ անգամ փորձում էր Գևորին բացատրել, թե որտեղից են այս վիշապները, որոնք բնավ դինոզավր չեն: Արեգը Վահագնի կողքին նստած գլխով էր անում, կարծես դրանով Գևորին ինչ-որ բան ավելի պարզ կդառնար: Աստղիկը, մի փոքր հեռվում կանգնած, բաց նոթատետրի մեջ մատիտով նկարներ էր անում: Գևորը նստած էր առջևում՝ ձեռքերը հրացանին հենած: Վարդգեսը, Բուռչը և Խուճուճը հենվել էին պատին: Բուռչը բաց պատուհանի մոտ ծխում էր հոր գրպանից թռցրած գլանակները, բայց երբ Աստղիկը խնդրեց ծխախոտը հանգցել, Գևորի խիստ հայացքին չդիմանալով, խելոքխելոք հնազանդվեց: Գևորն արժանացավ Աստղիկի շնորհակալական հայացքին:

– Լավ, հասկացա,– ասաց Գևորը, թեպետ իրականում շատ բան չէր հասկացել,– էն մի քարը՝ Պապլավոկի մոտ, էդ դու ես տվել ցբխել: Հետո սկսել են մյուսները ցբխվել: Ու, փաստորեն, ձեր ընգեր դրագոնը մենակ չի, ու էլի լիքը դրագոններ կան: Ու իրանք ինձ էնքան էլ չեն դզում:

– Ըմ, հա, նման մի բան,– հաստատեց Վահագնը:

– Հիմի պտի մտածենք, թե սրանց հախից ոնց ենք գալի,– հաջորդ եզրակացությունն արեց Գևորը:

– Երևի քաղաքապետարանը, ԱԱԾ-ն, ոստիկաններն ու մնացած բոլորը արդեն նկատել են, որ ինչ-որ բան էն չի, ու երևի իրանք ավելի՞ լավ կիմանան՝ ինչ անեն, հը՞ն,– անվստահ խոսեց Արեգը, բայց նրան ուշադրություն չդարձրին:

– Հենց հիմա գնանք Մանումենտի տղերքին հավաքենք, տղերքն էլ իրանց ախպերներին զանգեն, մարդա մի լոմ վերցնենք ու գնանք՝ ցուց տանք դրանց,– առաջարկեց ռադիկալ Բուռչը,– ասենք, էս նենց բան ա, որ բոլորովս պտի համախմբվենք:

– Լավ ա ասում Բուռչը, դրագոններին դրագոնավարի պիտի դրագոնենք,– միացավ Խուճուճը:

Գնորը ոչինչ չասաց, բայց նրա դեմքի արտահայտությունից երևում էր, որ նա էլ է հակված հարցի ուժային լուծմանը:

– Չէ, չէ, ժող, էդ չի աշխատի,– շտապեց սաստել Վահագնը,– էս էնքան էլ ձեր պատկերացրածը չի: Այսինքն՝ մի հատին էսօր կարողացանք յոթ հոգով մի ձև լարենք էստեղից, բայց ոչ վիրավորեցինք, ոչ, առավել ևս, սպանեցինք: Վիշապների դեմ մենք մեր փոքր ուժերով, ինչքան էլ ախպերընգեր հավաքենք, խաղ չունենք: Էն էլ՝ 100-150 վիշապի դեմ. էդ մե՛նք էդքան վիշապաքարի գոյության մասին գիտենք, բա որ դրանից էլ շա՜տ լինեն: Ու մի հատ էլ կարևոր պահ՝ վիշապները հատուկ չարը չեն, էլի, իրանց գլխավորին մեկուսացնենք՝ հարցը կլուծվի:

– Շատ բարի ու պուպուշն են, բա ո՞նց,– հեգնեց Վարդգեսը, բայց լռեց՝ նկատելով Գնորի խիստ հայացքը:

– Բա ի՞նչ ես առաջարկում,– հարցրեց Գնորը:

– Փորձենք թաքուն գտնել վիշապների որջը, որը, մեր կարծիքով, պիտի էստեղ՝ ձորում լինի՝ գետին մոտ: Հասկանանք՝ գոնե մոտավոր քանիսն են ու ինչ պլաններ ունեն: Ու սպասենք Վազգենին: Ինքը կպատասխանի մեր մնացած հարցերին:

– Տէցի կոուգի Վզգո՞ն,– ենթադրեց Խուճուճը,– ինքը իրոք ջոգող տղա ա...

– Լավ, ասենք թե: Բա ո՞ւր ա էդ ձեր բարի Վզգոն,– քմծիծաղեց Գևորը:

Այդ պահին դխկոց լսվեց: Երեխաները վեր նայեցին ու տեսան, որ վագոնի առաստաղը փոս ընկավ: Տեղից վեր թռան ու պատրաստվեցին հարձակման, Գևորը բարձրացրեց հրացանը, Բուռչն ու Խուճուճը՝ մահակները: Բայց ակնթարթ անց պատուհանից խցկվեց Վազգենի ժպտերես մռութը:

– Դե բարի օր ձեզ,– ասաց Վահագնի ընկեր վիշապը:

15.
Մի հին պատմություն Վազգենի ու Վահագնի մասին

Երբ Վահագնը պատմեց, որ իրենք այս յոթնյակով քիչ առաջ կարողացել էին հետ մղել չղջիկանման մի վիշապի, Վազգենը բարձր գնահատեց նրանց ունակությունները, ինչպես նաև ուրախացավ կոնկրետ այդ վիշապին հիմար դրության մեջ գցելու համար: Բայց դա, իր խորին համոզմամբ, չէր նշանակում, որ դպրոցականների խումբը պատրաստ է իրական պայքար մղելու հրեշների դեմ:

– Կներես անհամեստ հարցիս համար, բայց ինչի՞ էն ժամանակ չասեցիր, որ մյուսներն էլ են գալու,– վերջապես իր դժգոհությունը հայտնեց Արեգը,– նենց ասեցիր, ո՛նց որ դու ես ու վերջ: Չէ՞, Վազ, ասա՛:

Վահագնն իսկապես ուրախացել էր Վազգենի վերադարձից, բայց Արեգի դժգոհությունն էլ միանգամայն տեղին էր: Եվ նա հարցական նայեց վիշապին, որն արդեն իսկ նեղված վիճակում էր, քանի որ խորհրդային գնացքների վագոնները նախատեսված չէին առասպելական էակների համար (եթե, իհարկե, չէին մասնակցում սոցիալիզմի կառուցմանը): Եվ հայացքը փախցնելով՝ հարցի պատասխանը սվաղելու փորձը, մեղմ ասած, համոզիչ չէր:

– Դե՛, ը՛ըը... Ես ինքս էնքան էլ չգիտեի...– դիմացի թաթով գլուխը քորելով ասաց Վազգենը,– մտածում էի, որ երևի մենակ ես եմ դուրս եկել... Թե չէ...

– Լավ էլ ամեն ինչ գիտեիր,– վրա տվեց Գևորը,– բայց բանի տեղ չդրեցիր: Էս խեղճ երեխեքին,– նա ձեռքով ցույց տվեց Վահագնին, Արեգին ու Աստղիկին,– մի կես բերան չասեցիր, թե կարող ա քո նմանները հարձակվելու են սաղիս ուտեն, ու թռար: Հլը մի բան էլ կարող ա դու իրանց հետ ես, իսկ մեր գլուխները հարթուկում ես, յանի դու լավն ես:

Ավարտելով մեղադրական խոսքը՝ Գևորը սպառնալից բարձրացրեց օդամղիչ հրացանը: Նրա երեք զինակիցները նույնպես տեղից կանգնեցին ու հարձակողական դիրք ընդունեցին:

– Հո՛պ, հո՛պ,– Վազգենը կտրուկ փորձեց ուղղվել տեղում, բայց քանի որ մոռացել էր վագոնի սահմանափակումները, գլուխն ուժեղ խփեց առաստաղին ու մեծ փոս առաջացրեց,– վա՛խխխ...

Նա աչքերը փակեց, հետո թաթը գլխին տարավ, փորձեց ցավը զսպել, հետո նորից բացեց աչքերը և հույսով լի նայեց Վահագնին: Բայց ինքն էլ արդեն շատ ուրախ տեսք չուներ:

– Վազգեն, ես, Արեգն ու Աստղիկը էսօր համարյա գողություն ենք արել, որի համար մեզ քիչ էր մնում բռնեին տանեին ոստիկանություն,– ասաց Վահագնը,– ու հենց մենակ քեզ կանչելու համար: Իսկ կանչելու իմաստը պատասխաններ ստանալն էր: Եթե բանի տեղ ես դրել ու եկել հասել ես, ուրեմն մեզ պատմելու բան ունես: Եթե չունես, մնաս բարով, մենք պիտի գնանք հետախուզման, որ պարզենք՝ ձերոնցից քանիսն են հավաքվել:

Վիշապը հոգոց հանեց: Ու սկսեց պատմել:

***

Արևը դանդաղ բարձրանում էր Գեղամա լեռների վրա: Լեռնաշղթայի յոթ տասնյակ գագաթները, որոնք նման էին քուն մտած ահռելի հսկաների, լուսավորվում էին ջերմ լուսաբացով: Սա կարող էր լինել Հայքի հերթական բեղմնավոր առավոտը, բայց Վահագնը գիտեր՝ այսօր ամեն ինչ փոխվելու է: Մինչև արևի մայր մտնելն այս հողերի տիրակալը կա՛մ վիշապները, կա՛մ մարդիկ կդառնան, համերաշխ գոյակցություն այլևս չի լինի: Թե՞...

Վահագն արքան կանգնած էր իր համեստ ամառային ապարանքի պատշգամբում ու նայում էր ծագող Արեգակին: Նրա մորուքն ու վարսերը նման էին բոցի, աչքերը երկնքի կապույտ էին՝ խոր, բայց մտահոգ, ինչպես փոթորկի սպասող երկինքը: Հետ նայեց: Ապարանքի կենտրոնում՝ հսկա վիշապագորգի վրա տեղադրված մահճակալին, քնած էր գեղեցկուհի Աստղիկը: Հառաչեց: Թեկուզ միայն հանուն իր դիցուհու Վահագնը պետք է փորձեր պահպանել խաղաղությունը, քանզի ինչպե՞ս կարող են կյանքը վայելել, եթե անվերջ պատերազմներ են: Նախորդ օրը երկար էին խոսել, Աստղիկն ասել էր, թե միշտ էլ կարելի է լեզու գտնել, բայց Վահագնը ցավով առարկել էր՝ միայն թե ոչ Աժդահակի հետ: Սա այլևս չէր ուզում երկիրը մարդկանց հետ կիսել ու չէր հավատում, որ մարդիկ ու վիշապները հավասար են: Եվ այսպես, վիշապների արքան զորքով շարժվում էր այստեղ:

Վահագն արքան մոտեցավ վարդագույն տուֆե սեղանին: Կում արեց գինու գավաթից ու նայեց սեղանին փռված մագաղաթին. Հայքի քարտեզն էր, որտեղ նշված էր հնարավոր մարտադաշտը: Վիշապները հարձակվելու էին արևելքից, Վահագնն իր զորքով պետք է պաշտպանվեր ու ամեն ինչ աներ, որ զորքերը ստիպված չլինեին նահանջել դեպի Սևանա ծովը: Բայց միայն քաջ զորքով վիշապների դեմ կռվելը քիչ էր, այստեղ ավելին էր պետք...

Ծագող Արեգակի կլոր սկավառակի վրա սև կետ երևաց: Կետը մեծացավ, խոշորացավ, թևեր առավ, ու քիչ անց Վահագնը նկատեց խոյանման եղջյուրներով կարմրավուն վիշապին: Վահագնը վիշապին դեռ խաղաղ օրերից գիտեր, ինքն էր կանչել՝ հույժ գաղտնի, և գնաց նրան ընդառաջ: Վիշապը վայրէջք կատարեց պատշգամբի բազրիքին, նրա սրածայր պոչը կախվեց օդում, իսկ թևերը կիսաբաց մնացին. երևում էր, որ չի պատրաստվում երկար մնալ: Վահագնը հարցական նայեց վիշապին, որին գիտեր դեռ այն ժամանակներից, երբ մարդիկ ու վիշապները չէին էլ ենթադրում, թե մի օր իրենց միջև պատերազմ է ծագելու: Վիշապը գլուխը կախեց ու օրորեց՝ «ոչ»: Վահագնը մի պահ աչքերը փակեց՝ վերջնականապես գիտակցելու համար. այսօր կռիվ է լինելու:

Վահագն արքան աչքերը դեռ չէր բացել, երբ զգաց, որ վիշապն իր մեծ թաթով բռնել է իր ձեռքը: Առաջին միտքը՝ վաղեմի բարեկամը նույնպես թշնամի է դարձել, և սա վերջն է: Վիշապը ձեռքը շրջեց և մյուս թաթի երկար սուր ճանկով ոչ խոր կտրեց մարդու ափը, այնպես, որ թեթև արնահոսեց: Վահագնը զարմացավ, բայց տեսավ, որ վիշապի աջ թաթն էլ է արնահոսում: Վիշապն այդ արյունոտ թաթով սեղմեց Վահագնի ձեռքը, և երկուսի բաց վերքերը հպվեցին իրար: Վահագնին թվաց, թե ժամանակը կանգ առավ, նա հայտնվեց ժամանակից ու տարածությունից դուրս, իսկ մի անհայտ ուժ կարծես տարածվում էր երակներով, մարմնով մեկ: Կողքից նայողը կնկատեր նաև, որ Վահագնի կարմրահեր մորուքը մի ակնթարթ բառացիորեն բոցավառվեց, բայց նույնքան արագ հանգեց: Երբ ուշքի եկավ, վիշապն արդեն չկար:

Փոխարենը սեղանին հայտնվել էր խորհրդավոր մի պատյան: Վահագնը բացեց այն և կողք կողքի դրեց քարե փայլուն սև սայրն ու գրերով ծածկված մագաղաթե գալարաթուղթը։ Մռայլ դեմքին վերջապես հույս փայլեց, բռցավառ մորուքի մեջ հազիվ նկատելի ժպիտ գոյացավ. Հասկացավ, որ ընկերոջ օգնությամբ հնարավորություն է ստացել հաղթելու թշնամուն։ Պետք է այսօր նեթ զինել բոլորին։ Երբ Աժդահակն ընկնի, զինվորները կխոցեն նաև մյուսներին...

***

Մարտն ընթանում էր արդեն մի քանի ժամ։ Արեգակը պատրաստվում էր մայր մտնել։ Վիշապների զորքը զորեղ էր։ Մեծամասնությունը՝ զինվորները, հայոց դաշտերում ապրող ամենամեծ ցլերից էլ երկու-երեք անգամ խոշոր էին, իսկ պոչերը կարող էին մի քանի մետրի հասնել։ Նրանք թևեր ունեին, և կարող էին սավառնել, օդից հարձակվել, վերևից հուր թողնել ու այրել միայն սովորական զենքերով զինված մարդկանց։ Ճիշտ է, Վահագնը պաշտպանություն էր կազմակերպել, մարդիկ ունեին նետ ու աղեղներ, նիզակներ, խորամանկ սարքեր, որոնցով կարելի էր վերը թևածող վիշապին խոցել, բայց դա քիչ էր...

Գյուղերն այրվում էին, դաշտերը՝ մոխրանում։

Իսկ Աժդահակը՝ վիշապներից ամենահսկան ու ամենաչարը, և նրա օգնական հրեշները դեռ չէին մտել մարտի մեջ։ Նրանք դիտում էին ավերածությունները Գեղամա լեռների ամենաբարձր գագաթից, որի խառնարանում լճակ էր գոյացել, ու սպասում իրենց պահին։ Աժդահակը վաղուց էր ծրագրում այս օրը, երբ վիշապները վերջապես կստանան իրենց հասանելին, իսկ մարդիկ կծառայեն իրենց՝ հրեղեններին, որ ծնվել էին Հայքի հրից վաղնջական ժամանակներում՝ մարդկանցից հազարամյակներ առաջ... Աժդահակի կարմիր աչքերը փայլեցին, ռունգերից ծուխ ելավ, ամբողջ մեջքը ծածկող սուր-սուր ելուստները փայլատակեցին, հսկա թևերը, որոնցով կարելի էր ձիերի մի ամբողջ երամակ ծածկել, սպառնալից բացվեցին. Աժդահակը պատրաստվում էր միանալ մարտին: Սակայն վերջին պահին ուշադրությունը շեղեց կողքից իր հավատարիմ հպատակ սառնաշունչ Դժնդակի ձայնը. նա, առանց Աժդահակի աչքերին նայելու, խոնարհ, բայց ռազմատենչ ձայնով ուշադրություն էր հրավիրում լեռան ստորոտին: Այնտեղ, չնայած խորդուբորդություններին ու դժվարանցանելիությանը, ձին հեծած դեպի վեր էր սլանում բոցամորուս Վահագնը: Մի ձեռքով սանձն էր բռնել, մյուսով, որի բազկից կապված էր նաև կլոր վահանը, պատրաստ պահել էր թուրը: Աժդահակը նկատեց Վահագնի օղազրահի հետևի մասում փակցված նետուաղեղը: Վահագնը գլուխը բարձրացրեց, հայացքով հանդիպեց հրեշին, թուրը պարզեց՝ կարծես զգուշացնելով Աժդահակին:

Օդը ցնցվեց վիշապի լկտի քրքիջից: Չորեղ Աժդահակի ծիծաղի պատճառը հեծյալի հանդգնությունն էր: Մի՞թե պատրաստվում է մենամարտի բռնվել իր՝ Վիշապաց Վիշապի հետ, իր ճղճիմ երկաթի կտորներով զինված... Այդ պահին Վահագնի աջ կողմից՝ թանձրացող մշուշի միջից, վրա տվեց զինվոր վիշապներից մեկը: Նախ ձիավորի վրա հորդաց կրակի շիթը: Վահագնն ընթացքից հասցրեց բարձրացնել վահանը և զրկվելով սաղավարտից՝ փրկվել հրից: Սաղավարտն ընկավ ու գլորվեց: Վիշապն օդում շրջվեց, հեռացավ, որպեսզի թափ առնի, վերալիցքավորվի ու վերադառնա նոր հրով: Աժդահակը լրջացավ ու սկսեց ավելի լարված հետևել տեսարանին:

Երբ վիշապը նորից հարձակվեց, Վահագնը հասցրել էր թուրը պատյանը դնել ու թամբից կախած պարկից հանել պարանը, որի երկու ծայրերին մետաղյա գնդեր էին ամրացված: Եվ այն պահին, երբ զինվոր վիշապը երախը բացեց՝ կրակի նոր շիթ թողնելու համար, պարանն այնպես նետեց, որ ծանր գնդերի շնորհիվ այն փաթաթվեց հրեշի մողեսանման մռութի շուրջ: Շփոթված վիշապը հավասարակշռությունը կորցրեց, երախից դուրս չպրծած հրի պատճառով սկսեց խեղդվել ու խոցված վիթխարի թռչնի պես տապալվեց լեռան ստորոտին: Վիրավոր հրեշն այլևս չփորձեց հետապնդել Վահագնին, իսկ նա արդեն շտապում էր դեպի Աժդահակը:

Աժդահակը կտրուկ ցատկեց տեղից ու վեր խոյացավ դեպի գագաթը: Ներքևում վիշապներն ու մարդիկ կենաց-մահու կռիվ էին տալիս: Դաշտը ծածկված էր վիրավորներով, ծառերն այրվում էին, թվում էր, թե ամբողջ Հայքը ծխով ու դաժանությամբ էր պատված: Վահագնը շտապում էր վերև: Հասկանում էր, որ այս ամենը կանգնեցնելու մի ձև կա՝ տապալել Աժդահակին:

Վիշապաց Վիշապը, գագաթից մի քանի մարդաբոյ բարձրության վրա սավառնելով, սպասեց այն պահին, երբ Վահագնը, արդեն ուժասպառ, ձիով գագաթին հասավ: Աժդահակի կարմիր աչքերը ցոլացին, երախը բացվեց, ու կրակի վիթխարի բոցը հորդեց դեպի Վահագնը: Վախեցած ձին ծառս եղավ ու ընկավ տեղում, իսկ ձիավորը վերջին պահին հասցրեց ցատկել ու հոդին պտույտ տալով հասնել լեռան գագաթի խառնարանում գոյացած լճակը: Վահագնը ոտքի կանգնեց ու պատյանից հանեց թուրը: Աժդահակը նորից բոց թքեց: Վահագնը կարողացավ այս անգամ էլ խուսափել դրանից, բայց երբ թուրը պատրաստ ոտքի կանգնեց, հասկացավ, որ երկար չի դիմանա՝ աջ ձեռքն այրվել էր, ոտքը վնասվել էր ձիուց ցատկելու պահին: Պետք էր շատ արագ գործել:

Վիշապաց Վիշապն իր բարձունքից տեսավ, որ հանդուգն հակառակորդը հանձնվում է: Այլապես ինչպե՞ս բացատրես, որ Վահագնը հանկարծ մի կողմ շպրտեց թուրն ու հուսահատ հայացք նետեց իր՝ Վիշապաց Վիշապի վրա: Բայց հաջորդ պահին... ի՞նչ... Աժդահակը զարմանքով տեսավ, որ Վահագնը վերցնում է մեջքին գցած աղեղն ու պատյանի միակ նետը և նշան բռնում Աժդահակին: Մոլեգնած հրեշի աչքերը նորից սկսեցին վառվել: Նա հավաքեց ներքին կրակը, որպեսզի մեկընդմիշտ լուծի մարդկանց զորավարի հարցը: Վահագնը նշան բռնեց վիշապի՝ անխոցելի զրահամաշկով պատված լայն կրծքին: Աժդահակն այնքան վստահ էր սեփական անխոցելիության վրա, որ մտքով էլ չանցավ խուսափել: Մտածեց՝ թող փորձի ճղճիմը, թող տեսնի՝ ինչպես է իր խեղճուկրակ նետը կոտրվում ու ընկնում ցած, իսկ ակնթարթ անց նա կկորչի Աժդահակի պատժիչ կրակի մեջ: Ահա, կրակն արդեն հավաքվում էր վիշապի զորեղ մաշկի տակ, նա զգում էր՝ ինչպես է տաքանում մարմինը, ռունգերից ծուխ էր դուրս գալիս... Իսկ երբ նկատեց, որ Վահագնի արձակած նետը սովորական չէր, այլ վանակատից պատրաստված սուր ծայրով, որի վրա արծաթ փայլով պսպղում էր վիշապաքուրը, արդեն ուշ էր: Աժդահակը սարսափահար փորձեց խույս տալ հարվածից, բայց նետի սև ծայրը ծակեց-անցավ զրահապատ կուրծքը, և վիշապը զգաց, թե ինչպես է հուրը սառնության վերածվում: Նա թաթերը տարավ նետին և հուսահատ փորձեց մարմնից հանել, մինչ թևերն անկանոն սկսեցին թպրտալ երկնքում: Մարմինը կորցնում էր ճկունությունն ու ծանրանում: Վիրավոր վիշապն ընկավ խառնարանի մեջ, ուր լճի ափին կանգնած էր Վահագնը: Աժդահակը հասկացավ, որ թունավոր նետից է՛լ փրկություն չունի, բայց դեռ կարելի էր ոչնչացնել Վահագնին: Վերջինս մի կողմ նետեց աղեղն ու նետվեց թրի հետևից: Աժդահակը թաթերով բռնեց Վահագնին ու փորձեց օդ բարձրանալ, հասնել ամպերին, բայց թևերն ընդամենը մի քանի անգամ թափահարելուց հետո թրով ուժեղ հարված ստացավ պարանոցին: Խոցված հրեշի զրահն այլևս այդքան զորեղ չէր: Փորձեց սեղմել ճանկերն ու այդպես ոչնչացնել Վահագնին, բայց թշնամին, ինչպես երևում է, սովորական մահկանացու չէր: Աժդահակը Վահագնի մարդկային մարմնի մեջ զգում էր անմարդկային մի ուժ: Եվ սրանից է՛լ ավելի էր զայրանում:

Ակնթարթ անց զարմացած վիշապները տեսան, թե ինչպես են Աժդահակն ու Վահագնը ամպերի միջից իրար հետ օդում մարտնչելով խառնարանի լիճը սլանում: Մինչ ջուրն ընկղմվելը, մշուշի միջից լսվեց Աժդահակի ահարկու մռնչյունը՝ «Ես դեռ կվերադառնա՜մ և կոչնչացնեմ քո ամբողջ տեսա՜կը», որ թնդաց գորշ երկնքով, ու արձագանքը տարածվեց Գեղամա լեռներով մեկ:

Որոշ ժամանակ լճի հայելին անշարժ էր, ու կարելի էր կարծել, թե երկու թշնամիները միասին ընկել ու զոհվել էին՝ առանց մեկը մյուսին հաղթելու (ավելի ճիշտ՝ երկուսն էլ պարտվելով): Բայց հանկարծ լճի հարթ մակերեսը պատռվեց, ու զարհուրելի մռնչյունով դուրս ցատկեց Աժդահակը՝ Վահագնը մեջքին հեծած: Վիշապի մռնչյունն անավարտ մնաց, քանի որ թունավոր նետն արեց իր գործը. Աժդահակը սառեց տեղում, անշարժացավ ու վերածվեց քարի մի հսկա բեկորի, որի մակերեսին դաջվեցին պարտվող հրեշի ուրվագծերը: Արդեն քարացած Աժդահակը կրկին տապալվեց ջրի մեջ ու այլևս դուրս չելավ, իսկ Վահագնը, լճից դուրս գալով, վերադարձավ մարտի դաշտ: Նրա զինվորները վիշապաջրով ցողված զենքերով արդեն հաղթում էին մյուս վիշապներին:

***

Խոյանման եղջյուրներով վիշապը Վահագն արքային հանդիպեց մարտից մի քանի օր հետո՝ հեռավոր ու մեկուսի մի ժայռի վրա՝ ուշ գիշերով: Վահագնը նրան կանչել էր վիշապափողով, որ շնորհակալություն հայտնի հին ընկերոջը: Ափսոսաց, որ մարդիկ այդքան կոշտ էին վարվել բոլոր վիշապների հետ: Բայց նաև ասաց, որ իրեն՝ խոյանման եղջյուրներով վիշապին, ոչինչ չի սպառնում. կարող է հանգիստ ապրել Գեղամա լեռներում: Վիշապը, սակայն, գլխիկոր էր: Նա չէր ուզել, որ հաղթողներ ու պարտվողներ լինեն, այլ ուզել էր, որ ամեն ինչ մնար նույնը, և մարդիկ վիշապների հետ շարունակեին ապրել միասին: Իսկ այսպես իր ազատ մնալն էլ իմաստ չուներ: Վահագնը փորձեց սփոփել ընկերոջը: Ասաց, որ կգա ժամանակը, երբ վիշապները կարթնանան, ու այս անգամ արդեն մարդիկ նրանց համերաշխության ձեռք կմեկնեն: Վիշապը դառը քմծիծաղով նկատեց, որ Աժդահակը դժվար թե համաձայն լինի այդ տարբերակին: Վահագնը մռայլվեց: Որոշ ժամանակ երկուսով լուռ նայում էին աստղազարդ երկնքին:

– Հիշի՛ր, որ վիշապներին կարող է արթնացնել միայն քո հետնորդների արյունը,– վիշապի հայացքն ընկավ Վահագնի կրծքին՝ թելից կախված փոքր (ծիրանի կորիզի չափ կլիներ), թափանցիկ գնդին, որի ներսում նշմարվում էր ալ կարմիր հեղուկը,– ու միայն նրանք էլ կարող են նորից հաղթել Աժդահակին՝ վիշապաքարի միջոցով:

– Խոստացիր, որ կօգնես, եթե Աժդահակը նորից կռիվ սկսի:

– Խոստացիր, որ մարդիկ համերաշխության ձեռք կմեկնեն:

Վահագնը չպատասխանեց. ինքն էլ շատ լավ գիտեր, թե որքան դաժան կարող են լինել մարդիկ:

– Խոստանո՞ւմ ես,– հարցրեց վիշապը:

Նայեցին միմյանց աչքերին: Վահագնը, որին այսուհետ կոչելու էին Վիշապաքաղ, գլխով արեց ու հատուկ այս պահի համար պատրաստված վանակատե դաշույնը ընկերոջ թաթի մեջ խրելով հեռացավ: Քիչ անց ժայռի վրա չկար էլ ոչ մի կենդանի էակ, միայն մի հուշակոթող, որը դարեր անց բանից անտեղյակ մարդիկ որպես զարդ կտանեին իրենց նոր քաղաքը և կտեղադրեին զբոսայգում՝ անցնող փոքրումեծերին ուրախացնելու համար:

16.
Հրազդանի կիրճի զինված ընդհարումը

Հիմա Մանկական երկաթուղու լքված վագոնում նստած Վազգենը շարունակում էր պատմել: Նա պատմել էր իր մարդ-ընկերոջը շատ ավելի վաղ ժամանակներում ստեղծ-ված մի նյութի մասին, որն ուներ մոգական ուժ: Այդ հե-ղուկի մեջ թաթախած նետը, վիշապի մաշկը ծակելով, ոչ թե վիրավորում էր նրան, այլ քարի վերածում: Ժամանա-կավոր: Այնպես որ՝ երբ կրքերը հանդարտվեն, վիշապ-ներին վերադարձվեր ազատությունը: Եվ դա կարող էր անել միայն Վահագն Վիշապաքաղի արյունակիցը, քանի որ վիշապների հետ որոշիչ մարտից առաջ մարդկանց առաջնորդը հավելյալ զորություն էր ստացել (Վազգենը չպատմեց մանրամասները, քանի որ մինչև հիմա մի տե-սակ նեղվում էր այն մտքից, որ անմիջականորեն օգնել էր մարդկանց՝ վիշապներին հաղթել): Ինչպես երևում էր իր և մյուսների՝ քարե կապանքներից դուրս պրծնելուց, Վա-հագնի այդ անհայտ հետնորդը, չգիտակցելով, հերթով ազատում էր նրանց:

– Ուրեմն Աժդահակին է՛լ պիտի ազատեն,– սարսափած հարցրեց Վահագնը:

– Եթե ձեռքի տակ ունեն Վիշապագիրն ու Վիշապաքաղի հետնորդի արյունը, բոլորին էլ կզատեն,– ենթադրեց Վազգենը՝ բացատրելով, որ, այդուհանդերձ, ապագայում երկու տեսակների միջև բարիդրացիական հարաբերությունների վերականգնումը ծրագրելով, Վահագնը գրի էր առել և հաջորդ սերունդներին փոխանցել վիշապներին և՛ արթնացնելու, և՛ նորից քարացնելու եղանակները. ինչ իմանաս՝ ինչ կլինի: Ու նույնիսկ իր արյունից մի կաթիլ պահել էր այդ ձեռագրի շապիկին փակցված բյուրեղի մեջ:

– Ուղղակի, ամբողջ իմաստն էն էր, որ վիշապները դուրս գան միայն, երբ երկու կողմն էլ պատրաստ լինեն համերաշխության,– հավելեց Վազգենը,– իսկ ես հիմա տեսնում եմ կատաղած վիշապների ու նրանցից սարսափած մարդկանց: Էս էր իմաստը: Ոչ թե Աժդահակի ու Դժնդակի հերթական պատերազմը բանից անտեղյակ մարդկության դեմ:

Բուռչը սկսեց հիստերիկ ռոհռալ: Բոլորը նրան նայեցին:

– Աժդահակ, Դժնդակ, Ժան-Ժակ, չէ մի չէ՝ Դը Բերժերա՛կ, էս ի՞նչ խոխմա անուններ են, ահահահա՛,– չէր հանգստանում պատանին:

Վազգենը գլուխն օրորեց ու շարունակեց: Հավանաբար, Աժդահակի աջ ձեռք Դժնդակն էր նորից հավաքում վիշապների զորքը: Բայց նա չէր հանդգնի ինքնուրույն պատերազմ սկսել մարդկանց դեմ. նա չափազանց հավատարիմ էր իր նախկին հրամանատարին: Ուրեմն Դժնդակն այս պահին զբաղված էր Աժդահակին ազատելու ուղիներ փնտրելով: Իսկ երբ հրեշն արթնանար, նրա զորքն արդեն կազմ ու պատրաստ կլիներ: Իսկ արթնանալուց հետո նրա նպատակները հավանաբար կլինեին նույնը, ինչ նախքան Վիշապաքաղի հետ ճակատամարտը՝ ապացուցել, որ վիշապներն ամենազորեղ տեսակն են աշխարհում, գրավել աշխարհին ու ստրկացնել մարդկանց: Աժդահակը կկսեր

Հայաստանից, հետո իրենով կաներ ամբողջ Հայոց լեռնաշխարհը, հետո իր շուրջ կմիավորեր աշխարհի բոլոր վիշապներին՝ բրիտանական, չինական, արաբական ու նույնիսկ Գոռինիչին:

– Մի րոպե, բայց...

– Անհամեստ հա՞րց,– ենթադրեց Աստղիկը:

– Այո, շա՛տ անհամեստ,– հոնքերը կիտեց Արեգը:– Եթե Աժդահակը մշտնջենական քարի էր վերածվել, ո՞նց պիտի էդ ամեն ինչն անի, չհասկացա:

– Դե, պիտի ինչ-որ տեղից գտնի վիշապաքարի բաղադրատոմսը,– ուսերը թափ տվեց Վազգենը:

– Բայց որտեղի՞ց,– հարցրեց Աստղիկը,– ո՞ւմ օգնությամբ:

– Միակ տարբերակը, որ մտքիս կա՝ Սյունին,– արտաբերեց Վահագնը,– մերոնց հին ծանոթը, ժամանակին միասին էին աշխատում հնագիտության ինստիտուտում,– Վահագնը բաց թողեց տատիկի պատմած այն մասը, որ Սյունին սիրահարված էր մայրիկին,– հետո մի քիչ գժվեց: Պապան մի անգամ ծիծաղելով ասում էր, որ Սյունին ոչ թե հնագիտությամբ էր զբաղված, այլ իրեն քուրմի տեղ էր դրել ու բոլորին համոզում էր, թե վիշապները իսկական են, ոչ թե հորինվածք, ու մի օր վերադառնալու են:

Վազգենը զարմացած սկսեց աչքերը թարթել:

– Չեմ ուզում աննրբանկատ երևալ, բայց երևի էդ Սյունին ավելի լավ հնագետ էր, քան ծնողքը քո, քանզի ամեն ինչ ճիշտ էլ հասկացել էր,– մի տեսակ անհարմար զգալով ասաց նա, բայց լռեց, երբ տեսավ Վահագնի ապտակ-հայացքը:– Լավ, լավ, որոշենք հետագա անելիքները: Առաջարկում եմ անել էն, ինչ դուք առանց ինձ էլ անելու էիք. հետախուզենք տարածքը: Ես գալուց որոշ ակտիվություն նկատեցի էն մեծ կամուրջի շրջակայքում:

Խումբը շարժվեց դեպի Կիևյան կամուրջ:

***

Երեխաները քայլում էին գետի ափով՝ երկու-երեք հոգանոց շարքով, իսկ Վազգենը դանդաղ տեղաշարժվում էր օդով՝ նրանցից մի քանի մետր բարձրության վրա. այդպես ավելի ապահով էր, քանի որ մշուշը թաքցնում էր նրան: Ճանապարհին Արեգին հանկարծ հետաքրքրեց, թե ուրիշ ի՛նչ վիշապներ կան աշխարհում. նա դրանց գիտեր միայն ֆիլմերից, բայց հիմա մտքով անցել էր, որ իրականությանն ավելի մոտ կլինեն հին առասպելները:

– Ուղղակի ուզում եմ պատկերացնեմ, որ եթե Աժդահակը սաղանա ու սկսի աշխարհի վիշապներին միավորել, մեզ է՛լ ինչեր են սպասում, էլի,– բացատրեց նա:

Վահագնը, որ, ուզած-չուզած, թեմային քաջատեղյակ էր, պատմեց՝ ինչ հիշում էր: Վիշապների մասին առասպելներ կան գրեթե բոլոր հին մշակույթներում: Հնագետներն ու պատմաբանները երկար ժամանակ փորձում էին հասկանալ, թե որտեղից այդ ընդհանուր թեման, ինչո՞ւ իրար հետ որևէ կապ չունեցող երկու ազգեր դարեր շարունակ ունեցել են այդ պատումները: Տարբերակներից մեկն այն էր, որ մարդիկ հնուց վախեցել են օձերից, այլ տեսակի սողուններից ու գիշատիչ թռչուններից: Ու այդպես, որպես վախի մարմնավորում, ստացվել են թևավոր, գիշատիչ, սողունանման վիշապները: Բացի դրանից, այլ մասնագետների կարծիքով, դեր է խաղացել այն, որ հավանաբար միջնադարում մարդիկ պատահմամբ հայտնաբերել են դինոզավրերի մնացորդներ, բայց գաղափար չունենալով նախկինում դրանց գոյության մասին՝ միայն սնել են երևակայությունը:

– Դե, հիմա իմացանք, որ հեչ էլ վախեր չեն, այլ ուղղակի իրականում եղել են,– արձանագրեց Աստղիկը:

Բայց, միևնույն ժամանակ, աշխարհի տարբեր մասերում վիշապներն ունեին որոշակի յուրահատկություններ:

Չինականները կարող էին առանց թևերի սավառնել, իսկ եվրոպականները սովորաբար ունենում էին մողեսանման մարմիններ, թևեր ու հուր էին շնչում: Սլավոնական ազգերի վիշապները շատ նման էին իրենց եվրոպական բարեկամներին, բայց հաճախ՝ մի քանի գլխանի: Վահագնին ամենալավ հայտնի օրինակը ռուսական հեքիաթների միջի Զմեյ Գորինիչն էր:

– Զմեյը հավես տիպ էր, մի երկու անգամ հանդիպել ենք: Բայց անընդհատ ընկճախտի ու ինքնորոշման ճգնաժամի մեջ էր, երեք գլուխներն իրար հետ լեզու չէին գտնում,– վերևից լսվեց Վազգենի ձայնը,– չնայած Ռուսիայի ձմեռների միջով ո՞վ անցնի ու չընկճվի:

– Դու Բաբա-Յագային էլ կճանաչես,– ասաց Արեգը:

– Փֆֆֆ, էս մարդիկ որ չեն սկսում հեքիաթները իրականության հետ խառնել, նյարդերս իրար են գալիս,– մշուշի միջից երևաց Վազգենի գլուխը,– մի՛ խառնեք մեզ փիսիկմիսիկների ցեղերին, մայաղէզ լիցի՛մ:

– Վազգեն, իսկ կարո՞ղ ենք որևէ կերպ լեզու գտնել մյուս վիշապների հետ,– հանկարծ խոսեց Աստղիկը,– չգիտեմ, մի կերպ հիշեցնենք քո նկարագրած հին, լավ ժամանակները, երբ մարդիկ ու վիշապները ընկերներ էին, խոստանանք, որ հիմա էլ ամեն ինչ լավ կլինի:

– Աժդահակին ու Դժնդակին արդեն չես համոզի, մյուսների հետ կարող ենք բանակցել,– անվստահ ասաց Վազգենը,– բայց էստեղ մենակ վիշապների հարցը չի: Ես ավելի շատ մյուս կողմի վրա եմ կասկածում:

– Ո՞ր կողմի,– զարմացավ Աստղիկը:

– Մարդկանց,– վիշապի փոխարեն պատասխանեց Վահագնը (Վազգենը գլխով արեց. տղան ճիշտ էր կռահել),– եթե նույնիսկ վիշապներին համոզենք, որ կարող ենք ձեռք ձեռքի բռնած ընկերություն անել, մարդիկ էդքան հեշտ չեն համոզվի:

– Դե լավ, հա, 21-րդ դարո՞ւմ,– ասաց Աստղիկը,– մենք հո վայրագ միջնադարո՞ւմ չենք:

– Վախը 23-րդ դարում էլ կմնա վախ, մարդն էլ՝ մարդ,– անսպասելի փիլիսոփայեց Գևորը,– դու ուղղակի քո պուպուշ փուչիկի մեջ ես մեծացել ու չես տեսել՝ ինչի ա ընդունակ վախեցած մարդը: Իսկ դրագոնները նենց կվախացնեն մարդկանց, որ ինչքան էլ ժպտան ու ասեն, որ իրանք մեր դեմ չեն, մարդիկ երկար տակն են անելու:

Լռություն տիրեց: Արեգի մտքով անցավ՝ հարցնել Գևորին, թե նա՞ որտեղ է տեսել վախից վայրագությունների ընդունակ մարդկանց, բայց ճիշտ պահին որոշեց, որ լավ միտք չէ: Իսկ Աստղիկը չէր համակերպվում, որ պատերազմն անխուսափելի է:

Դատարկ ճանապարհի կողմից լսվեց մեքենայի անիվների ճռռոց, ու մշուշի միջից դուրս պրծավ սպիտակ գազելը: Մեքենան ճռռոցով կանգ առավ ուղիղ երեխաների քարավանի հարևանությամբ: Բոլորը լարվեցին, Գևորի թիմը համենայնդեպս զենքերը պարզեց: Վազգենը նույնպես զգոնացավ, բայց մնաց վերևներում. առայժմ պարզապես հետևում էր տեղի ունեցողին: Երթուղայինի դիմապակու տակ երևում էր երթուղու համարը, տակն էլ նշված էին փողոցները, որտեղով այն պետք է անցներ: Հրազդանի առափնյա փողոցն այդ ցուցակի մեջ ոչ մի կերպ չէր կարող լինել: Ավելին՝ երթուղայինը դատարկ էր. ոչ մի ուղևոր, միայն վարորդը: Հենց նա էլ դուրս եկավ մեքենայից ու մոտեցավ երեխաներին:

– Երեխեք, էն կողմ մի գնացեք,– տագնապած ձայնով խոսեց վարպետ Վալոդը,– գնացեք Պրոսպեկտ, Կինյանից հեռու մնացեք:

– Ինչի՞, ի՞նչ կա էն կողմերը,– կասկածանքով հարցրեց Գևորը:

– Չգիտեմ էլ, թե ոնց բացատրեմ...– վարորդը, ինչպես երևում է, չէր պատկերացնում, թե որքան բան գիտեն վիշապների մասին այս դպրոցականները,– բայց հաստատ գիտեմ, որ երեխեքի գնալու տեղ չի:

– Դե հո կրակ թքող դրագոնից վտանգավոր բան չի լինի, հը՞,– կեսկատակ արտաբերեց Խուճուճը, և ընկերները սկսեցին ծիծաղել:

Վարորդը սփրթնեց:

– Վիշապների մասին ի՞նչ գիտեք, հլը ասեք՝ իմանամ,– հարցրեց նա:

Գևորն ու Վահագնը նայեցին միմյանց՝ փորձելով արագ կողմնորոշվել, թե որ կողմ տանեն այս խոսակցությունը:

– Մենք մի էրկու բան գիտենք,– լուրջ ձայնով ասաց Գևորը,– բայց ավելի հետաքրքիր ա, թե դու ինչ գիտես, ուստա ջան:

Վարորդը զայրացավ:

– Է՜հ դե, հերիք ձեզ մեծի դեղ դնեք, ո՜ւֆ, ինչ ուզում եք արեք,– բացականչեց նա, շրջվեց, մտավ երթուղայինի մեջ ու դուռը շրխկացրեց, բայց չհասցրեց ճանապարհը շարունակել. ճամփան կտրեց Վազգենը:

– Հարգելի պարոն, կներեք երեխեքին. էսօր չափից դուրս շատ բան են տեսել, մոռացել են մեծերի հետ խոսելու ձևը,– հնարավորինս քաղաքավարի ձայնով խոսեց վիշապը,– բայց եթե դուք որևէ բան գիտեք վիշապների մասին, ինձ չհաշված, խնդրում եմ, եկեք խոսենք:

Ուստա Վալոդը դողացող ձեռքերով գրպանից հանեց ծխախոտն ու դրեց բերանը, բայց այդպես էլ հրահանը չգտավ:

***

Խումբը խցկվեց երթուղայինի մեջ: Տեղավորվեց նույնիսկ Վազգենը («Իմ քարում ավելի շատ տեղ կար, քան ձեր կառքերում»,– փշշացրեց նա): Իսկ ահա թե ինչ պատմեց 59 համարի երթուղայինի վարորդ ուստա Վալոդը, որի կողքին՝

դիմացի նստարանին, տեղավորվել էին Վահագնը, Աստղիկն ու Արեգը:

Վալոդենց ընտանիքում սերնդեսերունդ փոխանցվել էր մի քրքրված ձեռագիր. շապիկի վրա՝ կենտրոնում փակցված էր եղել մի խամրած կարմիր քար, ներսում՝ բոլորովին անհասկանալի գրաբար գրություններով ու տարօրինակ պատկերներով մի քանի էջ: Որտեղից էր հայտնվել, ինչ գործ ուներ իրենց ընտանիքում՝ հայտնի չէր: Վալոդը միայն հիշում էր, որ երբ փոքր էր, պապը («Հին Էրևանի առաջին շոֆերներից էր, ընտիր գիտեր քաղաքը») նրան հեքիաթներ էր պատմում իրենց նախնիների մասին, որոնք վաղնջական ժամանակներում Վահագն Վիշապաքաղի հետ ուս ուսի տված մասնակցել են վիշապների դեմ պատերազմին, և որ հենց նրանց է ի պահ տրվել վիշապագիրը, որտեղ պատմվում էր, թե ինչպես կարելի է վիշապներին կյանքի վերադարձնել և ինչպես նորից քար դարձնել: Պապը, իհարկե, վերջում ծիծաղում էր, ասում էր, որ նախնիների հորինած հեքիաթներն են, ձեռագիրն էլ երևի վաճառական բարեկամներն են գնել ու պահել: Վալոդը նույնպես այս պատումներին վերաբերվում էր ինչպես գեղեցիկ լեգենդի: Մինչև որ մի քանի օր առաջ ոտից գլուխ իսկական, ահասարսուռ մի վիշապ չներխուժեց Վալոդենց Մասիվի բնակարանն ու ձեռագիրը չպահանջեց:

– Ի՞նչ վիշապ էր,– լարվեց Վազգենը:

– Հենց մտավ տուն, բոլորս սառեցինք...

– Օ՜ֆ,– գլխով արեց Վազգենը,– Նորին սառնություն Դժնդակը կլինի:

– Էդ ո՞վ ա,– հարցրեց Գևորը:

– Աժդահակից հետո երկրորդ ամենանողկալի արարածը, որին երբևէ դիմացել է Հայոց աշխարհի երկինքը,– բազմանշանակ նկարագրեց Վազգենը,– ու եթե ինքն արդեն այցելել է մեր հարգելի տիար կառապանին, ուրեմն ամեն ինչ շատ լուրջ է:

– Է հա, եկեք քարացնենք դրանց,– առաջարկեց Գևորը,– եթե մի անգամ մեր լավ ախպեր Վիշապաքաղը կարողացել ա, մե՞նք ինչի չենք կարող:

– Մենք շատ բան կարող ենք, անշուշտ,– համաձայնվեց Վազգենը,– պիտի ուղղակի գտնենք վիշապաքարի բաղադրատոմսը, պատրաստենք, վիշապաշունչ վանակատե սայրը թաթախենք մեջը, ու վերջ: Ափսոս, որ բաղադրատոմսով միակ մագաղաթը հիմա ուրիշի ձեռքում է: Ինքն էլ, ո՜նց որ, ուրախ կլինի, եթե վիշապները ստրկացնեն մարդկանց...

Վարպետ Վալոդը ձեռքը տարավ ծոցագրպանը, հանեց էժան մի պոլիէթիլենային տոպրակ ու պարզեց Վազգենին.

– Ճիշտն ասած, իմ բառադի տղան էնքան բառադի ա, որ ձեռագիրը խուրդելու տանելուց չի նկատել, որ վերջին մի էջը պոկվել-ընկել էր սերվանտի հետևը: Դժնդակի գնալուց հետո նկատեցի ու համենայն դեպս դրեցի ջեբս: Հեսա, կարող ա՞ պետք գա:

Վահագնը վերցրեց տոպրակն ու զգուշությամբ մատների ծայրերով միջից երկու քրքրված մագաղաթե թերթ հանեց: Վիշապազարդ տառով ձևավորված վերնագիրը զբաղեցնում էր քրքրված ձեռագրի վերևի հատվածը: Վազգենը մռութը վարորդի խցիկը խցկեց:

Վալոդն արգելակեց, բոլորը դուրս եկան ու շրջան կազմեցին: Վահագնը փորձեց կարդալ.

– Յաղագս վերածելոյ ի քարս վիշապաց հրէշաւորաց,– կմկմալով ասաց նա ու զարմացած չռեց աչքերը:

– Սրա հայերենը չկա՞,– դժգոհեց Արեգը:

Երեխաների գլխավերևում լսվեց Վազգենի փնչոցը: Նա թաթը դրեց աչքերին ու գլուխն օրորեց.

– Երանի քարացած մնայի ու չտեսնեի էն ժամանակները, երբ մարդիկ մոռացել են հայոց լեզուն:

Վահագնը հոգոց հանեց ու շարունակեց վանկերով կարդալ ձեռագիրը.

Առ բուռն մի ի փոշոյն կողոսկրէ վիշապայ, առ և բուռն մի ի Օձի պորտէ, ծաղիկս երիս սօսոյ: Խառնեա զամէնն այս ի մէջն անօթի պղնձեան: Ջեռուցանել կրակաւ որ գայ ի երախոյն վիշապայ, ցորժամ ելանի ի կժէն գոլորշին շառագոյն: Թաթախեա ի մէջ Վիշապաջրոյն սայրն վանակատի եւ ծակեա զվիշապն: Ջայս արարքն ունակ լինիցի գէթ ժառանգն Վահագնայ Վիշապաքաղի:

– Վայ քու, շառագույն գոլորշի ըլնեմ, էս ի՞նչ էր,– իրար խառնվեց Բուռչը:

– Ենթադրում եմ, որ էստեղ գրել են վիշապներին նորից քարացնելու ձևը, չէ՞, Վազգեն,– ասաց Աստղիկը:

Վազգենը գլխով արեց, ապա չիմացողների (այսինքն՝ բոլորի) համար թարգմանեց տողերի իմաստը: Պետք էր գտնել վիշապի կողոսկր, փոշիացնել, փոշին լցնել Հերիերի ջրվեժից մի բուռ ջրի մեջ, վրան սոսիի ծաղիկ ավելացնել, այդ ամենը լցնել պղնձե կուժի մեջ, ապա եռացնել վիշապի հրի վրա, մինչև որ կարմիր գոլորշի բարձրանա:

– Վերջում՝ ամենաhեշտը. գտնել Վահագնի հետնորդին ու վանակատե սայրով նիզակ ճարել,– իմիջիայլոց եզրափակեց Վազգենը:

– Մի րոպե, էն սկզբում ասեցիր՝ վիշապի աղացած ոսկորնե՞ր,– գլուխը քորեց Արեգը,– էդ որտեղի՞ց բայց:

– Ո՛չ պարզապես ոսկոր, այլ *կողոսկր*,– ուղղեց Վազգենը,– էնքան էլ դժվար չի, եթե վիշապների դամբարանի տեղ իմանաս: Հավաքվեք, գնում ենք Գուգարք...

– Վայ քո՛ւ, հլը նայե՛ք...

Բոլորը գլուխները շրջեցին դեպի Վարդգեսի կողմը, որը խմբից առանձնացել ու նայում էր մշուշապատ Կիսյան կամուրջին: Այնտեղ մառախուղի մեջ թևավոր հրեշ նշմարվեց: Հետո մյուսը: Երրորդը: Եվ այդպես շարունակ:

***

Երկնքում տասնյակ վիշապներ էին թևածում:

Ուշադրություն չգրավելու համար երեխաներն ու Վարդգեսը համենայն դեպս թաքնվեցին մի լքված կրպակի հետևում, իսկ Վալոդը մոտեցրեց երթուղայինը: Բոլորն ապշած հետևում էին վիշապների մշուշոտ պարին: Քիչ առաջ բացահայտված ձեռագրի մասին մի պահ բոլորը մոռացան:

– Բայց չեմ հասկանում՝ քարից զարթնեցնելու պահը ո՞նց են անում,– հրեշներին նայելով՝ շշնջաց Վահագնը,– օրինակ՝ հենց քեզ, Վազգեն...

– Դե ես ինքս չեմ տեսել, քանզի քարացած եմ եղել,– պատասխանեց Վազգենը,– թեև զուտ տեսականորեն՝ Վահագնի կամ իր հետնորդներից որևէ մեկի արյան մի կաթիլը վիշապաքարի զարդանախշերին ընկնելիս տարածվում ու չեզոքացնում է կախարդանքը:

– Իսկ ինչի՞ հենց Վահագնի արյունը,– հարցրեց Արեգը,– Վահագնը սովորական մարդ չէ՞ր, որ *վիշապաքաղ* դարձավ մենակ որովհետև դու իրան ցույց տվեցիր քարացնելու ձևը, հը՞ն:

– Ճիշտն ասած, մեր մեջ, իհարկե, Վահագնը չէր հաղթի, եթե ես մի քիչ օգնած չլինեի...– Վազգենը հառաչեց. երևի արդեն ժամանակն էր, որ ամեն բան բացահայտեր.– իմ ու Վահագնի դաշինքը մեր արյունը խառնելով կնքվեց,– նա վեր բարձրացրեց առջևի աջ թաթը, որի ափին երևում էր վերքից մնացած սպին,– էդպես իր արձակած նետը բավարար ուժ կստանար:

Ինչ-որ բան շփոթեցրեց Վահագնին: Նա սեփական ձեռքի ափին նայեց, որով մի քանի օր առաջ հենվել էր կոթողի վրա, որը հետո վերածվեց Վազգենի: Վերքը դեռ թարմ էր:

– Բայց Պապլավոկում, բացի ինձնից, էլ մարդ չկար տարածքում,– ավելի շատ ինքն իրեն, քան ընկերներին ասաց

Վահագնը,– ու հաստատ հիշում եմ, որ ընկա, ձեռքիս վերք եղավ, էդ ձեռքով բռնվեցի վիշապաքարից ու կանգնեցի...

Բոլորը զարմացած գլուխները շրջեցին դեպի Վահագնը:

– Մի րոպե, ուրեմն դո՞ւ...– կմկմալով սկսեց Արեգը:

– Դու Վահագն Վիշապաքաղի հետնորդն ե՞ս, բա ինչի՞ շուտ չէիր ասում,– տեղից ցատկելով՝ գոչեց Վազգենը:

– Չէ, ո՞նց, մի րոպե,– Վահագնը շփոթված էր:

– Սպասի, եթե երակներումդ Վազգենի արյունից ունես, ուրեմն դու էլ մի քիչ վիշապ ե՞ս,– Արեգը հիացած նայեց ընկերոջը,– իսկ մի հատ հո՛ կանե՞ս, տեսնենք՝ կրակ դուրս կգա՞: Լավ, էլի՛, դրակարի՛ս...

– Վահագն Վիշապաքաղ Կրտսե՛ր,– հիացած հռչակեց Վազգենն ու օդում սավառնելով՝ խոնարհեց գլուխը:

– Ի՛, բա էն մյուսների՞ն երբ ես հասցրել վերակենդանացնել, ու, ամենաանհամեստ հարցը՝ ինչի՞,– հոնքերը կիտեց Արեգը:

– Չէ, չէ, ես կապ չունեմ, իմ արյունը միշտ իմ հետ էր...– Վահագնը հիշեց դպրոցի բժշկին,– չնայած, էսօր դպրոցում անալիզների համար արյուն էին վերցնում:

– Հա՞, չեմ լսել էդպիսի բան,– ասաց Աստղիկը:

– Հա, վերցրին, ես էլ զարմացա, որովհետև ինչ-որ տարօրինակ մարդ էր... Բայց էդ հեչ կապ չունի, որովհետև ես Վահագն Վիշապաքաղի հետ կապ չունեմ: Համենայնդեպս, ինձ դրա մասին ոչինչ հայտնի չի...

Վահագնը շփոթված շարունակում էր առարկել, բայց դրանք մնացին կիսատ, քանի որ հավաքին միացավ Դժնդակը:

***

Ամեն ինչ շատ արագ կատարվեց: Դժնդակը հայտնվեց կարծես գետնի տակից. հակառակորդը գործի էր դրել քամելեոնի պես քողարկվելու իր հմտությունը: Մինչ Գևորի թիմը պարզեց զենքը՝ միամտորեն կարծելով, թե կարող են վախեցնել նա մի վիշապի, իսկ Վահագնը մի կողմ քաշեց Աստղիկին ու Արեգին, Վազգենը մի ակնթարթում վեր թռավ, պարզեց թևերն ու ցցեց սրասայր պոչը: Կարմրավուն թեփուկները սկսեցին կայծկլտալ, կարծես ներսում լիցքավորվում էին կրակելու համար: Դժնդակն էլ մարտական դիրք գրավեց: Երկնքում կախված՝ թևերը թափահարելով պտտվում էին օդում: Նրանցից մի քանի մետր ներքև նրանց շարժումներից գոյացած պտտահողմը փոշի, աղբ ու տերևներ էր բարձրացնում, իսկ կենտրոնում կանգնած էին շփոթված երեխաները: Վարպետ Վալոդը ընկավ գետնին, հետո վեր կացավ ու ոտքերը փաթ ընկնելով վազեց առանց հետ նայելու:

Վազգենն ու Դժնդակը որոշ ժամանակ շարունակում էին իրենց ռազմատենչ պտույտը՝ պարբերաբար երախները բացելով ու սպառնալով միմյանց: Դժնդակն ավելի խոշոր էր ու մկանուտ, բայց Վազգենն էլ ճկուն էր ու արագաշարժ. երկուսն էլ գիտեին միմյանց ուժեղ ու թույլ կողմերը:

– Ցնծաց հոգին իմ ի քո տեսույն, հին *բարեկամ*,– Դժնդակի սառնաշունչ խոսքի մեջ ակնհայտ էր հեգնանքը, հատկապես «բարեկամ» բառն արտասանելիս,– լավ է, որ միանալու ես նորեն *ցեղակիցներին* քո,– հիմա էլ հատուկ շեշտեց «ցեղակիցները»:

– Ուրախ եմ, որ ուրախ ես, ափսոս, որ ինքս ուրախ չեմ, ներող եղիր,– Վազգենը փորձում էր անհոգ թվալ, բայց նրա խոսքի մեջ զգացվում էր լարվածությունը:

Դժնդակը մռնչաց ու շարունակեց.

– Վաղուց անտի զգուշացնում էի Աժդահակին, որ անարժան ես վստահության,– զայրացած խոսեց նա,– բայց նա՝ Վիշապաց Վիշապը, թերագնահատեց քեզ: Իսկ դու դավաճան եղար տեսակին քո...

Այս անգամ մռնչաց ու ճանկերը վեր պարզեց Վազգենը.

– Դավաճանը Աժդահակն էր, որ յուր ազահության զոհը դարձավ, դուք էլ կերաք իշխանության կուտը,– բացականչեց Վազգենը:

Դժնդակն արձակեց հռհռոցի պես մի ձայն, որից միայն Վահագնի մեջքով դող անցավ:

– Այս անգամ սիրելի մահկանացուներդ ոչ իսկ մեր թշնամի Վահագն արքայի չափ կան, ամեն ինչ կանխորոշված է:

Դժնդակը բազմանշանակ հայացք նետեց Վահագնին, որից պատանին իրեն վիրավորված զգաց. վիշապն ուզում էր ասել, որ քանզի Վահագն Մաղոնցը բնավ Վահագն Վիշապաքաղը չէր, ուրեմն մարդիկ այս անգամ կպարտվեն: Նա արդեն ուզում էր ներքևից պատասխանել Դժնդակին («Մկաններն ամենակարևորը չեն, կարևորը խե՛լքն է», կամ էդպիսի մի բան), բայց այդ պահին երկու վիշապները վերջապես սկսեցին կռվել:

Դժնդակն առաջ պարզեց հետևի թաթերը, որոնց ճանկերը հարձակման պահին ավելի երկարեցին, ու դրանք մխրճվեցին Վազգենի իրանի մեջ: Վազգենը ցավից մռնչաց, բայց ինքն էլ իր հերթին հարվածեց հակառակորդին իր հետևի թաթերով, իսկ առջևի թաթերով բռնեց Դժնդակի եղջյուրները. գլխավոր նպատակը Դժնդակի երախից ժայթքող սառը կրակից խուսափելն էր: Բայց հակառակորդը չափազանց զորեղ էր. նա կտրուկ շարժումով ազատեց գլուխը և հարվածեց Վազգենի մռութին հենց այն պահին, երբ վերջինս պատրաստվում էր բոց արձակել: Բոցն անցավ Դժնդակի կողքով: Վիշապները պոկվեցին իրարից: Դժնդակի մարմինը սկսեց փայլատակել սառցակապույտ գույնով: Վազգենը ևս լիցքավորեց իր հրազենը: Ակնթարթ անց երկու կողմից իրար բախվեցին Վազգենի տաք ու Դժնդակի սառը կրակները: Հրեշները բացել էին երախները և փորձում էին հաղթահարել մեկը մյուսի ճնշումը: Նրանց միջև կապտակարմիր մի շրջան էր գոյացել, ոչ ոք չէր հանձնվում, ու ոչ ոք չէր հաղթում:

Այս ընթացքում կռվողների շուրջ սկսեցին հավաքվել մյուս վիշապները։ Երևում էր՝ բոլորը պատրաստ էին օգնության նետվել Դժնդակին, բայց առանց հրահանգի չէին համարձակվում։ Բացի դրանից՝ Վազգենն իրենցից մեկն էր, և չգրված օրենքի համաձայն՝ երկու վիշապների մենամարտին մյուսները չպետք է խառնվեին։

Վազգենի ու Դժնդակի կրակները սպառվեցին միաժամանակ։ Նրանք ուժասպառ հետ քաշվեցին։ Դժնդակը կանգնեց գետի վրայով անցնող փոքր կամրջի կենտրոնում, նրան միանգամից մոտեցան մի քանի վիշապներ, հավանաբար հրահանգներ ստանալու համար։ Վազգենն իջավ այնտեղ, ուր երեխաներն էին շվարած կանգնած։ Ճնչակտուր՝ վիշապը գլուխը թեքեց դեպի Վահագնը, որը սարսափահար նայում էր Վազգենի՝ մենամարտից մնացած արնահոսող վերքերին։

– Ձերոնցից մեկը սատար է Դժնդակին, շուտով պիտի գնա Աժդահակին արթնացնելու, եթե արդեն չի արթնացրել,– հևալով ասաց նա։

– Մերոնցից մե՞կը...

– Ասել կուզեմ՝ մարդ, դավաճան, որ օգնում է վիշապներին,– նյարդայնացած պարզաբանեց Վազգենը։

– Հա՜, ո՛նց որ ժամանակին դու ձերոնց դավաճանեցիր, հա՞,– իր նկատած զուգահեռի վրա ուրախանալով՝ հայտնեց Բուռչը և նույնիսկ չնկատեց, թե որքան մռայլվեց Վազգենի դեմքը։

Հանկարծ լսվեց Դժնդակի մռնչյունը։ Վազգենը նորից օդ բարձրացավ։ Բայց այս անգամ սառնաշունչ հրեշի հետ չէ, որ պետք է մարտի բռնվեր. Վահագնի ընկերոջ վրա հարձակվեցին միանգամից հինգ այլ վիշապներ։

– Ստոր Վահագնի արյունակցին կենդանի պահեք, նրա արյունը պետք է տաք լինի,– լսվեց Դժնդակի մեռելային ձայնը,– մյուսին վերացնե՛լ։

Վիշապների մեկ այլ խմբավորում, Կինյան կամրջի կամարի տակ պտույտ տալով, ուղղվեց դեպի դպրոցականները:

Վազգենը, որ օդային մենամարտի էր բռնվել իր ցեղակիցների հետ, փայլատակեց ու կրակի շիթով փորձեց խանգարել երեխաների վրա հարձակվողներին: Սրանք պատասխանեցին իրենց կրակոցով:

Արեգը քաշեց Վահագնի ձեռքից.

– Վազ, փախա՜նք,– բացականչեց նա,– մենք էստեղ էլ անելիք չունե՜նք:

Բայց Վահագնը ոչ մի կերպ չէր ուզում Վազգենին մենակ թողնել: Գնորը լիցքավորեց օդամղիչ հրացանն ու կանգնեց Վահագնի կողքին:

– Արա ո՞նց եմ զզվում էս դրագոններից,– զզվանքով արտաբերեց նա:

Բուռչը, Խուճուճն ու Վարդգեսը շատ ավելի պակաս մարտական էին տրամադրված, քան իրենց առաջնորդը. մի բան էր տասը հոգով լարել մեկ վիշապի, և բոլորովին այլ՝ դուրս գալ հրեշների մի ամբողջ բանակի դեմ: Բայց որքան էլ Վազգենը փորձեր շեղել հրեշներին, նրանք արդեն չորս կողմից մոտենում էին դպրոցականներին՝ օդում ճախրելով: Իրավիճակն անելանելի էր թվում: Բայց լսվեց մեքենայի արգելակի ճռռոցը: Վահագնը շրջվեց ու տեսավ Վալոդի սպիտակ գազելը:

– Դե՜, շուտ նստեք,– բացականչեց վարորդը իջեցրած ապակու հետևից:

Վազգենն այդ պահին է՛լ ավելի մեծ ճիգեր գործադրելով՝ իր վրա վերցրեց մեկ տասնյակի չափ վիշապի: Չորս թաթերն առաջ պարզած՝ սլացավ դեպի ամենաանուշադիրը (դա այն խեղճուկրակն էր, որին կարողացել էին նյարդայնացնել Գնորն ու ընկերները թունելից փախչելիս), ճանկերով բռնեց, ու մինչ վերջինս կպատասխաներ, օդում մի քանի անգամ պտտվեց և ամբողջ ուժով շպրտեց այն մեկի կողմը, որ պատրաստվում էր հարձակվել երեխաների վրա: Այդ մեկն էլ գետին տապալվելիս դիպավ մյուսին: Խառնաշփոթն ավելի մեծացավ, երբ Վազգենն օդից կրակեց մեկ ուրիշին, և վայրկյանների ընթացքում երեխաները կարողացան խցկվել երթուղայինը: Վարպետ Վալոդը երբեք այդպիսի արագություն չէր քամել իր մաշված մեքենայից: Շարժիչը գոռում էր ու բողոքում, բայց միայն գազելին տանջելով կարելի էր փրկվել այս արհավիրքից: Համ էլ, այս խելառ դպրոցականները վարպետի պատասխանատվության տակ էին («ձեր տներում նստեիք գիրք կարդայիք, տո՛, ի՞նչ կլինե՛ր»,– քիչ մնաց բացականչեր նա):

Վահագնը, Աստղիկն ու Արեգը նստել էին դիմացի նստարանին, իսկ Գևորենք զբաղեցրել էին սալոնի հետևի մասը: Արեգը, որ պատուհանի մոտ էր, դողացող ձեռքերով պտտում էր ապակու բռնակը, բայց կեսին չհասած՝ պոկվեց ու մնաց տղայի ձեռքում: Նա հուսահատված դարձավ վարորդին.

– Էս ի՞նչ վիճակում եք պահում հանրային տրանսպորտը,– բացականչեց նա:

– Հարգելի ազիզ ջան, բոլոր բողոքներով ու առաջարկներով դիմեք քաղաքապետարանին՝ էս համարո՛վ,– հեգնանքի մնացորդներ իր մեջ պեղելով՝ պատասխանեց Վալոդը՝ գլխով ցույց տալով դիմացի ապակուն փակցված ցուցանակը, որին թեժ գծի հեռախոսահամարն էր գրված:

Այդ պահին Արեգի կողմից մշուշից օդում երևաց դեպի մեքենան սլացող վիշապը: Վալոդը կտրուկ աջ քաշեց ու հարվածեց հրեշին, որը հավասարակշռությունը կորցրած գետին տապալվեց. սրա գինը ճաքած դիմապակին էր: Շատ չանցած դրխկոց լսվեց, այս անգամ՝ կտուրին: Գևորն ու Խուճուճը գլուխները բարձրացրին ու հասկացան, որ վիշապներից մեկը գրոհում է վերևից: Տղաները ձեռքն առան զենքերը (թեև վստահ չէին, թե ինչպես կարող են դրանք օգտագործել այս սուղ պայմաններում ու վերջացող փամփուշտներով) և այն պահին, երբ երթուղայինի առաստաղը մեջտեղից թղթի պես պատռվեց, ու մինչև հատակը հարվածեց վիշապի երկար, բարակ, բոլոր կողմերից փշերով պատված պոչը, Բուռչը փորձեց խփել դրան մետաղյա մահակով, որից չէր բաժանվում նույնիսկ հրաձգարանից հրացան վերցնելուց հետո: Հարվածն ուժեղ չստացվեց, բայց վիշապը հետ քաշեց պոչը: Վայրկյան անց նորից խփեց՝ մի փոքր դեպի կողք, փորձելով խոցել երեխաներից մեկին: Այս անգամ պոչը քսվեց Խուճուճի ոտքին ու թեև ոչ խոր, բայց ցավոտ վերք թողեց: Խուճուճը ցավից գոռաց ու մի քանի հայհոյանք արտաբերեց:

– Լավ, հանգստացի, աղջի՞կ կա հետներս, հ՞,– ընկերոջը սաստեց Գևորը և այդ խոսքերով գրպանի դանակը, որ պատրաստ էր գործի դնելու, վիշապի պոչը խրեց:– Աստղ ջա՞ն, ներող, խառն ենք ուղղակի:

Վիշապը մռնչալով հետ քաշեց պոչը (իսկ Գևորը հանեց՝ հետ քաշեց դանակը), և քիչ անց երթուղայինի պատռված առաստաղի միջից երևաց կատաղած հրեշի երախը: Նա զննեց սալոնը, ժանիքները ցուցադրեց, հետո շրջվեց ու մի պահ կորավ տեսադաշտից: Բայց նորից հայտնվեց արդեն մեքենայի մյուս կողմից. փշապատ պոչը խոցեց դիմապակին: Վահագնը վերջին պահին հասցրեց Աստղիկին գրկել ու մի կողմ քաշել: Վալոդը, որ գրեթե կորցրել էր տեսադաշտը, մի պահ քիչ էր մնացել, որ կորցնի նաև մեքենայի կառավարումը, բայց հասցրեց ժամանակին ուղղվել: Մինչդեռ, Փշոտ վիշապի հարձակումը դեռ շարունակվում էր, իսկ հեռվից ևս մեկ հրեշ մոտենում էր մեքենային: Գևորն ու Խուճուճն առաջ եկան, որպեսզի դանակով ու մահակով հարվածեն Փշոտի պոչին, իսկ Վալոդը փորձեց մեքենան փախցնել, որպեսզի խուսափի մոտեցող վիշապի հետ բախումից, բայց այդ պահին պայթեց անիվներից մեկն, ու Վալոդը հազիվ հասցրեց կտրուկ արգելակել, որպեսզի չբախվի ճանապարհի երկայնքով անցնող ժայռին: Մեքենայի բոլոր ուղևորներն առաջ ընկան, Արեգը ճակատը խփեց դիմապակուն, Վալոդը բախվեց ղեկին, իսկ Փշոտ վիշապն ընկավ մեքենայի վրայից:

Վալոդի ձեռքը պատահաբար կպավ ձայնարկչի կոճակին, և մեքենայի բարձրախոսներից հորդաց ռաբիզին նվիրված ռադիո ալիքը, ու Հրազդանի կիրճի օդը լցվեց կլկլոցի նոր չափաբաժնով՝ կարծես ընդգծելով կատարվողի անհեթեթությունը: Վահագնի աչքից չվրիպեց Փշոտ վիշապի ռեակցիան, որը տապալվել էր գետնին մեքենայից ընդամենը մի քանի մետր հեռու: Փոխանակ, խառնաշփոթից օգտվելով, պարզապես հարձակվեր ու ոչնչացներ երթուղայինի ուղևորներին, վիշապը նյարդայնացած ջղաձգվեց, ցատկեց տեղից, կանգնեց չորս թաթերի վրա, վեր ցցեց թևերն ու վիրավոր պոչը, վախեցած կատվի պես ֆշշացրեց, գլուխը թափահարեց և հեռացավ-գնաց:

Այն պահին, երբ մյուս վիշապն արդեն երախը բացած սլանում էր դեպի մեքենան, կողքից վրա հասավ Վազգենը: Մարդասեր վիշապի երախից արձակված կրակի շիթը խանձեց հարձակվող վիշապի մեջքը, և վերջինս վիրավոր շան պես կաղկանձելով փախավ մի կողմ:

– Շո՛ւտ, մտեք թունելը, կհանդիպենք մյուս կողմում,– օդում սավառնելով հրահանգեց նա, և այդ պահին երեխաները տեսան, որ կիրճը Պրոսպեկտի հետ կապող թունելին մնացել են հաշված քայլեր:

Վալոդը, գազելի վերջին ուժերը քամելով, սլացավ դեպի թունելի մուտքը, ուղեփակոցը կոտրեց և արդեն ներսում արգելակեց մեքենան:

– Դուրս եկեք, գնացի՛նք, գնացի՛նք,– Վալոդը մի կերպ դռները բացեց ու դպրոցականներին դուրս հրավիրեց:

Երբ մեքենայի մեջ ոչ ոք չմնաց, Վազգենն իր շնչով հրդե-
հեց այն, որպեսզի բարիկադներ ստեղծի։ Հետո կանգնեց
մուտքի մոտ ու թևերը բացած՝ մարմնով ծածկեց թունելի
մուտքն ու հետևում թողեց այրվող երթուղայինը։

17.
Վերջին հանգրվանը

Դժնդակին կատաղեցրին հանդուգն պատանիներն ու նրանց ստրուկը դարձած դավաճան վիշապը: Ճիշտ է, կիրճի միջադեպը միայն ժամանակավոր վրիպում էր, և վիշապների հատուկ ջոկատն արդեն զբաղվում էր դրա չեզոքացմամբ: Դժնդակը որոշեց, որ Սյունուն անձամբ կուղեկցի դեպի Աժդահակը: Դպիրն իրոք օգտակար մահկանացու դուրս եկավ, գուցե նույնիսկ արժե խնայել նրա կյանքը, երբ այս ամենն ավարտվի: Իսկ երբ Վիշապաց Վիշապը կյանքի կոչվի, Դժնդակը կհանձնի նրան նաև Էրեբունու փլատակները՝ որպես խոնարհված մարդկության խորհրդանիշ: Այդ փլատակների վրա կստեղծվի վիշապների արքայությունը:

Քաղաքի գրավումը դիտելու համար Դժնդակը միանգամայն էլիտար նստատեղ էր ընտրել. կիրճից դուրս թռչելով՝ հանգրվանել էր գինու-կոնյակի գործարանի սև շենքի աշտարակի գագաթին ու մշուշի միջով հետևում էր, թե ոնց են մարդիկ սարսափահար փախչում իրենց հասանելիքի հետևից վերադարձած վիշապներից: Սկիզբը խոստումնալից էր. քանդվող շենքեր, այրվող մեքենաներ, սարսափահար մարդիկ, վախ, ավերածություն, լաց, ահ ու սարսափ: Մարդիկ, իհարկե, փորձեցին դիմակայել զորքերով ու տարատեսակ զենքերով (Դժնդակին ամենաշատը տպավորել էին թռչող կառքերը՝ պտտվող խաչաձև թևերով, որոնց մասին նա թեթևակի լսել էր Մասիվում անցկացրած տարիների ընթացքում, բայց առաջին անգամ էր տեսնում): Բայց ոչ մի զենք չի կարող օգնել վախեցած մարդուն: Այդ ճշմարտությունը նա հիշում էր դեռ այն հին ժամանակներից. եթե վախը պատում էր մարդու ոգին, նրան հաղթելը շատ հեշտ էր:

Մի խոսքով՝ Դժնդակը գոհ էր ընթացքից: Հիմա կարելի էր մեկնել Գեղամա լեռներ և զբաղվել Նորին մեծություն Աժդահակին կյանքի կոչելով:

– Վիշապաջուրը պատրա՞ստ է,– վիշապը դիմեց աշտարակի կտուրին՝ քիչ հետևում կանգնած Սյունուն:

– Այո, պարոն Դժնդակ,– գլուխը կախելով հայտնեց մի քիչ խենթի հիշեցնող նախկին գիտնականը,– մնում է միայն ավելացնել Վահագնի արյունը, պարզապես պետք է թարմ լինի, ներարկիչով հավաքվածն այս դեպքում օգուտ չի տա...

Դժնդակը դժգոհ մռնչաց – Սյունին առանց գլուխը բարձրացնելու հետ-հետ գնաց, մի քայլ էլ, ու կընկներ աշտարակի կտուրից – ապա կակղեց: Իրականում ամեն ինչ վերահսկելի էր.

– Պատանի հերոսն ու դավաճան վիշապը, մեկ է, շուտով Գեղամա լեռներ կգնան, հենց էնտեղ էլ կորսանք նրանց,– ասաց նա:

– Եվ բացի դրանից,– անվստահ խոսեց Սյունին,– Վահագնի հայրը՝ զազրելի Մաղոնցն է հենց հիմա էնտեղ: Փաստորեն, Վահագնի արյունակիցն է:

Դժնդակի դեմքին ժպիտի պես մի բան հայտնվեց: Այդպիսով ամեն ինչ իրոք ավելի է հեշտանում: Միակ տհաճությունը պետք է լիներ մահկանացուների համար փոխադրամիջոց աշխատելը: Բայց ոչինչ, հիմա դա էր պահանջում իրադրությունը. այդպես ավելի արագ ու վստահելի կլիներ: Դժնդակը կռացավ, թևերը լայն բացեց ու հատակին փռեց՝ դրանք վերածելով նավաանդուղքի: Վիշապը նայեց Սյունուն ու հայացքով հրավիրեց նստեցման: Սյունին վախվխելով կանգնեց վիշապի թևին, դանդաղ քայլեց առաջ, հասավ այն հատվածին, որտեղ Դժնդակի զորեղ, ցլակոտոշ գլուխը միանում էր ողնաշարին: Հենց այդ հատվածում՝ վզին, կային նստելու համար հարմար տարածություն ու ելուստներ, որոնցից կարելի էր բռնվել: Սյունին զգուշորեն տեղավորվեց, ստուգեց ուսից կախված պայուսակը, որի մեջ կար այն ամենը, ինչ պետք էր «Արթնացնել Աժդահակին» գաղտնի օպերացիայի համար, բացի մեկ կարևոր բաղադրիչից: Սյունին հառաչեց, մտածեց, որ գուցե տաքսիով գնալն ավելի ճիշտ կլիներ, բայց հետո համակերպվեց: Դժնդակը, որը լավ զգում էր, թե ինչ է կատարվում մարդկանց մտքերում, հասկացավ, որ իր միակ ուղևորը պատրաստ է: Ու սկսեց չվերթը:

Այդպես Դժնդակը, վաղաժամ լքելով Երևանը, չիմացավ, որ այն այդքան հեշտ չի տապալվելու: Բանն այն է, որ գործի մեջ էին մտնում Գևորի մոնումենտցի ախպերընգերները, նրանց ախպեր-ընգերները, ու այդ ախպերընգերների մյուս ախպեր-ընգերները: Եվ այդ փորձառու երիտասարդները ոչ թե պարզապես գլխակորույս խենթ հերոսության էին գնում, այլ ունեին հստակ ռազմավարություն, որի հիմքում Վարդգեսի կատարած զարմանալի բացահայտումն էր: Պատանի պարտիզանների գլխավոր զենքը... ռաբիզն էր:

***

Թունելից դուրս պրծնելուց հետո երեխաները բաժանվեցին երկու խմբի. Գևորն իր խմբի հետ սկսեց զանգահարել համաքուչեցիներին. նա չէր կարողանում հանդուրժել վիշապների կողմից ճնշված լինելու փաստը: Իսկ իր երթուղայինից զրկված Վալոդը Վահագնի, Աստղիկի ու Արեգի հետ կանգնեց թունելի հակառակ կողմի այգում. պետք էր սպասել Վազգենին:

Վահագնի ներսում ամենազանազան հույզեր էին փոթորկվում: Քիչ առաջ տեղի ունեցածը մի կողմից նման էր ֆանտաստիկ ֆիլմի իրադարձությունների կիզակետում լինելուն, մյուս կողմից՝ վերքերն ու կապտուկները հուշում էին, որ իրականությունը փոքր-ինչ ավելի բարդ է, քան կինոն: Բացի դրանից՝ մի բան էր իր մասնակցությունը, և ուրիշ՝ իր պատճառով ընկերների ներգրավվածությունը: Փաստորեն, Աստղիկի ու Արեգի կյանքը վտանգվել էր, այն էլ՝ մեկ օրվա մեջ մի քանի անգամ, իր՝ Վահագնի պատճառով: Եվ այստեղ արդեն գալիս էին տագնապն ու մեղքի զգացումը: Նա մտածեց, որ այսուհետ այդպես չի կարելի: Ու մոտեցավ բորդյուրին նստած Աստղիկին, որն ակտիվորեն նկարա- զարդումներ էր անում նոթատետրում: Վահագնը մի պահ հայացք նետեց. Աստղիկը շտապում էր, քանի որ ուզում էր թղթի վրա անմահացնել վիշապների մարտը: Վահագնը անվստահ հազաց՝ ուշադրությունը գրավելու համար, և ասաց.

– Աստղ, գուցե դու գնաս տո՛ւն, իսկ մենք Վազգենի հետ...

Աստղիկը գլուխը բարձրացրեց ու զարմացած նայեց Վա- հագնին:

– Վահա՛գն, չլինի՞ կարծում ես, թե քեզ թույլ կտամ, որ էս անհավանական արկածը առանց ինձ շարունակես,– ասաց նա,– ինչ է, թե աղջի՞կ եմ:

– Դե, ուղղակի վտանգը...

Աստղիկը վեր կացավ ու բռնեց Վահագնի ձեռքը:

– Ես ոչ մի վտանգից չեմ վախենում, որովհետև գիտեմ, որ ձեր կողքին,– Աստղիկը մի ջերմ հայացք էլ նետեց Արե- գին, որը մի քիչ մոլորված այս ու այն կողմ էր քայլում,– ինձ ոչինչ չի սպառնում, բացի անմոռանալի ու հիշարժան իրա- դարձություններից:

Վահագնը հիացած նայեց ընկերուհու աչքերին: Հանկարծ ճլմփոց լսվեց. Արեգը ծափ տվեց, կարծես երկար մտորումներից հետո ինչ-որ եզրակացության էր եկել.

– Վահ, ես համաձայն եմ Աստղիկի հետ. միասին ենք սրա մեջ թաթախվել, միասին էլ կվերջացնենք: Համ էլ, ուզում եմ հիշեցնել, որ դու Վահագն Վիշապաքաղի բարեկամն ես, ու պարոն Վազգենն էլ եկավ՝ ջուր ծեծելու ժամանակ չկա:

Բոլորը դեպի Փոստի շենքի կողմը նայեցին, որի կտուրի կողմից մառախուղի միջով սլանում էր մարդասեր վիշապի ուրվագիծը: Վայրկյաններ անց Վազգենը վայրէջք կատարեց պուրակում, թափ տվեց մարմինն ու ասաց.

– Վահա՛գն, նստի՛ր, գնում ենք Գուգարք՝ ջրի ու ոսկորների հետևից, ընկերներդ էլ թող սոսիի ծաղիկ ու պղնձե աման փնտրեն:

– Գուգարք, այսինքն՝ Լոռի՞,– պատմության դասերից պատմական նահանգները հիշելով հարցրեց Աստղիկը:

– Չգիտեմ՝ հիմա ո՛նց եք կոչում, իմ ջահել ժամանակ Գուգարք էր ու վերջ:

– Ախր հենց նոր որոշեցինք, որ միասին ենք գնալու,– հիասթափված ասաց Արեգը:

– Շատ կներեք, իմ հազարամյա ողնաշարը նախատեսված չէ մեկից ավելի մահկանացուի համար,– արձագանքեց Վազգենը,– բացի դրանից՝ ժամանակ չունենք, պիտի գործենք զուգահեռ:

Մինչ Վահագնը կմտածեր, թե ինչ է պետք անել, լսվեց Վալոդի ձայնը.

– Մենք տանը պղնձի թաս ունենք, սոսիի տեղն էլ ցույց կտամ, Մասիվի այգում լիքն են,– հևալով ասաց նա:

– Շատ լավ, ապրի մեր կառապանը,– հարգանքով ասաց Վազգենը,– հետո կհանդիպենք քարացած Աժդահակի մոտ, Դժնդակը հաստատ արդեն էնտեղ է սլանում: Չուշանանք: Վահա՛գն, բարձրացի՛:

Վազգենը կռացավ, որ Վահագնը կարողանա պարանոցին մագլցել։ Տղան անվստահ տեղավորվեց հրեշի վրա ու ձեռքերը զգուշորեն դրեց ոսկրային ելուստներին, որ բռնվի։

– Բայց Աժդահակին որտե՞ղ ենք փնտրելու,– զարմացավ Վահագնը։

Վազգենն աչքերը ոլորեց։

– Վայ, մայաղէ՛զ լիցիմ, Վիշապաքաղի հետնորդի համար դու դույզն-ինչ անփայլ ես,– ասաց նա։– Աժդահակին որոնելու ենք Աժդահակ լեռան գագաթին։

Վահագնը մի պահ զարմացավ սեփական անփայլության վրա, իսկ հետո սարսափեց, երբ հիշեց, որ ծնողների արշավախումբը հենց այդ պահին Աժդահակի գագաթին պեղումներ էր անում։ Ուրեմն այն աննախադեպ խոշոր վիշապաքարը, որի մասին նրան մի քանի օր առաջ պատմում էր հայրիկը, Աժդահակն է, որ կա։

– Վահա՛գն, զգույշ կլինես,– լսվեց Աստղիկի ձայնը, երբ Վազգենն ու Վահագնն արդեն օդում էին։

***

«Վիշապ-ավիա» ընկերության չվերթը զարմանալի հեշտ ու արագ անցավ։ Արդեն մի քանի րոպե հետո Վահագնը կարողացավ մտովի կտրվել իրականությունից ու մոռանալ, որ գտնվում է առասպելական էակի պարանոցին և սավառնում է Հայաստանի երկնքով՝ երկրի մակերևույթից տասնյակ մետրեր բարձրության վրա։ Վազգենի թևերը շարժվում էին հավասարաչափ, մարմինը պիրկ էր, այնպես որ անհանգստանալու կարիք չկար, պարզապես պետք էր ամուր բռնվել ելուստներից։ Մի պահ նույնիսկ փակեց աչքերն ու սկսեց պարզապես վայելել թռիչքը...

Կես ժամ անց Վահագնը զգաց, որ ավիափոխադրողը սկսեց թեքվել ներքև։ Տղան բացեց աչքերն ու նկատեց Լոռվա անտառները: Մի քանի համեմատաբար կտրուկ պտույտ, և Վազգենն ու Վահագնը հայտնվեցին ժայռոտ կիրճի պատերի միջև: Մի քանի րոպե սլացան Վահագնին անհայտ այս կիրճի հատակից մի քանի մետր բարձրության վրա, ապա ընթացքը դանդաղեց, և վերջապես կանգ առան ժայռերի մեջ ներս ընկած մի անձավի մոտ: Վերևում քիվի պես կախված էր մի մեծ ծառ, իսկ անձավի մուտքի երկու կողմերից թեք լանջով հոսում էին երկու առվակ. մեկը՝ զվարթ ու շառաչյուն, մյուսը՝ ավելի բարակ, հանգիստ ու գրեթե անձայն:

Վահագնը զգուշորեն իջավ Վազգենի վրայից ու շուրջը նայեց: Վազգենը, տղային մոռացած, մտածկոտ նայում էր անձավին: Որոշ ժամանակ անց նա կտրուկ շարժվեց տեղից, մոտեցավ բարակ առվակին ու լեզվով մի քանի կում ջուր լակեց: Վահագնը զարմանքով նկատեց, թե ո՛նց է Վազգենը հաճույքից փակում աչքերն ու վայելում ջուրը:

– Բարի գալուստ Վիշապի կիրճ,– վերջապես ասաց նա,– հետդ կուժ ունե՞ս:

Վահագնը մեջքից հանեց ուսապարկը և, բարեբախտաբար, հանքային ջրի պլաստիկ շիշ գտավ: Դատարկեց պարունակությունը, ապա մոտեցավ մեծ առվակին՝ մտածելով, որ ավելի հեշտ կլինի լցնել առատ հոսանքից: Վազգենը գլուխն օրորեց:

– Էդ եթե ուղղակի ծարավ ես ուզում հագեցնել, բայց մեր գործին *անմահական* ջուր է պետք,– բացատրեց նա,– այսինքն՝ Օձի պորտը:

Վահագնը զարմացած մոտեցավ փոքր առվակին, բունը լցրեց ու կում արեց. իրոք նման չէր իր խմած որևէ աղբյուրի ջրի, ավելին էր, քան պարզապես ծարավ հագեցնող հեղուկը: Վահագնը զգաց, թե ինչպես, մարմնի միջով տարածվելով, ջուրը կենսական ուժ և առույգություն տվեց նրան: Ոգևորվելով՝ տղան շիշը բերնեբերան լցրեց ու ամուր փակեց կափարիչով:

– Բա ոսկորնե՞րը,– հարցրեց նա:

Վազգենը հոգոց հանեց:

– Չէի կարծում, թե հոժարակամ կմտնեմ էստեղ, էն էլ՝ մահկանացուի ուղեկցությամբ,– ասաց նա ու զգուշորեն քայլեց դեպի քարանձավը:

Վայրկյաններ անց վիշապը կորավ անձավի սևի մեջ: Վահագնը լսեց՝ արդեն ներսից.

– Արի իմ հետևից:

Անձավի ներսում ցուրտ էր ու մութ: Մի բան տեսնելու համար Վահագնը Վազգենի օգնությամբ հաստ ճյուղից ջահ պատրաստեց և շուտով դրա օգնությամբ տեսավ քարանձավի պատերին փորագրված պատկերները՝ կարծես հայկական վիշապագորգերից պրծած զարդանկարներ: Վահագնը կանգ առավ, երբ հասկացավ, որ այլևս ճանապարհ չկա (անձավն ավարտվում էր իրար վրա կիտված ժայռաբեկորներով): Բայց մինչ նա տարակուսած այս ու այն կողմ կնայեր, Վազգենը խոր շունչ քաշեց և բոց արձակեց: Վահագնը կուրացնող հրից ափով փակեց աչքերը: Մի քանի վայրկյան անց լսվեցին տապալվող բեկորների ձայները, և կրակը դադարեց: Վահագնը առաջ նայեց ու տեսավ, որ կույտի տեղում մուտք էր բացվել դեպի մի նոր մեծ քարանձավային սրահ: Վազգենը քայլեց առաջ, զգուշորեն մոտեցավ ընդարձակ սրահի պատին, կրակ փչեց և հաշված վայրկյանների ընթացքում այն, ասես խողովակներով, տարածվեց սրահի ամբողջ երկայնքով: Կարելի էր ենթադրել, որ դարեր ու հազարամյակներ առաջ այստեղ վառելիք էին թողել, որպեսզի ամեն մտնող լույսը միացներ: Սրահը լուսավորվեց: Այն, ինչ բացվեց Վահագնի աչքերի առջև, կարող էր ցնցել համացանցը, եթե քարանձավում ինտերնետ կապի հնարավորություն լիներ:

Քարանձավն այնքան մեծ էր, որ ծայրը գրեթե չէր երևում: Եվ այդ տարածքում կողք կողքի, շարքով տեղադրված էին վիշապների կմախքներ: Վազգենը կանգ առավ կմախքներից մեկի մոտ, գլուխը կախեց ու առանց Վահագնին նայելու, բացատրեց.

– Սա վիշապների դամբարանն է: Մեր վերջին հանգրվանը: Երբ վերջը մոտենում է, վիշապը գալիս է էստեղ ու հանգչում: Այսինքն՝ էդպես էր նախատեսված, մինչև որ մեզ չսկսեցին ուրիշ կերպ վերացնել...

Վահագնը կմկմալով ու անհարմար զգալով՝ հարցրեց, թե ոնց է պատահել, որ այս զարմանալի վայրը երբեք չի բացահայտվել:

– Կիրճում մերոնցից մեկը պահակ էր կանգնած, մարդիկ վախենում էին գալ: Կարծեմ, կարողանում էր հայացքով քարացնել հետաքրքրասերներին:– Վազգենը քմծիծաղ տվեց,– հետաքրքիր հեգնանք է, չէ՞, քարացնում էր մարդկանց: Բայց վերջում ո՞վ ում քարացրեց: Մի խոսքով՝ էս տեղը կոչվում էր Վիշապի ձոր, աղբյուրն էլ՝ Օձի պորտ, որովհետև մահացած վիշապների ուժը ներծծվում էր հողի մեջ ու անցնում ջրին: Էդպիսի բաներ:

Այս ամբողջ ընթացքում Վազգենը կանգնած էր կմախքներից մեկի կողքին՝ չափերով իրեն մոտ, երկար, երկուտակ ծալված պոչով: Գանգին էլ խոյանման եղջյուրներ ուներ: Վահագնը ենթադրեց, որ սա Վազգենի ազգակիցներից մեկը կլիներ:

– Դե լավ, ժամանակ չկա հուշերի գիրկն ընկնելու,– հանկարծ, կարծես սթափվելով, տեղից կտրուկ շարժվելով ասաց Վազգենը,– վերցնում ենք կողոսկրը ու շարունակում:

– Բայց ո՞ր մեկից...– Վահագնը վախենում էր պարզապես մոտենալ ու վերցնել առաջին պատահած մահացած վիշապի ոսկորը. մի տեսակ անհարգալից կլիներ:

Վազգենը շրջեց կմախքներից մի քանիսի շուրջ, ապա կանգ առավ մի նախկին խոշորամարմին ցեղակցի մնացորդների մոտ, որի գանգի վերևում հստակ երևում էին սուր հարված-ների հետքեր:

– Այ, օրինակ, մեր ընկեր Բազուկը հաստատ դեմ չի լի-նի,– ասաց նա ու թաթը տարավ կմախքի կողերին,– ես նրան կյանքի օրոք մի անգամ չէ, որ օգնության թաթ եմ մեկնել:

Վազգենը թեթև շարժումով պոկեց կողերից մեկը, որն առանց այն էլ փխրուն էր դարձել հազարամյակների ընթաց-քում, ու հանգիստ դուրս քայլեց: Վահագնը շտապեց ընկերոջ հետևից:

Դրսում ընկերները մեկական կում էլ արեցին բուժիչ ջրից, ապա Վահագնը ոսկորը զգուշորեն տեղավորեց պայուսակի մեջ ու բարձրացավ Վազգենի պարանոցի իր նստատեղին:

– Հուսով եմ՝ կառապանն ու ընկերներդ արդեն Աժդա-հակի ճանապարհին են:

18. Երևանի ինքնապաշտպանությունը

Այդ նույն ժամանակ Գևորենց քուչում իրարանցում էր: Տղերքն արդեն տեղյակ էին քաղաքում կատարվող ֆանտաստիկ իրադարձություններից. «դրագոնների» մասին արդեն չէին խոսում որպես մի անհավանական վարկածի. վերջիններս այլևս չէին թաքնվում, ու դրանց մասնակցությամբ հեռախոսային հոլովակները տարածվում էին համացանցով: Թաղում նաև արդեն տարածվել էր Գևորի ու իր զինակիցների՝ վիշապների հետ բախման մասին պատմությունը: Հաշված ժամերի ընթացքում այդ լուրը, բնականաբար, հասցրել էր ծաղկել բազմաթիվ ոչ իրական տարրերով ու բավական շեղվել իրականությունից: Մասնավորապես՝ խոսվում էր հայտնի չէ որտեղից գտնված թրով հայտնի չէ ինչպես վիշապներից մեկի գլուխը կտրելու մասին. ոմանք ավելացնում էին, որ չնայած Գևորի քաջագործություններին, վիշապների ճիրաններից հնարավոր չէր եղել փրկել դպրոցի տղերքից մեկին:

Մինչդեռ Գևորը, Խուճուճը, Բուռչն ու Վարդգեսը ողջ ու առողջ քայլում էին դեպի քուչա ու քննարկում, թե ինչ ռազմավարություն է պետք ընտրել հակառակորդի դեմ:

– Տղերքից ինչ զենք ուզենք՝ կճարեն,– խորացավ Բուռչը:

Գնորը սաստեց.

– Նախ՝ բռնելու թեմա պետք չի տալ, լրջացի,– ասաց նա:– Համ էլ պիտի նոր բան մտածենք, որովհետև մենակ մենք ենք մոտիկից դրանց տեսել:

– Իսկ եթե դանակախառը, բան...– շարունակեց Բուռչը, բայց տեսնելով Գնորի հայացքը՝ լռեց:

Ջրույցն ընդհատվեց հանկարծակի, անհիմն ու իրավիճակին բոլորովին ոչ սազական երաժշտությամբ. Գնորը, Բուռչը, Խուճուճը շրջվեցին դեպի Վարդգեսը: Վերջինիս ձեռքում բռնած հեռախոսից նորից լսվում էր այն անտանելի, նույնիսկ այս երիտասարդների համար չափից ավելի ռաբիզ երգը: Ընդ որում՝ Վարդգեսի դեմքն այնքան մտահոգ ու կենտրոնացած էր, կարծես նա Օքսֆորդի համալսարանի մի որևէ պրոֆեսորի դասախոսության ձայնագրությունը լսելիս լիներ:

– Վրդո՞, կարող ա՞ մի հատ էլ խորոված պատվիրենք ու մի հատ տաշի-տուշի անենք, հ՛,– նկատողություն արեց Գնորը:– Չես նկատե՞լ, որ ստեղ լուրջ, համամարդկային հարց ենք քննարկում:

Վարդգեսը ձեռքը բարձրացրեց՝ ի նշան լռության, ապա աչքերը փակեց, կարծես ինչ-որ բան էր ուզում հիշել: Տղաները զարմացան ու քիչ էր մնում հարձակվեին իրենցից կրտսեր զինակցի վրա, բայց Վարդգեսն իսկապես հիշեց երկու դեպքերը, երբ կիրճում ընդհարման ժամանակ վիշապները՝ չղջիկանմանը, ապա նաև փշոտը, զզվանքով փախչում էին այն պահին, երբ հեռախոսից կամ երթուղայինի ռադիոյից ռաբիզ երաժշտություն էր հնչում: Ընդ որում՝ հիշում էր, որ ամենից շատ կենդանիները ջղաձգվում էին սինթեզատորային սրտաճմլիկ սոլոների ժամանակ:

– Ջոկե՛լ եմ,– հաղթանակած բացականչեց Վարդգեսը:

***

Մի ժամ չանցած, Դժնդակի հրահանգին հետևելով, վիշապների խմբավորումները, կիրճից դուրս թռչելով, սկսում էին իրենց ավերածությունները Երևանում: Զոհեր դեռ չկային, քանի որ օպերացիան ավելի շատ սաստելու և ահ սփռելու համար էր: Եվ հրեշներին դա հաջողվեց. փողոցները կաթվածահար էին եղել, տեղեկատվությունը շատ արագ սկսեց սփռվել համացանցով ու աշխարհով մեկ: Վախն ու խուճապը տարածվում էին կայծակնային արագությամբ: Քաղաքում արտակարգ դրություն մտցվեց, բայց արդեն ուշ էր. զինված ուժերը պարզապես չէին կարող տեղաշարժվել քաղաքով, քանի որ վիշապները հեշտությամբ քանդել էին կամուրջները, խցանել փողոցները և հրդեհել կարևոր շենքերը:

Բայց իրական ռազմավարությունը մշակվում էր Մոնումենտի բակերից մեկի գրուցարանում, որտեղ հավաքվել էին, ինչպես Գևորն էր սիրում ասել, «Քուչի մեծամեծերը»:

Զրուցարանի խորքում, այսպես ասած՝ սեղանի գլխին, նստած էր Ջակուզը: Նա մի ձեռքով խաղում էր թզբեհով, այդ նույն ձեռքով թերթում էր սոցցանցերը, իսկ մյուս ձեռքով քռում արդեն ծակծկող թրաշը: Նրա՝ փոքր-ինչ առաջ թեքված ուսերին բարակ սև բաճկոն էր գցած: Զրուցարանի ներսում հավաքված ախպեր-ընգերների ամենամոտ շրջանակը (այսօր նրանց թվում նաև Գևորը), ինչպես նաև զրուցարանը շրջապատած ու բակով մեկ տեղակայված մի քանի տասնյակ երիտասարդները (բարձր դասարանցիներից մինչև բանակ-գնացած-եկածները) շունչները պահած սպասում էին նրա կարծիքին: Ջակուզն ուշադիր դիտում էր վիշապներով հոլովակներն ու լայվերը, ինչպես նաև թերթում կադրերը, որոնք կիրճում հասցրել էին անել Գևորենք:

– Լավ,– ասաց Ջակուզը՝ հեռախոսը գրպանը դնելով ու գլուխը բարձրացնելով. բոլորը ականջները սրեցին,– ուրեմն մեր հարազատ քաղաքի վրա ու մեր հայրենի հողի վրա համապատասխան հարձակվել են ինչվոր առասպելական վիշապներ:– Ջակուզը փորձում էր խոսել քուչի ստանդարտներին անհասանելի ոսկեղենիկ հայերենով, բայց չ-ն շ արտասանելով, մեկ է, իր ենթամշակույթից շատ չէր կտրվում:– Մեր ախպերը,– նա նայեց Գևորին, որը քիչ էր մնում՝ այս ուշադրությունից հուզմունքից կարմրեր,– իր ախպերների հետ անմիջական շփում ա ունեցե, ասենք, դրանց հետ: Հմի մենք չենք կարա ուղղակի, ասենք՝ կողք քաշվենք ու ոշմիբան չանենք, որտև էս էն դեպքն ա, որ բոլորիս համապատասխան քուչեքը վտանգված են: Ես նոր, ասենք, ֆեյսբուքն էի նայում, բայց կարելի ա ուղղակի հենց հիմա համապատասխան Մանումենտից իշնենք, ասենք՝ Կասկադ ու համապատասխան սեփական աչքերով տեսնենք, թե ինչ վայրենություններ են կատարվում: Մենք տենց վերաբերմունք չենք հանդուրժելու:

Ջակուզը հայացքով զննեց իրեն շրջապատած երիտասարդներին: Այդ պահին նա նման էր կինոներում ճակամարտից առաջ ոգեշունչ ճառ ասող հրամանատարի:

– Դրա համար մենք պիտի մոռանանք մեր համապատասխան ներքին խժդժությունները, ասենք, վեճերն ու բազառները, համախմբվենք, ու մեր կողմից, համապատասխան պատասխան տանք: Հիմա բոլորս մի տղու պես պիտի դուրս գանք փողոց, որտեղ մեզ սպասում ա շատ ավելի, ասենք, զորեղ հակառակորդ: Բայց, շնորհիվ մեր ախպերների,– նա նորից նայեց Գևորի ուղղությամբ, բայց Վարդգեսը, որ կանգնած էր քիչ ավելի հեռու, զգաց՝ այստեղ իր լուման էլ կա,– մենք համապատասխան գիտենք, թե ոնց պետք ա էս թռնող եզերին, ասենք, դաս սովորացնենք:

Ջակուզին ուղղվեցին տասնյակ հարցական հայացքներ: Մի փոքր դադարից հետո նա եզրափակեց.

– Լիցքավորեք ձեր հեռախոսները, համապատասխան վճարեք ինտերնետները, տներից բերեք փոշու, ասենք, տակ մնացած մագերը, ծանոթների քյաբաբնոցներից հավաքեք դինամիկները, հետո գտեք տան համապատասխան դիսկերի մեջ, հորոխպոր, ասենք, կասետների արխիվներում, յութուբի ամենա էն խորքերում համապատասխան աշխարհի ամենաքյառթ ռաբիզը ու զլե՛ք, քոքե՛ք, ասենք, մինչև վերջ: Մեր ռաբիզը մեր զե՛նքն ա:

Մի վայրկյան լռությունից հետո քուչան լցվեց ռազմատենչ աղաղակներով, որից հետո տղաները ցրվեցին՝ կատարելու Ջակուզի հրահանգները:

***

Վիշապներն արդեն ակնհայտորեն զավզականում էին. վառում էին ծառերը, ներխուժում ռեստորաններ ու խժռում ամեն տեսակի սնունդ (ամենից շատ տուժեցին շաուրմայանոցները. ոչ միայն Վազգենն էր սիրել այս կերակրատեսակը, այլև նրա մյուս ցեղակիցները), մեքենաները թաթերով բարձրացնում գետնից ու շրխկոցով ցած շպրտում, տապալում արձանները, ինչպես չարաճճի երեխաները կթափռտեն սենյակի խաղալիքները: Նրանցից մեկը նույնիսկ չզլացավ, Մալաթիայում գտավ Վահագն Վիշապաքաղի արձանը և մի քանի կրակահերթ բաց թողեց երախից՝ կարծես փորձելով պղնձե ասպետի ձեռքերից նույնքան պղնձե վիշապին ազատագրել: Ճակատագրի հեգնանքով՝ արձանի վրա հարձակում գործող վիշապն իսկապես նման էր ստեղծագործության միջի գազանին՝ օձանման երկար վզով, լայն թաթերով ու ձկան պոչով: Արձանին միայն պակասում էին թռչելու համար նախատեսված թևերը: Արձանն արդեն սնացել էր կրակի մի քանի շիթերի տակ ու քիչ հետո տաքությունից պարզապես կճաքեր ու կփշրվեր, բայց այդ պահին 20-րդ դարի հայ քանդակագործության այս նշանակալից ստեղծագործությանը օգնության հասավ Վլեն՝ իր «Գետերումը ջուր չկա» մելամաղձոտ գլուխգործոցով:

Օձավիշապը խառնվեց իրար, մի կողմ ցատկեց, փորձեց թաթերով փակել ականջները, բայց դա հեշտ չէր՝ նրա ֆիզիոլոգիան չէր ենթադրում այսպիսի ֆորս-մաժորային իրավիճակներ: Մինչդեռ այս ֆունդամենտալ ռաբիզի աղբյուրը՝ Ջակուզի հոր *ընգերոջ* ախպոր տղու լավ ախպերներին պատկանող թյունինգ արած դորդ-ջիարը, հրեշին ձեռ առնելով պտույտներ էր տալիս դատարկ ճանապարհին: Ղեկին նստած երիտասարդը մգեցված ապակիների հետևից հաճույքով հետևում էր վիշապի տանջանքներին, մինչդեռ նրա կողքի ուղևորը նկարում էր այդ ամենը հեռախոսով: Մի քիչ ավելի զվարճալի դարձնելու համար վարորդը մի վայրկյանով իջեցրեց երգի ձայնը: Վիշապի գլխացավն իսկույն անցավ, տանջալիցից դեմքի արտահայտությունը փոխվեց զայրացածի, նա, գալարվելով սնացած արձանի շուրջ, պատրաստվեց ցատկել ավտոմեքենայի վրա, բայց վերջին պահին երաժշտությունը նորից քոքվեց և հորդաց կտուրին դրված բարձրախոսներից: Վիշապը նորից ընկավ գետնին և մի քանի անգամ գալարվելուց հետո պարզապես որոշեց փախչել:

– Ի՜, չեղա՛վ, այ քու ցավը տանեմ, մի՛ գնա շուտ,– հորդորեց նկարահանող երիտասարդը և նորից իջեցրեց երաժշտությունը:

Այս անգամ հրեշը որոշեց պատժել կրակով: Խոր շունչ քաշեց, փայլատակեց ամբողջ մարմնով, բայց կրակը մնաց բկին՝ բառի բուն իմաստով: Նորից զլած երաժշտության պատճառով նա պարզապես չկարողացավ այրել չարաճճիներին ու հանձնվեց. շրջվեց ու թռավ-գնաց:

Բայց այս առաջին հաջողված դեպքը հերիք էր, որպեսզի Ջակուզի բարձրացրած պարտիզանական պայքարը նոր թափ հավաքի: Տեսահոլովակը հաշված րոպեների ընթացքում տարածվեց համացանցով «ՎԻՇԱՊ Ա ՎԱՏԱՑԵԼ» վերնագրով: Տեսանյութին կցված էր նաև կարևոր հաղորդագրություն. «ԵՐԵԽԵՔ, ՇՏԱՊ ՏԱՐԱԾԵՔ: Վիշապները վատանում են մեր զուլալ հայոց ռաբիզից. միացրեք, բարձրացրեք ձայնը ու եղեք ապահով»: Ռոքի որոշ սիրահարներ հույս ունեցան, որ «Սիսթեմ օֆ ը Դաունն» էլ նման ազդեցություն կունենա քաղաքը պաշարած հրեշների վրա, բայց, ավաղ, ո՛չ դա, ո՛չ էլ, առավել ևս, ջազը անզոր էին: Վիշապների վաղնջական օրգանիզմներն անհամատեղելի էին միայն իսկական հայեցի ռաբիզի հետ:

19.
Աժդահակի վերադարձը

Մանկական երկաթուղու թունելում հերոսաբար վախճանված երթուղայինի փոխարեն վարպետ Վալոդը ընկերոջից կարողացել էր վերցնել մաշված, բայց հպարտ կանաչ «Երազը»: Եվ այդ ծերուկ մեքենան նրանց պետք է հասցներ մինչև Աժդահակ լեռը: Դե, գոնե որքան հնարավոր է մոտ:

Զինվորականներից, վիշապներից ու խցանումներից խուսափելու համար վարպետ Վալոդը ստիպված էր երկարացնել ճանապարհը և անցնել գյուղերով ու լքված ճանապարհներով: Աստղիկն ու Արեգը խցկվել էին դիմացի նստարանին: Վահագնը երկու ձեռքով ամուր գրկել էր Վալոդենց խորդանոցից գտնված պղնձե թասը, իսկ Աստղիկը պայուսակի մեջ տեղավորել էր սոսիի դեղնակարմիր, խատուտիկներ հիշեցնող ծաղիկները, որ քաղել էին այգու ծառերից:

Արեգը զննում էր համացանցը: Նա արդեն հայտնել էր Աստղիկին ու Վալոդին, որ Գնորենք վիշապների դեմ կիրառում են ռաբիզը:

– Լավ են մտածել, բայց հետագայի համար երևի Ժնևյան կոնվենցիայում լավ կլինի սա էլ ավելացնեն, որպես ոչ հումանիստական զինատեսակ,– հավելեց նա:

Արեգը ծիծաղեց սեփական կատակի վրա. վերջին մի քանի ժամի ընթացքում նրա տրամադրությունը սարսափահար խուճապից հասել էր նյարդային հումորիկի, և այսպես շատ ավելի հեշտ էր դիմանալ կատարվողին: Իսկ Աստղիկն անհանգիստ էր. Վահագնի բջջայինը նորից ու նորից չէր պատասխանում:

***

Երբ Աժդահակին մնում էր մեկ-երկու կիլոմետր, ու լեռն արդեն կարծես ափի մեջ լիներ, «Երազը» սկսեց դողդողալ, թքսալ ու ծխալ: Հետո լռեց, կտրուկ հազաց ու կանգ առավ:

– Հասանք, իջեք,– նյարդայնացած ասաց Վալոդը:– Մնացածը՝ ոտքով:

Արեգը նայեց լեռանը: Ստորոտում երևում էին գիտական արշավախմբի ֆուրգոնները, իսկ վերևում՝ գագաթին մոտ, նշմարվում էին վրանները: Երկինքն ամպամած էր, բայց հենց լեռան վերևում գորշ ամպերի կուտակումն ավելի խիտ էր, դրանցում պարբերաբար կարելի էր նկատել փայլատակող, բայց առայժմ ամպերի ներսում մնացող կայծակներ: Տպավորություն էր ստեղծվում, թե երկինքը դողդողում է ու ամեն պահի կարող է ճաք տալ ու փլվել:

– Տեսե՛ք,– ուրախությունից թրթռացող ձայնով, ձեռքը վեր պարզելով ասաց Աստղիկը:

Ճամփորդները նկատեցին հյուսիսից իրենց կողմը սլացող Վազգենի ուրվագիծը: Քիչ անց Աստղիկը կարողացավ նշմարել նաև վիշապի պարանոցին նստած Վահագնին, որն իր հերթին ուրախությամբ ձեռքը թափահարելով ողջունում էր ծխացող «Երազի» մոտ կանգնած ընկերներին:

Մի քանի րոպեից խումբն անցավ վիշապաջրի պատրաստմանը: Պղնձե ամանի մեջ նախ զգուշությամբ լցվեց Օձի պորտից հավաքված ջուրը: Ապա Վահագնը երկու քարի միջոցով մանրացրեց վիշապ Բազուկի ոսկորը (բարեբախտաբար, այն բավական փխրուն էր, և գործն արագ գլուխ եկավ), իսկ Արեգն այդ ընթացքում ակտիվորեն ցախ էր հավաքում խարույկի համար: Վերջապես, ամեն ինչ պատրաստ էր: Վազգենը վառեց հավաքած ցախերը, և Վահագնը պղնձե ամանը զգուշորեն տեղավորեց խարույկի վրա:

– Բա հետո՞,– հարցրեց Արեգը:

– Սպասում ենք, մինչև կարմիր գոլորշի դուրս գա,– հայտնեց Վազգենը, որի հայացքը, սակայն, ուղղված էր դեպի լեռը. այնտեղ՝ երկնքում, նշմարվեց Դժնդակը, որը պտույտներ էր տալիս գագաթի վրա.– իսկ ես գնամ հին ծանոթներիս հետ մի երկու բառ խոսալու:

– Մի րոպե, բա հետո էս... էս թույնը ո՞նց ենք օգտագործելու,– հարցրեց Վահագնը:

– Նախորդ անգամ սատանի եղունգի սայրով նիզակը բոլոր հարցերը լուծեց,– ասաց Վազգենը, բացեց թևերն ու սլացավ դեպի լեռը:

– Օհո՜, էս չոլում նիզա՞կ որտեղից ճարենք, հը՞,– տարակուսեց Արեգը,– էն էլ օբսիդիանո՞վ:

Վահագնը ֆշշացրեց, երկու ձեռքով բռնեց գլուխը և զայրացած նստեց խոտին՝ խարույկի մոտ: Աստղիկը խոսակցությանը չէր խառնվում, այլ Արեգի բերած ցախերից մեկը, օգտագործելով որպես գդալ, խառնում էր կրակին դրված հեղուկը:

– Գնանք փնտրե՞նք,– անվստահ առաջարկեց Արեգը:

– Մի րոպե, մտածենք,– ասաց Վահագնն ու մտքերը տեղը բերելու համար պայուսակից հողը հանեց:

Առաջին հայացքից կարող էր թվալ, որ հող պտտելու համար որևէ հարմարություն չկա այս խոտերի, ցեխի ու խորդուբորդության մեջ, բայց Վահագնին հերիք էր մի ափաչափ տափակ քար գտնել: Այդպիսի մի փոքր մակերեսի վրա էլ կտտաց վերևից իջած ու պարանից ազատված հողը: Վահագնը չոքեց ու սկսեց ուշադիր նայել հողին՝ կարծես դրա պտտվող նախշերի մեջ պատասխանը փնտրելով:

Նրան շեղեց Աստղիկի ձայնը: Աղջիկը կասկածելի հանգիստ էր՝ հաշվի առնելով ստեղծված իրավիճակը:

– Վահագն, ո՛նց որ դու հիմա նայում ես քո զենքին,– ասաց նա:

Վահագնը զարմացած նայեց ընկերուհուն: Ընկերուհին բարձրացրեց հոնքը՝ այդպիսով կարծես զարմանք արտահայտելով առ այն, թե ինչ բարդ է տեղ հասնում այդ պարզագույն միտքը: Այդ պահին հողի հավասարաչափ, խուլ վնգոցն ընդհատվեց հինավուրց խաղալիքի անկման դրխկոցով: Վահագնն արագ իջեցրեց հայացքը և վերջապես տեսավ հայրիկից նվեր ստացած հողի սև, փայլուն սայրը:

– Այո՛,– բացականչելով Վահագնը վեր ցատկեց:

– Կարմրե՛ց,– լսվեց արդեն Արեգի բղավոցը:

Բոլորը նայեցին պղնձե ամանին, որի մեջ բլթբլթացող թանձր մածուցիկ նյութից սկսեց կարմրավուն գոլորշի բարձրանալ:

Տեսնելով, որ երեխաներն արդեն իրենք էլ շատ լավ կողմնորոշվում են, և սթափ գնահատելով սեփական ֆիզիկական կարողությունները՝ վարպետ Վալոդը հևալով ասաց.

– Երեխեք, կներեք, բայց ես է՛լ չեմ կարողանա գնամ: Ներող լինեն պապերս, բայց ես էդ սարի վրա բարձրացողը չեմ:

Երեխաները գլխով արեցին:

***

Արդեն ստորոտի մոտ Վահագնն անհանգիստ նայեց գագաթին. լեռան վերևում ամպերը գրեթե սևացել էին ու ավելի ու ավելի հաճախ էին բռնկվում: Մի ձեռքում նա բռնել էր քիչ առաջ պատրաստած նիզակը. երկար, համեմատաբար ուղիղ փայտի ծայրին իր սեփական պարանով հնարավորինս պինդ՝ սայրով դեպի դուրս ամրացված էր հողը: Նրա վրայից դեռ բարձրանում էր վիշապաքրի կարմրավուն գոլորշին:

Վահագնը երբեք աչքի չէր ընկել մարզական կազմվածքով ու դիմացկունությամբ. նույնիսկ ֆուտբոլ չէր խաղում բակում, և վերելքը նրանից չափազանց շատ ուժ խլեց, հատկապես եթե հաշվի առնենք, որ օրվա ընթացքում առանց այդ էլ բավական պակասել էր: Այդուհանդերձ, նա առաջինը հասավ. Արեգն ու Աստղիկը հետ էին մնացել, բայց նա չսպասեց. պետք է շուտ տեսներ ծնողներին: Ու տեսավ... վրանի մոտ՝ արշավախմբի մյուս անդամների հետ, հատակին նստած: Կապկպած:

Դժնդակը թևերը բաց սավառնում էր լճի մակերևույթի վրայով: Մի պահ մոտեցավ ջրից դուրս ցցված վիշապաքարին, հետո ափ վերադարձավ: Նա հայացքով հանդիպեց Սյունուն, որը նյարդայնացած, բայց, մեկ է, պահի կարևորության գիտակցումով, հետ ու առաջ էր անում կապկպած գերիների առջևով ու ինչ-որ բան փնթփնթում՝ փորփրելով ուսից կախված պայուսակը: Դժնդակի հայացքը մի բան էր նշանակում՝ պետք է գործի անցնել: Գիտնականները վախեցած էին. նրանց համար վիշապների իրական լինելը նորություն էր, Երևանում կատարվողը նրանց չէր հասել, քանի որ կապ երեկվանից չկար: Սյունին մոտեցավ Նիկողայոս Մադոնցին ու ձեռքից բռնած՝ վեր քաշեց: Ձեռքերը դիմացը կապած Մադոնցը բարձրացավ՝ տարակուսած նայելով նախկին գործընկերոջը:

– Պետրոս, չգիտեմ՝ ինչ գործ ունես էս ամենի հետ,– շշնջաց նա,– բայց հաստատ դեռ ուշ չի...

– Սո՛ւս մնա,– բղավեց Սյունին,– ո՛ւշ է, դուք ձեր քարերը պեղեցիք, հիմա տեսեք, թե ե՛ս ինչ կարող եմ անել:

Նա պայուսակից հանեց դաշույնը և սայրը սպառնալից մոտեցրեց Մադոնցի երեսին: Տիկին Մադոնցը ճչաց ու փորձեց ազատվել կապանքներից, բայց դրա կարիքը չեղավ. լսվեց Դժնդակի ձայնը:

– Հիմա՛ր արարած, արյունն Վիշապաքաղի տիկնոջն այն գոռացող մարմնույն մեջ է և ո՛չ այր մարդու:

Սյունին զարմացած նայեց Վահագնի մորը: Նիկողայոսը, որ առանց այն էլ շփոթված էր, հիմա ավելի խառնվեց:

– Օ՜, փաստորեն իմ համալսարանական սերը, դժբախտ, անպատասխան սերը ինձ ձգել է վիշապների հետ իր նախնիներով,– Նիկողայոսին գետին գցելով ու Նանեին առաջ քաշելով շարունակեց Սյունին:– Սիրում եմ քո այս զարմացած հայացքը: Դու է՞լ չգիտեիր, որ քո նախնիները պատահական անցորդներ չէին, այլ Վահագն Վիշապաքաղի հետնորդներ, իսկ նրանց արյան մեջ կա նաև դավաճան վիշապի մի կաթիլ...

– Պետրո՛ս, վե՛րջ տուր հիմարություններիդ, խելքդ թռցրե՞լ ես,– բացականչեց Նիկողայոսը, բայց Սյունին նրան ուշադրություն չդարձրեց:

– Այ եթե ժամանակին չմերժեիր ինձ ու այս անհաջողակի հետ կյանքդ չկապեիր, հիմա մենք երկուսով կտոնեինք վիշապների փառապանծ վերադարձը,– վախեցած Նանեի աչքերին նայելով՝ շարունակեց Սյունին:– Իսկ հիմա... Հիմա երևի ես պարզապես կյանքի կոչեմ Վիշապաց Վիշապ Աժդահակին:

Այս ասելով՝ Սյունին բռնեց Նանեին ու քարշ տվեց դեպի լիճը: Ջրից դուրս ցցված վիշապաքարը շատ հեռու չէր՝ մի քանի քայլ: Նանեն փորձեց դիմադրել, բայց Սյունին ավելի ամուր սեղմեց նրա ձեռքը: Երբ երկուսով հասան քարացած Աժդահակին, գագաթի վրա կախված գորշ ամպերից կայծակները սկսեցին խփել: Սյունին խոր շնչեց, զոռով առաջ քաշեց Նանեի կապված ձեռքերը և արագ շարժումով դաշույնը սահեցրեց դաստակի վրայով: Արյունը հոսեց ու կաթիլ-կաթիլ ընկավ վիշապաքարի վերևի մասին, ապա սկսեց դանդաղ, թշշալով տարածվել փորագրությունների միջով:

Վահագնը, որ ժայռի հետևից հետևում էր այս ամենին, կտրուկ շարժում արեց, որպեսզի վազի օգնության, բայց նրան պահեց վերելքը վերջապես հաղթահարած Արեգը:

– Վազ, սպասի՛,– շշնջաց նա,– իմաստ չունի քեզ առաջ գցես, արի նախ մնացածին ազատենք:

Եվ իսկապես, Սյունին ու Դժնդակը մոռացել էին կապկված գերիներին, քանի որ ամբողջությամբ զբաղված էին Աժդահակով: Մառնաշունչ վիշապը, մի կերպ թաքցնելով շփոթմունքը, անհամբեր պտտվում էր լճի վրայով, կարծես փորձեր արագացնել քարազերծման ընթացքը: Սյունին մի քանի քայլ հետ գնաց ու սկսեց զմայլված դիտել: Քանի որ խոսքը ոչ թե սովորական, միջին վիճակագրական վիշապի, այլ դրանցից ամենազորեղի մասին էր, հիմա տպավորությունները բոլորովին այլ էին: Մի պահ, սակայն, նա հիշեց Նանեի գոյության մասին, որը փորձում էր մյուս ձեռքով կանգնեցնել վերքից հոսող արյունը: Սյունին մեծահոգաբար հանեց վզից կախված սպիտակ շարֆը և արագ փաթաթեց տիկին Մադոնցի վերքին: Հետո պինդ բռնեց այդ ձեռքն ու նայելով կնոջ աչքերին՝ ասաց.

– Նանե՛, աշխարհը ուր որ է՝ լրիվ կփոխվի. մնա ինձ հետ, մենք միասին կլինենք հաղթողների կողմում:

Նանեն զզվանքով նայեց Սյունուն, կտրուկ քաշեց ձեռքերն ու շրջվեց, գնաց դեպի ափը: Սյունին ճպպացրեց.

– Ոնց կուզես, Վիշապաքաղի հետնորդ,– արդեն հեգնանքով հեռացող Նանեի հետևից ասաց Սյունին ու նորից կենտրոնացավ կերպարանափոխվող վիշապաքարի վրա:

Նա չնկատեց, որ երեք դեռահասներ հենց այդ պահին պոկում են գերեվարված գիտնականների ձեռքերը կապած պարանները. Վահագնը պեղումների համար նախատեսված մի քանի գործիք էր գտել վրանում:

– Վահա՞գն, դո՞ւ ինչ գործ ունես էստեղ,– ապշահար հարցրեց Նիկողայոս Մադոնցը, երբ տեսավ իրեն ազատող որդուն:

– Երկու բառով դժվար կլինի պատմել, հիմա պիտի ցվրվենք,– ասաց Վահագնը:

Հորն ազատելուն պես Վահագնը վազեց Նանեին ընդառաջ:

– Գնացի՛նք, ճանապարհին կպատմեմ,– մոր հարցը կանխազգալով՝ միանգամից ասաց Վահագնը:

Արշավախմբի մեծ մասն արդեն իջնում էր սարից. նրանց օգնում էին Արեգն ու Աստղիկը: Մաղոնցները մի փոքր հետ մնացին, քանի որ պետք էր կարգին վիրակապել Նանեի ձեռքն ու կտրել պարանը: Բայց երեքն էլ շեղվեցին, երբ լեռան վերևում կուտակված ամպերից մեկը մյուսի հետևից սկսեցին կայծակներ տեղալ լճի այն մասին, որտեղ երևում էր վիշապաքարը:

Նույնիսկ Դժնդակը հետ քաշվեց ու կանգնեց լճակի հակառակ ափին՝ համբերատար սպասելով իր արքայի վերադարձին: Քամին ուժգնանում էր, ամպերը մթնել էին: Դրանց միջից խփող կայծակներն ասես լիցքավորեին ջրից կիսով չափ դուրս ցցված վիշապաքարը: Միևնույն ժամանակ Նանեի ձեռքի թարմ արյունն արդեն կարծես ներծծվել էր հազարամյակներ այստեղ ընկած քարի մեջ: Քարը սկսեց ցնցվել ու ծխալ: Հետո մի պահ ամեն ինչ կանգ առավ՝ քամին, ամպերը, կայծակը:

Վահագնին թվաց, թե ժամանակն ու մոլորակը նույնպես քարացել են տեղում: Բայց ակնթարթ անց արդեն գրեթե գիշերային խավարն այնպես լուսավորվեց, կարծես հենց նոր ինչ-որ մեկը երկու հազար վատանոց հսկա մի լապտեր միացրեց: Իրականում անասելի ուժգնության մի կայծակ էր հարվածել ուղիղ վիշապաքարի կատարին: Վայրկյան անց ուշացումով լսվեց նաև որոտի հռնդյունը: Վահագնը ակամա փակեց աչքերն ու ձեռքի ափերը դրեց ականջներին, իսկ Նիկողայոսը երկու ձեռքով գրկեց որդուն ու կնոջը, թեպետ նա այս պահին դժվար թե որևէ կերպ կարողանար պաշտպանել նրանց:

Երբ Վահագնն աչքերը բացեց, լիճը չկար: Գոյություն չուներ: Օդում գոլորշացած ջրի հոտն էր զգացվում, իսկ խառնարանը դատարկ էր: Նախկին լճի հատակն անգամ խոնավ չէր, այլ չոր էր ու ճաքճքած, կարծես այստեղ տարիներով նույնիսկ անձրև չէր եկել: Պետրոս Սյունին դողում էր ժայռաբեկորի հետևում: Նրա գլուխը կախ էր: Ուզում էր նայել, բայց չէր համարձակվում բարձրացնել գլուխը: Քիչ հեռու փշրվում էր վիշապաքարը՝ այն, որ հայտնաբերել էր արշավախումբը, և որի մի կտորը դուրս էր ցցված լճից: Այժմ խառնարանի մեջ մի նոր խառնարան էր առաջացել և ճաքերով պատված հսկա վիշապաքարը Վահագնի աչքաչափով՝ չորս-հինգ հարկանի շենքի բարձրության կլիներ: Կոթողի վրայից կտոր-կտոր պոկվում-ընկնում էին քարի բեկորները:

Մադոնցների ընտանիքը բերանները բաց հետևում էր Վիշապաց Վիշապի վերածննդին: Վահագնը ձեռքը նիզակին տարավ, որ դրել էր հողին: Նա դեռ չգիտեր, թե ո՛նց պիտի հարվածի, բայց պետք էր պատրաստ լինել: Թարսի պես, Վազգենը չէր երևում:

Րոպեներ անց խառնարանում երևաց հրեշն ամբողջությամբ: Նա բացեց թևերը, շարժեց պոչը, երախը վեր պարզեց ու մռնչաց: Վահագնը նկատեց հրեշի երկար, սրածայր լեզուն: Նույն պահին երկինքը լուսավորվեց կայծակների ոստայնով, որին հետևեց ամպրոպը: Աժդահակը դանդաղ թափահարեց թևերը, օդ բարձրացավ ու սկսեց ուսումնասիրել տարածքը: Նրա բոցավառ աչքերը նկատեցին դողացող Սյունուն, գլուխը կախ Դժնդակին, գրկախառնված Մադոնցներին: Հսկա հրեշը ավելի արագ թափահարեց թևերը, մի քանի պտույտ տվեց ջրազրկված խառնարանի վրա, սլացավ վերև ու մխրճվեց ամպերի մեջ:

Լեռան գագաթին քար լռություն տիրեց, որը խախտում էր միայն քամու սուլոցը:

***

Դժնդակը բարձրացրեց գլուխն ու փոքր-քիչ մոլորված սկսեց չորս կողմը նայել: Մի պահ մտածեց, որ Տիրակալը դժգոհ է, այդ պատճառով ոչինչ չասաց ու թռավ: Հետո մտքով անցավ՝ գուցե պարզապես նրան ուժերը վերականգնելու ժամանակ է պետք: Այդ պահին նկատեց Մաղոնցներին, որոնք արդեն ուշքի էին եկել և շտապում էին գագաթից ցած իջնել: Աժդահակի վերջին քայլից մնացած անորոշության զայրույթը պետք է թափվեր այս անպատկառների վրա, առավել ևս, որ հիմա ճիշտ ժամանակն էր վերացնել Վահագնի հետնորդներին ու այդպիսով վերջակետ դնել: Դժնդակը թռավ օդ, առաջ հետին թաթերը տնկեց, սրեց ճանկերը, սկսեց լիցքավորել կոկորդը՝ մեկ վերջնական բոց թողնելու համար, բայց հանկարծ լեռան ստորոտի կողմից հայտնվեց Վազգենը: Երկու վիշապների միջև նորից մենամարտ սկսվեց:

– Մի րոպե, ինչո՞ւ են հիմա էլ իրար դեմ կռվում,– է՛լ ավելի խճճվեց Նանեն:

– Վահա՛գն, ի զե՛ն,– վերևից լսվեց Վազգենի բացականչությունը:

– Աստված իմ, քեզ հե՞տ էր խոսում,– հիմա էլ ապշեց Նիկողայոսը:

– Հա, հա, հետո կպատմեմ, եկե՛ք,– Վահագնը ծնողներին քաշեց իր հետևից. հիմա կարևորն այստեղից հեռանալն էր:

Քիչ անց Մաղոնցներն արդեն գրեթե վազքով սլանում էին Աժդահակ լեռան ստորոտով: Ցածում՝ մեքենաների մոտ, սպասում էին արշավախմբի մյուս անդամները:

***

Վազգենը քաջ գիտակցում էր, որ Դժնդակին գրեթե հնարավոր չէ հաղթել, իսկ թե հաջողվի էլ, Աժդահակը որ հաստատ մենամարտում պարտվողը չէր: Բայց կարելի էր դիմել խորամանկության: Կարևոր էր չկորցնել ճիշտ պահը, քանի Աժդահակը մոտակայքում չէ: Նա սկսեց կյանքի կոչել ծրագիրն այն պահին, երբ Դժնդակը նրան գետին տապալեց ու թաթը դրեց մեջքի վրա փռված Վազգենի կոկորդին:

– Վիշապաց Վիշապի թնդագին վերադարձը չե՛ս պղտորի, ստո՛ր դավաճան,– մռնչաց Դժնդակը:

Վազգենը մռութը ծամածռեց, հազաց ու խոսեց.

– Լավ, լավ, դու ճիշտ ես, անիմաստ ժամանակ եմ ձգում:

Դժնդակը կանգ առավ, նրան հետաքրքրեց Վազգենի տրամադրության փոփոխությունը: Վերջինս շարունակեց.

– Չէի ուզի հերթական անգամ հակառակորդի կողմում մնալ, հատկապես, որ վերջին օրերին տեսա, թե ինչ վարպետությամբ կազմակերպեցիր վիշապների վերադարձը, Երևանը գրավեցիր, գտար Վահագնի հետնորդին, որ արթնացնես մեր սիրելի Աժդահակին: Իրոք տպավորիչ էր: Մայադէզ լիցի՛մ, թե չափազանցնում եմ:– Վազգենը աչքի տակով նայեց Դժնդակին, որը համակ ուշադրությամբ լսում էր ցեղակցի քծնանքը:– Մենակ թե գիտե՞ս՝ ինչը չեմ հասկանում. եթե դու էսքան լավ ղեկավարում ես մեր վիշապաց զորքը, Աժդահա՞կն էլ ինչներիս է պետք:

Դժնդակի աչքերն ակնակապիճներից դուրս թռան, կարծես հենց նոր վիրավորել էին իր ամենամտերիմ բարեկամին (սա, ինչ-որ առումով, իրականություն էր): Վազգենը գլուխը մի փոքր վեր ձգեց ու ասաց.

– Չէ, չէ, միտում չունեմ վիրավորել, ու հակառակը, ուզում եմ ասել, որ Վիշապաց Վիշապն ըստ արժանվույն չի գնահատում քո կատարած աշխատանքը, մինչդեռ, որպես վիշապ, ես կգնայի քո՛ հետևից: Մնացածն էլ, վստահ եմ, նույնը կասեին:

Ավելի համոզիչ թվալու համար Վազգենը մի քիչ էլ գլուխը տմբտմբացրեց: Դժնդակը կամուկացի մեջ էր: Վազգենին հաջողվել էր նետել խայծը այս անվստահությունն արդեն հաղթանակ էր: Թե՞... Վազգենին մի պահ թվաց, թե Դժնդակը, այնուամենայնիվ, պատրաստվում է ոչնչացնել նրան, բայց նույն պահին Գեղամա լեռների վրա սփռված ամպամած ու մռայլ երկնքում լսվեց ռազմական տեխնիկայի սպառնալից գվվոցը: Երևանում արդեն տեղյակ էին, որ գլխավոր իրադարձություններն այստեղ են տեղի ունենում, տեղյակ էին նաև, որ անծանոթ հակառակորդի դեմ պայքարում չարժե վտանգել մարդկային կյանքերը, և որոշել էին վերջապես գործի դնել տեխնիկական նորագույն լուծումները՝ անօդաչու թռչող սարքեր: «Մեր պատասխանը թռչող մողեսներին»,– այսպես էր բնութագրել ռումբերով զինված երկաթյա արծիվներին գործի դնելու որոշումը վարչապետը: Եվ ահա, դրանց մի ամբողջ երամ եկել էր Աժդահակի հետ հարցերը լուծելու (այս ճակատամարտը հաջորդ օրը թերթերում նկարագրվելու էր «Դրակոններն ընդդեմ դրոնների» վերնագրով):

Վիշապաց Վիշապը դուրս սողաց գորշ ամպերի միջից ու շփոթված Դժնդակի հայացքի ներքո հաճույքով ընդունեց մարտահրավերը: Նա ճարպկորեն շրջանցում էր դրոնների արձակած կրակոցները, պտտվում ու ինքը հսկա երախով կրակ արձակում դրանց վրա՝ արդեն սարքերին խույս տալ ստիպելով: Քանի որ ռազմաբազայում էկրանների առջև նստած անօդաչու սարքերի օպերատորների համար վիշապի հետ կռիվը նորություն էր, նրանց էլ կողմնորոշվելու ժամանակ էր պետք: Այդպիսով մարդիկ շատ արագ կորցրին երեք դրոն. մեկը մնաց Աժդահակի արձակած կրակի շիթի տակ, մյուսն այդ նույն կրակից խույս տալ փորձելով՝ բախվեց լեռան ստորոտին, երրորդն էլ գետին տապալվեց, երբ վիշապը վնասեց թևը:

Աժդահակը գոհ մնաց վերադարձի առաջին րոպեներից: Բայց սկսեց նյարդայնանալ, երբ դրոնների գրոհները դարձան ավելի ու ավելի ակտիվ: Նա մռնչաց, այնպես, որ ձայնն արձագանքելով դղրդաց լեռների մեջ ու, ինչպես ներքևից թվաց Վահագնին, ամբողջ Երկրագնդի շուրջ պտույտ կատարեց... Նա չգիտեր, որ սա ոչ թե պարզապես զայրույթի ռոնոց էր, այլ հստակ հաղորդագրություն ցեղակից վիշապներին: Վազգենն այդ բանը հասկացավ. Աժդահակը կռվի էր կանչում բոլոր կենդանի վիշապներին: Նա նաև նկատեց Դժնդակին նետած հայացքը. առաջնորդը դժգոհ էր իր օգնականի անգործությունից: Դժնդակը վեր թռավ՝ բաց թողնելով դեռ գետնին ընկած Վազգենին:

– Որ ասում էի՞,– հեգնանքով ասաց նա,– եկած-չեկած արդեն վրադ մուննաթ եկավ էսքան արած գործից հետո:

Դժնդակը սպառնալից ցուցադրեց սուր ժանիքները և ֆշշացրեց, բայց այլևս չհարձակվեց Վազգենի վրա. նա պտտվեց ու բարձրացավ երկինք, որտեղ Աժդահակին դրոնների դեմ պայքարում աստիճանաբար միանում էին մյուս վիշապները: Դժնդակը վերացրեց դրոններից մեկին՝ ընթացքից ատամներով խոթթացնելով դրա պոչը, բայց նրա մտքում արդեն կար հեղաշրջում անելու գաղափարը: Ի վերջո, մնացած վիշապներն իսկապես հաճույքով գնացել էին ի՛ր հետևից ու վերջին օրերին կատարել են ի՛ր հրահանգները...

20.
Դիպուկ հարված

Վահագնից ժամանակ պահանջվեց՝ ծնողներին համոզելու, որ ինքը պետք է մնա այստեղ ու գտնի Աժդահակին կանգնեցնելու եղանակը:

– Վահա՛գն, բոլորի հետ պիտի անվտանգ տեղ գնանք,– որդու ձեռքը բռնած հորդորում էր Նիկողայոսը, երբ արշավախմբի անդամները տեղավորվում էին երկու ֆուրգոնների մեջ:

– Պապ, եթե մենք հիմա թողնենք գնանք, շուտով ապահով տեղ ուղղակի չի մնա: Դուք դեռ ամեն ինչ չգիտեք, բայց էս քանի օրը մենք ու Վազգենը... էն վիշապը, որ եկավ մեզ օգնության, ահագին բան ենք պարզել ու հիմա մի քայլ պիտի անենք. կանգնեցնենք Աժդահակին: Ու ես գիտեմ, որ մեզանից բացի՝ էլ ոչ ոք չի կարողանա անել: Որովհետև մենք Վահագն Վիշապաքաղի հետնորդներն ենք:

Վահագնը նայեց մոր ձեռքի արյունոտ վիրակապին: Նիկողայոսը աչքերը ոլորեց, ֆշշացրեց, հետո, Նանեին նայելով, ասաց.

– Գիտեի, որ ձեր կողմը ինչ-որ յուրահատուկ ունակություններ ունի, բայց որ կարողանաք վիշապաքարերը վիշապնե՛ր դարձնել...

– Պա՛պ, էդ հետո կպարզեք...

– Լավ, լավ: Նան, վերքդ չի՞ նեղում, թարս պահի չե՞ս ուշաթափվի,– կեսկատակ հարցրեց Մադոնցը:

– Իհարկե ոչ,– վստահորեն պնդեց կինը,– մենակ թե խնդրում եմ՝ սրանից հետո էլ ոչ մի պեղում, արի ձեռագրեր ուսումնասիրենք:

Նանեն ու Նիկողայոսը իրար ժպտացին, կարծես ռոմանտիկ երեկոյի լինեին, ոչ թե մարդկության ու վիշապների թեժ բախման կիզակետում:

– Դե, որդյակս, ասա՝ ի՞նչ անենք,– վերջապես Վահագնին դիմեց հայրիկը:

Վահագնը ոգևորված ժպտաց:

Ինչպես այն ժամանակ՝ հազարամյակներ առաջ, հիմա էլ Աժդահակի զորքը մոտ էր հաղթանակին: Անօդաչու սարքերն ու նմանատիպ այլ զենքերը կարող էին շարքից հանել մի քանիսին, բայց ոչ բոլորին: Ու ինչպես այն ժամանակ, հիմա էլ օգնության հասավ Վահագնը, պարզապես ոչ թե Վիշապաքաղ, այլ Մադոնց:

Վազգենը կռացավ ու վիզն այնպես թեքեց, որ տղան հարմար տեղավորվի:

– Չգիտեմ, վտանգավոր չի՞, գուցե ես...– փորձեց միջամտել Նիկողայոսը, բայց տեսնելով որդու հայացքը՝ լռեց:

***

Աժդահակն առաջնորդում էր զորքերը, նրա կողքից մի փոքր հետ Դժնդակն էր, նրանց հետևում՝ մնացած վիշապները, որոնք նահանջել էին երևանյան ռաբիզ-գռոհից: Վիշապները շարվել էին լեռան գագաթի խառնարանում՝ նախկին լճի տարածքում:

Վազգենի ծրագրի համաձայն՝ նա պետք է հանկարծակի հայտնվեր ժայռերի հետևից, սլանար դեպի Աժդահակը, իսկ Վահագնը մի դիպուկ հարվածով խոցեր վիշապին:

218

Վիշապաջրով օծված նիզակն ու Վահագնի երակներում հոսող մարդա–վիշապական արյունը կօգնեին նրան: Բայց Աժդահակին անակնկալի բերելն այդքան էլ հեշտ չէր: Երբ Վահագնը, մի ձեռքով Վազգենի պարանոցից բռնված, մյուս ձեռքն արդեն հետ էր տարել, որպեսզի նիզակն ուղարկի դեպի վիշապը, վերջինս կտրուկ փոխեց ուղղությունն ու հսկա թաթով հուժկու հարված հասցրեց Վազգենին: Վազգենը մի քանի անգամ օդում պտտվեց, իսկ Վահագնը չկարողանալով օձիքից ամուր բռնվել, հայտնվեց ազատ անկման մեջ: Բարեբախտաբար, Վազգենը հասցրեց կողմնորոշվել ու բռնել ընկերոջը, մինչև նա կբախվեր հողին: Բայց ահա նիզակն ընկավ և կորավ մշուշի ու փոշու մեջ...

Աժդահակն իր հսկա մարմնով ու լայն բացված թևերով կախվել էր օդում ու պատրաստվում էր վերջնական հարվածը հասցնել: Մթության մեջ լսվեց նրա մեռելային ձայնը: Վիշապաց Վիշապի խոսքն ուղղված էր Դժնդակին.

– Ինչո՞ւ ցարդ չէ սպանված դավաճանն այս և ատելի Վահագնի հետնորդը:

Այս ասելու պահին Աժդահակի մարմինը սկսեց փայլատակել, մաշկը կարծես թափանցիկ դարձավ, իսկ ներսում հուժկու էլեկտրական հոսանքներ սկսեցին գոյանալ: Վազգենը գիտեր՝ նա պատրաստվում էր մոխիր դարձնել մոտակայքում գտնվող բոլոր մարդկանց (և իրեն, իհարկե): Լավ է, որ վերջապես արդյունք տվեց Դժնդակի հետ տարած աշխատանքը: Մինչ Աժդահակի գլուխը զբաղված էր վրեժի մտքերով, նա չնկատեց, թե ինչպես Դժնդակը կիսաձայն հրահանգներ ուղարկեց իրեն հավատարիմ մի քանի այլ վիշապների: Եվ ահա, նրանց հինգ հոգանոց խումբն անսպասելիորեն թիկունքից հարձակվեց ու միաժամանակ կրակ բաց թողեց Աժդահակի վրա: Նա ցավից մռնչաց, կտրուկ շրջվեց ու տապալեց հինգից երկուսին: Մյուսները ցրվեցին տարբեր ուղղություններով: Այդ պահին վրա հասավ

Դժնդակը. նրա արձակած կրակի շիթը դիպավ Աժդահակի կրծքին:

– Եվ դո՞ւ, Դժնդա՛կ,– մռնչաց Վիշապաց վիրավոր առաջնորդը:

***

Արեգը հետագայում շատ էր ափսոսում, որ երկու չարագործ վիշապների էպիկական կռիվն ավարտվեց այդքան արագ. շատ կուզեր «լայվ» մտնել հենց այդ սյուժեով: Ահա թե ինչ կատարվեց. օգտվելով վիշապների խառնաշփոթից՝ Վազգենն ու Վահագնը սլացան ներքև՝ կախարդական զենքը որոնելու: Բարեբախտաբար, նիզակի անկման վայրից ոչ հեռու այս ամենին դեռ հետևում էր Նիկողայոսը: Նա հայտնաբերել էր կտոր-կտոր եղած նիզակն ու դրանից առանձնացած սրածայր հոլը: Բայց Նիկողայոսը շատ լավ գիտեր որդու ունակությունների մասին: Երբ Վազգենն ու Վահագնը երևացին, նա տղային նետեց հոլն իր պարանով ու բացականչեց.

– Քեզ նիզակ պետք չի, քո ո՛ւժը օգտագործիր:

Վահագնն ընթացքից բռնեց հոլն ու հասկանալով հոր ակնարկը՝ հայացքով հանդիպեց նրան ու գլխով արեց:

– Վազգե՛ն, պիտի նախատեսվածից ավելի մոտ գնանք,– ասաց նա ընկերոջը: Վազգենն այնպիսի պահ ընտրեց, որ բռնացնի Աժդահակին՝ հանդիպակաց սլանալիս: Վիշապների տիրակալը սլանում էր դեպի հանդուգն Դժնդակը, երբ Վահագնը թափահարելով առաջ նետեց աջ ձեռքը: Բռունցքը բացվեց, և հոլը շեղ ու շեշտակի սեփական առանցքի շուրջ պտտվելով հրթիռի պես պոկվեց առաջ, դուրս պրծավ տղայի միջամատին կապված պարանից և է՛լ ավելի մեծ արագություն հավաքելով՝ սուրաց դեպի Աժդահակը: Ակնթարթ անց զենքի վանակատե սայրը ծակեց նրա զրահավոր մաշկը, և վիշապաջուրն սկսեց իր գործը: Հրեշը, որ չէր էլ նկատել գաճաճ զենքը, հանկարծ ծանոթ ցավը զգաց: Շփոթված՝ օդում կանգ առնելով՝ նա նկատեց փախչող Վազգենին ու զայրացած մռնչալով՝ հուր արձակեց: Վազգենը մի կերպ խուսափեց կրակից, իսկ Աժդահակը սկսեց կատաղած ջղաձգվել:

Դժնդակին մնում էր միայն կողմ քաշվել՝ հեռու մնալ վիրավոր գազանից, որի ճակատագիրն արդեն որոշված էր: Բայց հպարտությունը թույլ չէր տալիս նրան այդպես վարվել (և խորամանկ Վազգենը շատ լավ գիտեր նրա այդ բնավորությունը): Դժնդակը որոշեց սեփական ուժերով մասնակցել անշնորհակալ ղեկավարի տապալմանը: Հենց դա էլ նրա սխալն էր: Վիրավորվելուց ավելի կատաղած Աժդահակն արդեն ուշադրություն չէր դարձնում Դժնդակի արձակած կրակին. նա սլացավ առաջ, երկու թաթով բռնեց չափերով իրենից փոքր վիշապին ու ատամները վերջինիս վիզը խրեց: Երկինքը թնդաց Դժնդակի ոռնոցից, ապա երկու վիշապներն այդպես, իրար բաց չթողնելով, գահավիժեցին այնտեղ, ուր ժամանակին լեռան խառնարանի լիճն էր: Ընթացքում Աժդահակը նորից սկսեց քարանալ. զենքն արեց իր գործը:

Արեգի հեռախոսի խցիկում երևաց, թե ինչպես են մենամարտի բռնված երկու գազանները տապալվում գագաթին: Լսվում է ահռելի հռնդյուն, երկիրը ցնցվում է, ասես հուժկու ռումբի պայթյունից առաջացած ձայնային ալիքը տարածվում է չորս կողմ, երկնքում նորից կայծակներ են փայլատակում և... վերջ:

Վերջաբան

Վահագնը զարթնեց, նայեց զարթուցիչին՝ նորից մի ժամ շուտ էին աչքերը բացվել: Մտածեց, որ կարելի է մի քանի շրջան հեծանիվ քշել նախքան դպրոց գնալը, թարմանալ, մտածել: Գուցե նույնիսկ հասցնի դիմավորել Աստղիկին իրենց տան մոտ: Երբ հագնվեց, հիշեց, որ այսօր դառնում է 14 տարեկան: Քմծիծաղ տվեց ու դուրս եկավ:

Այս տարի էլ տանը մենակ էր, բայց ծնողները ոչ թե պեղումների էին մեկնել, այլ միջազգային կոնֆերանսի, որտեղ պետք է քննարկվեին վիշապագիտության մեջ վերջին ամիսներին տեղի ունեցած փոփոխությունները: Կարևորագույն թեմաներից մեկը Աժդահակ լեռան գագաթի նորահայտ կոթողն էր՝ պայքարի մեջ միաձուլված երկու հսկա հրեշներ պատկերող վիշապաքարը: Մասնագետների մի մասն ասում էր, որ պատմական արդարության համար կոթողը պետք է մնա անձեռնմխելի՝ նույն տեղում, մյուսները վստահ էին, որ ապագայում խնդիրներից խուսափելու համար այն պետք է մեկուսացվի:

Քաղաքը նոր էր զարթնում, բայց վերականգնողական աշխատանքները, որ սկսվել էին վիշապների հետ ընդհարումից մի քանի օր անց, արդեն եռում էին: Սա արդեն նոր Երևան էր, վիրավոր, բայց նաև թարմացած: Վահագնն ուրախ էր, որ հաջողվեց կանխել ավելի մեծ ողբերգությունը: Ուրախ էր, որ վիշապներն ու մարդիկ այսուհետ ապրում են միասին ու, կարծես թե, համերաշխ: Թեև՝ շառից-փորձանքից հեռու, Վահագնի հեռախոսի մեջ հիմա, համենայն դեպս, մեկ-երկու ռաբիզ կատարում կար. ի՞նչ իմանաս՝ ինչ կլինի:

Իհարկե, ոչ բոլորն էին ուրախ, որ վիշապների ու մարդկանց միջև համերաշխություն էր: Եվ Վահագնը հասկանում էր զայրացած մարդկանց: Նրանք տեսել էին՝ ինչպես են հազարամյակների քնից արթնացած հրեշներն ավերում իրենց քաղաքը: Բայց քանի որ Մադոնցների ընտանիքը մի տարի առաջվա իրադարձություններից հետո մեծ հեղինակություն էր ձեռք բերել, նրանց փաստարկներին ականջ դրեցին: Վահագնը բացատրում էր, որ վիշապներին մոլորեցրել էին, այնպես, ինչպես հաճախ մոլորեցնում են մարդկանց: Եվ որ մեղավորներն առանց այդ էլ պատժվել են (ու քարացած վիճակում, ի դեպ, միջազգային տուրիզմի հսկա հոսք են ապահովում Հայաստան): Իսկ մյուս վիշապներն ունեն այստեղ ապրելու նույնքան իրավունք, որքան մարդիկ:

Վազգենը երախտապարտ էր Վահագնին այս ամենի համար: Այդպիսով, Վիշապաքաղի տված խոստումը չէր դրժել:

Իսկ ա՜յ, Սյունին... Ի՞նչ պատահեց այդ տարօրինակ մարդուն: Նրա հետքերն այդպես էլ չէին գտել, կարծես հօդս ցնդած լիներ: Եվ սա ժամանակ առ ժամանակ Վահագնին ստիպում էր մտահոգվել: Բայց ոչ այսօր, այսօր նրա ծննդյան օրն էր:

Վահագնը հեծանիվը կանգնեցրեց Աստղիկենց շենքի առաջ: Քիչ անց նրանք երկուսով (Աստղիկը Վահագնի հետ տեղավորվել էր հեծանվին) հասան դպրոցի դարպասի մոտ: Հեռվից բարևեցին Գևորին, որի հետ հիմա բարիդրացիական հարաբերությունների մեջ էին, հետո տեսան Արեգին: Նա էլ էր հեծանվով. փլատակներով ծածկված Երևանում դա դեռ երկար ժամանակ ամենահարմար փոխադրամիջոցն էր, իսկ հետո, երբ փողոցները վերականգնվեցին, սովորությունն այդպես էլ մնաց:

– Ցեհե՜յ, Վիշապներ Քաղող Վահա՛գ, ծնունդդ շնորհավո՛ր,– ընկերոջը գրկելով բացականչեց Արեգը,– Իսկ հիմա օրվա անհամեստ հարցը. ո՞նց ենք նշելու, ի՞նչ ենք անելու:

– Դե, եսիմ, դասերից հետո մի բան մտածենք...

– Դասերից հետո՞,– հիասթափված բացականչեց Արեգը,– բայց էսօր տարեդարձ ունենք, չէ՞, դու ինչ կուզես կանես, մենք էլ դե քեզ մենակ չենք թողնի, չէ՞, Աստղ:

Աստղիկը ոգևորված գլխով արեց.

– Ըհը՛, ու ես նույնիսկ գիտեմ, թե որտեղ արժի գնալ էս պայծառ եղանակին,– ասաց նա:

Վահագնը զարմացած նայեց ընկերներին:

– Հիմա եթե շարժվենք,– ժամացույցին նայելով ասաց Արեգը,– մի երկու ժամից կհասնենք Արայի լեռ: Ճանապարհին էլ մի տասը հատ շաուրմա կառնենք մեր մարդասեր ընկերոջ համար:

Վահագնը մի քանի վայրկյան տատանվեց, բայց հետո հանձնվեց. Վազգենին շատ վաղուց չէր հանդիպել:

– Անպայման կգնանք: Մենակ թե՝ դասերից հետո՛: Հա՛, տատիկի մոտ էլ անպայման պիտի մտնեմ: Ավանդույթ ա...

Արեգը չառարկեց: Իսկ մի քանի ժամից հեծանվորդները հենց դպրոցից սլացան դեպի Արայի լեռ, որտեղ արդեն մեկ տարի իր վաստակած հանգիստն էր վայելում վիշապ Վազգենը: Այսօր չորսով էին տոնելու:

Վերջ

Բովանդակություն

Արտավազդ Եղիազարյան

Վիշապաքարի գաղտնիքը

Շապիկը և նկարազարդումները՝
Հարություն Թումաղյանի

Artavazd Yeghiazaryan

The Mystery of the Dragonstone

Cover design and illustrations by
Harutyun Toumaghyan

Խմբագիր՝ Նունե Թորոսյան
Հրատ. խմբագիր՝ Արքմենիկ Նիկողոսյան
Հրատ. բաժնի ղեկավար՝ Հռիփսիմե Մադոյան
Տեխն. խմբագիր՝ Արարատ Թովմասյան
Էջադրող՝ Արմինե Պապանյան
Սրբագրիչներ՝ Մարգարիտ Իսկանդարյան
Անժելա Ավագյան

Գրաբարի խորհրդատու՝ Տիգրան Զաքարյան

Անտարես

«Անտարես» հրատարակչատուն
ՀՀ, Երևան-0009, Մաշտոցի պ. 50ա/1
Հեռ.՝ (+374 10) 58 10 59
antares@antares.am
www.antares.am